艺术类院校基础课“十四五”规划教材

中国现当代文学简明教程

MODERN AND CONTEMPORARY CHINESE LITERATURE

◎关德福　佘红云　龙剑平　主　编
◎吕　蕾　任　磊　徐静涵　副主编

中国传媒大学出版社
·北京·

图书在版编目(CIP)数据

中国现当代文学简明教程/关德福,佘红云,龙剑平主编.--北京:中国传媒大学出版社,2022.12
艺术类院校基础课"十四五"规划教材
ISBN 978-7-5657-3353-6

Ⅰ.①中… Ⅱ.①关… ②佘… ③龙… Ⅲ.①中国文学—现代文学—文学研究—教材
②中国文学—当代文学—文学研究—教材 Ⅳ.①I206.6

中国版本图书馆CIP数据核字(2022)第216707号

声明:本书图片来源于网络。如图片及选文涉及版权问题,请联系 13648683100

中国现当代文学简明教程

ZHONGGUO XIANDANGDAI WENXUE JIANMING JIAOCHENG

主　　编　关德福　佘红云　龙剑平
副 主 编　吕　蕾　任　磊　徐静涵
责任编辑　陈　默
封面设计　风得信设计·阿东
责任印制　李志鹏

出版发行　中国传媒大学出版社
社　　址　北京市朝阳区定福庄东街1号　　邮　　编　100024
电　　话　86-10-65450528　65450532　　传　　真　65779405
网　　址　http://cucp.cuc.edu.cn
经　　销　全国新华书店

印　　刷　唐山玺诚印务有限公司
开　　本　787mm×1092mm　1/16
印　　张　17
字　　数　305千字
版　　次　2022年12月第1版
印　　次　2022年12月第1次印刷

书　　号　ISBN 978-7-5657-3353-6/I·3353　　定　　价　60.00元

本社法律顾问:北京嘉润律师事务所　郭建平

前　言

本书顺应高校面向21世纪教学和课程体系改革的需要，体现了科学性、适用性、时代性的编写宗旨。本书以中国现当代文学史为线索，以文本为核心，系统而又简明扼要地呈现了中国现当代文学的发展过程和辉煌成就，既兼顾了文学发生发展的情况与特点，又突出了重点作家及其作品。本书选文经典、框架新颖、脉络清晰，适用于高等院校中文专业和传媒方向所有专业本科、专科阶段“中国现当代文学”课程的教学，也可供社会读者自学。

本书在编写上具有以下特色。

1.框架新颖的编写体例。全书将中国现代文学和当代文学作为一个整体来编写，由诗歌、散文、小说、戏剧四大部分构成。在作品选择上，既侧重文学审美价值，又尽可能呈现文学史的面貌，避免了人为分割中国现当代文学的缺陷，便于将教师的教与学生的学有机地结合起来，让学生在客观了解中国现当代文学发生发展的基础上进行文本鉴赏。

2.独特的文本编排顺序。文本由作者照片、作者简介、作品导读、作品、思考练习、相关链接六个部分组成一个完整有机的教学统一体。一些重要的中长篇小说、多幕剧和长诗，无论是教学还是鉴赏，都属于最基本篇目，但限于篇幅，本书未将其原文收入，而仅以“存目”标出，但对这些作家和作品都做了详尽的介绍，并附有相关的练习题与补充内容，这样的编排有利于教与学，同时也方便社会读者自学。

3.严谨中正的选文态度。本书在选文上竭力减少非文学因素的影响，努力做到从纯文学角度淘选作品，也避免对作家身份、资历的先入为主的依赖以及对既有的文学史“定评”惯例的遵守。当然，由于这一时期文学发展的特殊性，我们也注意到了不同阶段的个别状况，会在取舍标准上适当调整。

囿于水平，本书的编写可能还有不恰当的地方，希望能得到专家和广大师生的批评和建议，以便进一步修订，不断完善。

编者

2022年1月10日

目 录 Contents

第四单元 戏剧

第一单元　诗歌

胡适诗歌

作者简介

胡 适

胡适(1891—1962),汉族,安徽绩溪县人,现代著名学者、诗人、历史学家、文学家、哲学家,因提倡文学革命而成为新文化运动的领袖之一。原名嗣穈,学名洪骍,字希疆,后改名为胡适,字适之,笔名天风、藏晖等。其中,适与适之之名与字,乃取自当时盛行的达尔文的“物竞天择,适者生存”学说。出版的诗集有《尝试集》(1920)等。其他著作有《胡适文存》(1921)、《胡适文存二集》(1924)、《胡适文存三集》(1930)、《胡适论学近著》(1935)等。胡适在《红楼梦》《水浒传》《西游记》《三国演义》《三侠五义》《海上花列传》《儿女英雄传》《官场现形记》《老残游记》等十二部古典小说的研究方面皆卓然有成,著述六十万言,结集为《中国章回小说考证》出版。

作品导读

《蝴蝶》写于1916年8月,原题为《朋友》,是胡适在美国留学期间的新诗尝试之作。《蝴蝶》采用现代口语,不用典、不用对仗、不讲平仄,语言平白如话,浅显易懂,押韵自然,但形式上仍留有一些古体五言诗的痕迹。这首小诗明写蝴蝶,实写自我,通过一双蝴蝶由合而分的景象抒发作者作为文化先行者的孤独寂寞之感。

《鸽子》写于1917年秋冬间,当时诗人刚从美国留学归来,与一群志同道合者共同致力于推动新文化运动和新文学革命的发展。诗中云淡天高、鸽子三三两两自由飞翔、翻身映日、鲜丽无比的一番景象表现出作者此时的自信、得意与畅快,再无“黄蝴蝶”的寂寞无奈。这首诗富有动感,结构紧凑,每句字数不等,用现代韵,音节自由和谐，通过具体景象表现抽象的情感，较好地体现了作者的新诗理论。

蝴　蝶

两个黄蝴蝶，双双飞上天。
不知为什么，一个忽飞还。
剩下那一个，孤单怪可怜。
也无心上天，天上太孤单。

（选自《尝试集》，亚东图书馆 1920 年版）

鸽　子

云淡天高，好一片晚秋天气！
有一群鸽子，在空中游戏。
看他们，三三两两，
回环来往，
夷犹如意，
忽地里，翻身映日，白羽衬青天，十分鲜丽！

（选自《尝试集》，亚东图书馆 1920 年版）

思考练习

1.简析"蝴蝶"这个意象的象征意蕴。

2.结合作品，谈谈这两首诗歌的思想意蕴和艺术特色。

相关链接

有一天，我坐在窗口吃我自做的午餐，窗下就是一大片长林乱草，远望着赫贞江。我忽然看见一对黄蝴蝶从树梢飞上来；一会儿，一只蝴蝶飞下去了；还有一只蝴蝶独自飞了一会，也慢慢的飞下去，去寻他的同伴去了，我心里颇有点感触，感触到一种寂寞的难受，所以我写了一首白话小诗，题目就叫做《朋友》（后来才改作《蝴蝶》）……这种孤单的情绪，并不含有怨望我的朋友的意思。我回想起来，若没有那一班朋友和我讨论，若没有那"一日一邮片，三日一长函"的朋友切磋的乐趣，我自己的文学主张决不会经过那几层大变化，决不会渐渐结晶成一个有一系统的方案，决不会慢慢的寻出一条光明的大路来。

（引自胡适《逼上梁山》，《中国新文学大系・建设理论集》，上海良友图书印刷公司 1935 年版）

郭沫若诗歌

郭沫若

作者简介

郭沫若(1892—1978),原名郭开贞,号尚武,别号鼎堂,曾用笔名沫若、麦克昂等,四川乐山人。郭沫若是我国现代著名的文学家、诗人、剧作家、考古学家、思想家、古文字学家、历史学家、书法家。他是我国新诗的奠基人,是继鲁迅之后革命文化界公认的领袖。早年赴日本留学,深受浪漫主义和泛神论思想的影响,之后弃医从文。与成仿吾、郁达夫等人组织创造社,积极参与新文学运动。代表诗集《女神》摆脱了中国传统诗歌的束缚,充分反映了"五四"时代精神,在中国文学史上开了一代诗风。

作品导读

《凤凰涅槃》写于1920年1月。郭沫若此时正留学日本,五四运动唤起他强烈的爱国主义情感,他以诗歌抒发着对"美的中国"的向往。全诗由"序曲""凤歌""凰歌""凤凰同歌""群鸟歌""凤凰更生歌"六部分组成,依托凤凰涅槃、死而复生的神话传说隐喻中国与自我的再生。《凤凰涅槃》结构恢宏、形式自由、想象丰富、激情澎湃,带有浓郁的浪漫主义色彩。

《天狗》写于1920年2月。作者借用天狗吠日的民间传说,展开奇特大胆的想象,展现出一个气吞山河、无所不能,有着强烈叛逆精神和狂放个性追求的"天狗"形象。《天狗》发出了彻底摧毁旧世界、改造旧我,获得民族和个人新生的呐喊,突出了主人公"我"的张扬个性,这是五四时代追求自由独立、个性解放精神的反映。《天狗》共29句,每句都以"我"开头,语句短促紧凑,使用大量动词,极具动感和力度。

凤凰涅槃(节选)

凤　歌

即即！即即！即即！
即即！即即！即即！
茫茫的宇宙,冷酷如铁！
茫茫的宇宙,黑暗如漆！
茫茫的宇宙,腥秽如血！

宇宙呀,宇宙,
你为什么存在?
你自从哪里来?
你坐在哪儿在?
你是个有限大的空球?
你是个无限大的整块?
你若是有限大的空球,
那拥抱着你的空间
他从哪儿来?
你的外面还有些什么存在?
你若是无限大的整块,
这被你拥抱着的空间
他从哪儿来?
你的当中为什么又有生命存在?
你到底还是个有生命的交流?
你到底还是个无生命的机械?

昂头我问天,
天徒矜高,莫有点儿知识。
低头我问地,
地已死了,莫有点儿呼吸。
伸头我问海,
海正扬声而呜唈。

啊啊！
生在这样个阴秽的世界当中，
便是把金刚石的宝刀也会生锈！
宇宙呀，宇宙，
我要努力地把你诅咒：
你脓血污秽着的屠场呀！
你悲哀充塞着的囚牢呀！
你群鬼叫号着的坟墓呀！
你群魔跳梁着的地狱呀！
你到底为什么存在？

我们飞向西方，
西方同是一座屠场。
我们飞向东方，
东方同是一座囚牢。
我们飞向南方，
南方同是一座坟墓。
我们飞向北方，
北方同是一座地狱。
我们生在这样个世界当中，
只好学着海洋哀哭。

（选自《女神》，上海泰东书局1921年版）

天　狗

我是一条天狗呀！
我把月来吞了，
我把日来吞了，
我把一切的星球来吞了，
我把全宇宙来吞了。
我便是我了！

我是月底[1]光，
我是日底光，
我是一切星球底光，
我是X光线底光，
我是全宇宙底 Energy 底总量！

我飞奔，
我狂叫，
我燃烧。
我如烈火一样地燃烧！
我如大海一样地狂叫！
我如电气一样地飞跑！
我飞跑，
我飞跑，
我飞跑，
我剥我的皮，
我食我的肉，
我吸我的血，
我啮我的心肝，
我在我神经上飞跑，
我在我脊髓上飞跑，
我在我脑筋上飞跑。

我便是我呀！
我的我要爆了！

（选自《女神》，上海泰东书局1921年版）

思考练习

1.简析“天狗”这个意象的性格特征。

2.分析《天狗》的写作特色。

---

① 编者注：本书引用文学作品时，尽量尊重原文，避免对“的、地、得、底”及个别用词、标点进行过多处理，特此声明。

相关链接

在《天狗》一诗的创作中，借助于国人都极为熟悉的天狗吠日的故事，诗人不仅获得了一个可以引起众多反映的共同话题，而且也找到了一个代替整个民族发言的极好的言说方式，从而使他的诗作表现出了某种大家气度和风范。人常说，在郭沫若早期的诗歌创作中，时代和个人，一己的郁结和民族的郁结都有着一种水乳交融般的结合，这种情状的产生，应该说是和他对于民族神话以及民间传说的成功运用密不可分的。

（引自王元中《天狗·动词·我——郭沫若〈天狗〉一诗的三种解读方法》，《郭沫若学刊》2002年第4期）

冰心诗歌

冰　心

作者简介

冰心(1900—1999),原名谢婉莹,福建福州人。笔名"冰心"取"一片冰心在玉壶"之意,现代著名诗人、作家、翻译家、儿童文学家。曾任中国民主促进会中央名誉主席,中国文联副主席,中国作家协会名誉主席、顾问,中国翻译工作者协会名誉理事等职。冰心崇尚"爱的哲学","母爱、童真、自然"是其作品主旋律。她的作品中充满了对大自然的热爱,以及对母爱与童真的歌颂与赞美。

作品导读

《春水》是冰心的第二本诗集,写于1922年。《春水》在艺术形式上既受到中国古典诗词、散曲的影响,又受到泰戈尔《飞鸟集》小诗的影响。所选二诗构思精巧,联想丰富,语言简短朴素、清新自然,表达的主题依然是母爱、童真、自然或宇宙的和谐。

春　水(节选)

一〇五

造物者——
倘若在永久的生命中
只容有一次极乐的应许。
我要至诚地求着:
"我在母亲的怀里,

母亲在小舟里，
小舟在月明的大海里。”

一五四

柳条儿削成小桨，
莲瓣儿做了扁舟——
容宇宙中小小的灵魂，
轻柔地泛在春海里。

（选自《春水》，新潮社 1923 年版）

思考练习

1.简析冰心的小诗为读者营造的意境空间。

2.论述冰心的诗在形式和语言韵律上的特色。

相关链接

所谓小诗，是指现流行的一行至四行的新诗歌。这种小诗在形式上似乎有点新奇，其实只是一种很普通的抒情诗，自古以来便已存在的……如果我们“怀着爱惜这在忙碌的生活中浮到心头又复随即消失的刹那的感觉之心”，想将它表现出来，那么数行的小诗便是最好的工具了。

（引自周作人《论小诗》，《觉悟》1922 年 6 月 29 日）

徐志摩诗歌

徐志摩

作者简介

徐志摩(1897—1931),原名章垿,字志摩,浙江海宁人。曾就读于北京大学。后留学美国、英国。1922 年回国,先后在北京大学、清华大学等高校任教。1923 年 3 月在北京发起成立了新月社。著有诗集《志摩的诗》《翡冷翠的一夜》《猛虎集》《云游》及散文、译著等多种。

作品导读

《雪花的快乐》写于 1924 年 12 月。诗人将自己想象成晶莹空灵、飘逸潇洒的雪花,通过雪花有“方向”地“飞扬”和全身心地“消融”表达对“她”——“爱、自由和美 ”的热切追求。开头的“假若”两字使得突出表现出来的欢快、潇洒、自信笼罩在淡淡的忧伤里。全诗共四小节,各节结构、排列相同,每行三顿,音韵回环往复,节奏舒缓有致,营造出至真至美、空灵曼妙的艺术境界。

《沙扬娜拉》写于 1924 年诗人陪泰戈尔访日期间。“沙扬娜拉”是日语“再见”的音译。第一句“最是那”三个字表达出作者对日本女郎由衷的赞美,“低头的温柔”“水莲花不胜凉风的娇羞”,将女郎道别时的娇羞之态通过精巧的比喻传神地展现出来。一声声“珍重”及“蜜甜的忧愁”则传达出甜蜜而复杂的离别之情。寥寥数语却声情并茂、形神兼备,显示出诗人深厚的功力。

雪花的快乐

假若我是一朵雪花,

翩翩的在半空里潇洒，
我一定认清我的方向——
飞扬，飞扬，飞扬——
这地面上有我的方向。

不去那冷寞的幽谷，
不去那凄清的山麓，
也不上荒街去惆怅——
飞扬，飞扬，飞扬——
你看，我有我的方向！

在半空里娟娟的飞舞，
认明了那清幽的住处，
等着她来花园里探望——
飞扬，飞扬，飞扬——
啊，她身上有朱砂梅的清香！

那时我凭藉我的身轻，
盈盈的，沾住了她的衣襟，
贴近她柔波似的心胸——
消溶，消溶，消溶——
溶入了她柔波似的心胸！

（选自《志摩的诗》，中华书局 1925 年版）

沙扬娜拉

——赠日本女郎

最是那一低头的温柔，
像一朵水莲花不胜凉风的娇羞，
道一声珍重，道一声珍重，
那一声珍重里有蜜甜的忧愁——
沙扬娜拉！

（选自《志摩的诗》，中华书局 1925 年版）

思考练习

1.结合《雪花的快乐》来论述徐志摩诗歌的艺术特色。

2.诗歌《沙扬娜拉》中的日本女郎具有怎样的性格特征?

3.诗歌《沙扬娜拉》的艺术魅力体现在哪里?

相关链接

他的人生观真是一种单纯的信仰,这里面只有三个大字:一个是爱,一个是自由,一个是美。他梦想这三个理想的条件能够会合在一个人生里,这是他的单纯信仰。他的一生的历史,只是他追求这个单纯信仰的实现的历史……他的失败是因为他的信仰太单纯了,而这个现实世界太复杂了,他的单纯的信仰禁不起这个现实世界的摧毁。

(引自胡适《追忆志摩》,《新月》1932 年第 4 卷第 1 期“志摩纪念号”)

闻一多诗歌

闻一多

作者简介

闻一多(1899—1946),原名闻家骅,又名闻亦多,湖北浠水人,新月派代表诗人、学者、民主战士。著作有诗集《红烛》《死水》《诗的格律》。1946 年 7 月闻一多遇害后,朱自清等人编辑了《闻一多全集》,于 1948 年由开明书店出版。

作品导读

《死水》写于 1925 年。这首诗通过对“死水”的细致描绘表达了诗人对旧中国丑恶现实的愤恨之情。“爱之愈深,恨之愈切”,这里既有痛苦的诅咒,又有殷切的期待。全诗五节,每节四句,每句九字、四顿,句式齐整,用词精巧,韵律和谐,富有节奏感和色彩感,很好地体现了诗人倡导的“音乐美”“绘画美”“建筑美”。诗中以美喻丑,如“铜锈”与“翡翠”、“铁锈”与“桃花”、“油腻”与“罗绮”、“霉菌”与“云霞”,对比鲜明,具有尖锐强烈的讽刺效果。

《发现》发表于 1927 年。留美回国后的诗人发现之前在国外歌唱的“如花的祖国”不过是一厢情愿的幻想,真正面对的是国土破碎、军阀混战、腐败凋敝、民不聊生的“死水”般的现实。理想与现实的巨大反差让诗人几乎无法正视——“这不是我的中华,不对,不对!”于是不断地追问,又不断地否定,上下求索,终于发现理想的祖国只在自己的心里。这首诗篇幅短小,构思巧妙奇特,情感真挚强烈,具有震撼人心的力量。

死　水

这是一沟绝望的死水,

清风吹不起半点漪沦。
不如多扔些破铜烂铁，
爽性泼你的剩菜残羹。

也许铜的要绿成翡翠，
铁罐上锈出几瓣桃花；
再让油腻织一层罗绮，
霉菌给他蒸出些云霞。

让死水酵成一沟绿酒，
漂满了珍珠似的白沫；
小珠笑一声变成大珠，
又被偷酒的花蚊咬破。

那么一沟绝望的死水，
也就夸得上几分鲜明。
如果青蛙耐不住寂寞，
又算死水叫出了歌声。

这是一沟绝望的死水，
这里断不是美的所在，
不如让给丑恶来开垦，
看他造出个什么世界。

（选自《死水》，新月书店 1928 年版）

发　现

我来了，我喊一声，迸着血泪，
“这不是我的中华，不对，不对！”
我来了，因为我听见你叫我；
鞭着时间的罡风，擎一把火，
我来了，不知道是一场空喜。
我会见的是噩梦，哪里是你？
那是恐怖，是噩梦挂着悬崖，

那不是你，那不是我的心爱！
我追问青天，逼迫八面的风，
我问，拳头擂着大地的赤胸，
总问不出消息，我哭着叫你，
呕出一颗心来，你在我心里！

（选自《死水》，新月书店 1928 年版）

思考练习

1.诗人是在什么样的心境下创作《死水》这首诗的？

2.结合全诗，简析诗题“发现”的双重含义及精巧构思。

3.这两首诗在艺术表现手法上有何异同？

相关链接

《诗镌》里闻一多氏影响最大。……《死水》前还有《红烛》，讲究用比喻，又喜欢用别的新诗人用不到的中国典故，最为繁丽，真教人有艺术至上之感。《死水》转向幽玄，更为严谨；他作诗有点像李贺的雕镂而出，是靠理智的控制比情感的驱遣多些。但他的诗不失其为情诗。另一面他又是个爱国诗人，而且几乎可以说是唯一的爱国诗人。

（引自朱自清《〈中国新文学大系·诗集〉导言》，《中国新文学大系·诗集》，上海良友图书印刷公司 1935 年版）

戴望舒诗歌

戴望舒

作者简介

戴望舒(1905—1950),原名戴梦鸥,浙江杭县人,现代派诗人。1922 年开始新诗创作。1925 年入震旦大学法文系。1928 年 8 月他的代表作《雨巷》在《小说月报》第 19 卷第 8 号上发表,他因此获得“雨巷诗人”称号。诗集有《我的记忆》《望舒草》《望舒诗稿》《灾难的岁月》《戴望舒诗选》《戴望舒诗集》等,另有译著数十种。

作品导读

《寻梦者》以丰富的想象和奇特的意象展现了一个寻梦者的艰辛历程。“梦”具体化为大海里藏着的金色的贝,绚烂珍贵,“九年”“冰山”“瀚海”隐喻着寻找过程漫长且充满磨难,获得贝后还需精心呵护、培育,在“在海水里养九年”“在天水里养九年”,终于在一个暗夜里“金色的贝吐出桃色的珠”,而此时人已衰老,“鬓发斑斑”“眼睛朦胧”。这种复杂的人生况味耐人寻味、让人动容。

寻梦者

梦会开出花来的,
梦会开出娇妍的花来的:
去求无价的珍宝吧。

在青色的大海里,

在青色的大海的底里，
深藏着金色的贝一枚。

你去攀九年的冰山吧，
你去航九年的瀚海吧，
然后你逢到那金色的贝。

它有天上的云雨声，
它有海上的风涛声，
它会使你的心沉醉。

把它在海水里养九年，
把它在天水里养九年，
然后，它在一个暗夜里开绽了。

当你鬓发斑斑了的时候，
当你眼睛朦胧了的时候，
金色的贝吐出桃色的珠。

把桃色的珠放在你怀里，
把桃色的珠放在你枕边，
于是一个梦静静地升上来了。

你的梦开出花来了，
你的梦开出娇妍的花来了，
在你已衰老了的时候。

（选自《望舒草》，上海现代书局 1933 年版）

思考练习

1.分析诗歌中“梦”的象征意义。

2.简析《寻梦者》的思想意蕴和艺术特色。

相关链接

他底诗，曾经有一位远在北京（现在当然该说是北平）的朋友说，是象征派的形式，古典派的内容。这样的说法固然容有太过，然而细阅望舒底作品，很少架空的感情，铺张而不虚伪，华美而有法度，倒的确走的诗歌底正路。

那个时期内的最显著的作品便是使望舒底诗作第一次被世人所知道的《雨巷》。

……圣陶先生……称许他替新诗底音节开了一个新的纪元。……圣陶先生底有力的推荐使望舒得到了“雨巷诗人”这称号，一直到现在。

（引自杜衡《望舒草·序》，《望舒草》，上海现代书局 1933 年版）

艾青诗歌

艾　青

作者简介

艾青(1910—1996),原名蒋海澄,浙江金华人,被认为是中国现代诗的代表人物之一。新中国成立前出版的诗集有《大堰河》《北方》《向太阳》《黎明的通知》等。新中国成立后出版的诗集有《欢呼集》《宝石的红星》《海岬上》《春天》《归来的歌》《彩色的诗》《域外集》《雪莲》《艾青诗选》《鱼化石》等。从诗歌风格上看,新中国成立前,艾青以深沉、激越、奔放的笔触诅咒黑暗,讴歌光明;新中国成立后,他又一如既往地歌颂人民,礼赞光明,思考人生。他的“归来”之歌,内容更为广泛,思想更为浑厚,情感更为深沉,手法更为多样。艾青以其充满艺术个性的歌唱实践着他“朴素、单纯、集中、明快”的诗歌美学主张。

作品导读

《礁石》是诗人 1954 年 7 月应智利众议院的邀请,赴南美洲祝贺智利大诗人巴勃罗·聂鲁达五十诞辰的旅途中写下的。全诗共两节,首节侧重表现海浪,第二节侧重表现礁石的斗争精神。通过对海浪的描绘,塑造了搏击风浪、在狂涛中巍然屹立的礁石的形象。诗人写的虽然是自然界中的海洋但又不仅仅是自然界中的海洋,更多的是人类生活的海洋,“礁石”不仅象征了不向命运低头的诗人自身,更象征了中华民族的不畏强暴、不屈不挠的顽强斗争精神。

礁　石

一个浪,一个浪

无休止地扑过来
每一个浪都在它脚下
被打成碎沫，散开……

它的脸上和身上
像刀砍过的一样
但它依然站在那里
含着微笑，望着海洋……

（选自《艾青诗选》，人民文学出版社 1984 年版）

思考练习

1.分析“礁石”的象征意义。

2.为什么说“礁石”总是能“含着微笑，望着海洋”？

相关链接

我是喜欢过惠特曼、凡尔哈仑和苏联十月革命时期的大诗人马雅可夫斯基、勃洛克的作品的；由于出生在农村，甚至也欢喜过对旧式农村表示怀恋的叶赛宁。法国诗人，我比较欢喜兰布。我是欢喜比较接近我们自己时代的诗人们的。

（引自艾青《〈艾青选集〉自序》，《艾青选集》，开明书店 1951 年版）

林徽因诗歌

林徽因

作者简介

林徽因(1904—1955),女,祖籍福建闽侯,生于浙江杭州,作家,也是中国第一位女性建筑学家。20世纪30年代初,她与丈夫梁思成用现代科学方法研究中国古代建筑,成为这个学术领域的开拓者,后来在这方面获得了巨大的学术成就,为中国古代建筑研究奠定了坚实的科学基础。在文学方面,她一生著述甚多,其中包括散文、诗歌、小说、剧本、译文和书信等作品,均属佳作,代表作有《你是人间四月天》《九十九度中》等。

作品导读

《别丢掉》发表于1936年。这首诗表达的是诗人对往昔一段美好情感的缅怀与珍惜。"过往的热情"似乎已渺茫,但也依稀像流水似的在山泉底、在黑夜、在松林轻轻地流淌着。明月、隔山灯火、满天的星和以前"一样",人却不在了。慨叹伤感之余,诗人更加眷恋这份"过往的热情",期望对方也要"保存着那真"。

别丢掉

别丢掉,
这一把过往的热情,
现在流水似的,
轻轻

在幽冷的山泉底，
在黑夜，在松林，
叹息似的渺茫，
你仍要保存着那真！
一样是月明，
一样是隔山灯火，
满天的星，
只有人不见，
梦似的挂起，
你向黑夜要回
那一句话——
你仍得相信
山谷中留着
有那回音！

（选自《林徽因经典作品》，当代世界出版社 2004 年版）

思考练习

1.本诗传递了怎样的情感？

2.体会本诗的艺术特色。

相关链接

林徽因写诗不算多，但艺术成就很高，很有魅力，她那清丽的深藏的抒情，她那些清新流动的意象，她把传统与现代相结合的感受，使她成为诗坛的一颗令人神往的明珠。

（引自蓝棣之《新月派诗选》，人民文学出版社 1989 年版）

郑敏诗歌

郑 敏

作者简介

郑敏(1920—2022),女,福建闽侯人,是九叶诗派中一位重要的女诗人。1943 年毕业于西南联大。1952 年在美国布朗大学研究院获英国文学硕士学位。回国后曾在中国社会科学院文学研究所工作。1960 年后一直在北京师范大学外语系讲授英美文学。1949 年出版《诗集:1942—1947》。从新中国成立初到 1979 年,郑敏中断了新诗写作。直到十一届三中全会以后,她在时代的感召和友人的鼓励下又写起了新诗,出版诗集《心象》《寻觅集》和诗学专著《诗与哲学是近邻》等。

作品导读

《金黄的稻束》是九叶诗派女诗人郑敏的代表作。诗人由秋后"站在"田里的"金黄的稻束"联想到"疲倦"而"美丽"的母亲。母亲因劳动而疲劳,因收获、因承载生命的艰辛和希望而美丽、而伟大,相比之下,历史不过是其脚下一条流去的小河!具体的意象与抽象的思想在这首诗中合为一体,自然,优美,意味深长。

金黄的稻束

金黄的稻束站在
割过的秋天的田里,
我想起无数个疲倦的母亲,
黄昏路上我看见那皱了的美丽的脸,
收获日的满月在

高耸的树巅上，
暮色里，远山
围着我们的心边，
没有一个雕像能比这更静默。
肩荷着那伟大的疲倦，你们
在这伸向远远的一片
秋天的田里低首沉思，
静默。静默。历史也不过是
脚下一条流去的小河，
而你们，站在那儿，
将成为人类的一个思想。

（选自《诗集 1942—1947》，上海文化生活出版社 1949 年版）

思考练习

1.简析作品的艺术特色。

2.谈谈作品的思想意蕴。

相关链接

郑敏诗歌的动人之处在于它诚挚地关怀大地上的一切苦难；可亲地谅解一切友善的生命；安静地接受命运中的一切变故；虔敬地仰望在上的一切神灵；执著地永葆心灵的一切美好。当然，诗行中也时而席卷愤怒的飓风，当诗歌所追寻的、捍卫的、珍爱的，被另一种力量、另一种天性所摧毁、践踏的时候。

［引自徐妍、王洪涛《哲学如何生成了郑敏诗歌》，郑州大学学报（哲学社会科学版）2006 年第 3 期］

余光中诗歌

余光中

作者简介

余光中(1928—2017),祖籍福建永春,生于江苏南京。1947 年入金陵大学外语系(后转入厦门大学)。1949 年随父母迁至香港,次年赴台,就读于台湾大学外文系。1953 年,与覃子豪、钟鼎文等共创“蓝星”诗社。后赴美进修,获爱荷华大学艺术硕士学位。返台后任教于东吴大学、台湾师范大学、台湾中山大学等院校。余光中是一个复杂而多变的诗人,他的写作风格的变化轨迹基本上可以说反映了整个中国诗坛三十多年来的一个走向,即先西化后回归。他的作品风格是因题材而异的。表达意志和理想的诗,一般都显得壮阔铿锵;而描写乡愁和爱情的作品,一般都显得细腻而柔绵。著有诗集《舟子的悲歌》《蓝色的羽毛》《钟乳石》《万圣节》《白玉苦瓜》等十余种。

作品导读

《春天,遂想起》作于 1962 年 4 月 29 日,这首诗表现的是作者对江南浓浓的乡愁。21 岁时,诗人离开大陆移居台湾。随着年龄增长,作者有种被流放的感觉,少年时生活于江南的记忆日复一日烈火般灼烧着他,让他时时梦回江南。诗中的江南不仅珍藏着他的少年时代,而且也象征着中华民族悠久的文化,所以是“唐诗里的江南”,是“乾隆皇帝的江南”。诗人由怀旧而怀古,他的江南既在时间之内,又在时间之外,飘散着传统文化的清芬,而诗人怀的也是一种以民族灿烂文化为精神背景的文化乡愁。

春天,遂想起

春天,遂想起

江南，唐诗里的江南，九岁时
采桑叶于其中，捉蜻蜓于其中
（可以从基隆港回去的）
江南
小杜的江南
苏小小的江南

遂想起多莲的湖，多菱的湖
多螃蟹的湖，多湖的江南
吴王和越王的小战场
（那场战争是够美的）
逃了西施
失踪了范蠡
失踪在酒旗招展的
（从松山飞三小时就到的）
乾隆皇帝的江南

春天，遂想起遍地垂柳
的江南，想起
太湖滨一渔港，想起
那么多的表妹，走过柳堤
（我只能娶其中的一朵！）

走过柳堤，那许多的表妹
就那么任伊老了
任伊老了，在江南
（喷射云三小时的江南）

即使见面，她们也不会陪我
陪我去采莲，陪我去采菱
即使见面，见面在江南
在杏花春雨的江南
在江南的杏花村

（借问酒家何处）
何处有我的母亲

复活节，不复活的是我的母亲
一个江南小女孩变成的母亲
清明节，母亲在喊我，在圆通寺

喊我，在海峡这边
喊我，在海峡那边
喊，在江南，在江南
多寺的江南，多亭的
江南，多风筝的
江南啊，钟声里
的江南
（站在基隆港，想——想
想回也回不去的）
多燕子的江南。

（选自《余光中诗选》，海峡文艺出版社1988年版）

思考练习

1.说说作品中“江南”意象的象征意蕴。

2.谈谈这首诗的艺术特色。

相关链接

他的诗心既然起跳于大陆，少年的梦壮年的回忆既然都萦回于那一片后土，他当然也是大陆诗人。无论他的诗是写于海岛或是半岛或是新大陆，其中必有一主题是托根在那片后土，必有一基调是与滚滚的长江同一节奏，这汹涌澎湃，从厦门的少作到高雄的晚作，从未断绝。从他笔头潺潺泻出的蓝墨水，远以汨罗江为其上游。在民族诗歌的接力赛中，他手里这一棒是远从李白和苏轼的那头传过来的，上面似乎还留有他们的掌温，可不能在他手中落地。

（余光中《先我而飞》，《当代作家评论》1997年第5期）

北岛诗歌

北　岛

作者简介

北岛，原名赵振开，祖籍浙江湖州，1949 年生于北京，朦胧诗派代表人物之一。1969 年当过建筑工人，后在某公司工作。20 世纪 80 年代末移居国外。北岛的诗歌创作开始于“文革”后期，反映了从迷惘到觉醒的一代青年的心声。现实造就了诗人独特的冷抒情的方式——出奇的冷静和深刻的思辨性。出版的诗集有《陌生的海滩》《北岛诗选》《在天涯》《午夜歌手》《零度以上的风景》《开锁》等。

作品导读

《回答》写于 1976 年的“天安门诗歌运动”，发表于《诗刊》1979 年第 3 期。“卑鄙是卑鄙者的通行证，高尚是高尚者的墓志铭”揭露了荒谬与虚伪。诗人进而以极具个性化的表达方式和排山倒海的气势发出自己的呼声，既有对社会现实的强烈的怀疑和否定，又有对未来新世界义无反顾的追求。全诗运用了大量排比和隐喻，气势雄伟，意蕴丰富，震撼人心。

回　答

卑鄙是卑鄙者的通行证，
高尚是高尚者的墓志铭。
看吧，在那镀金的天空中，
飘满了死者弯曲的倒影。

冰川纪过去了，
为什么到处都是冰凌？
好望角发现了，
为什么死海里千帆相竞？

我来到这个世界上，
只带着纸、绳索和身影，
为了在审判之前，
宣读那些被判决的声音：

告诉你吧，世界，
我——不——相——信！
纵使你脚下有一千名挑战者，
那就把我算做第一千零一名。

我不相信天是蓝的；
我不相信雷的回声；
我不相信梦是假的；
我不相信死无报应。

如果海洋注定要决堤，
让所有的苦水注入我心中；
如果陆地注定要上升，
就让人类重新选择生存的峰顶。

新的转机和闪闪的星斗，
正在缀满没有遮拦的天空，
那是五千年的象形文字，
那是未来人们凝视的眼睛。

（选自《诗刊》1979 年第 3 期）

思考练习

1.如何理解《回答》是一个向已逝的历史时代彻底告别的“宣告书”?

2.结合这首诗,谈谈北岛诗歌的艺术特色。

相关链接

在“朦胧诗运动”中,(北岛)常被看作是这一诗派的主要代表者,但也是最有争议的一位。北岛七八十年代之交的诗,最突出的是表达一种怀疑和否定精神,对虚幻的期许,选择的犹豫和缺乏人性内容的苟且生活的坚决拒绝;“我不相信天是蓝的;/我不相信雷的回声;/我不相信梦是假的;/我不相信死无报应”(《回答》);“我不想安慰你/在颤抖的枫叶上/写满关于春天的谎言”(《红帆船》);“走向冬天/唱一支歌吧,/不祝福,也不祈祷,/我们决不回去,/装饰那些漆成绿色的叶子”(《走向冬天》);……诗的叙说者,在悲剧性的抗争的道路上,不接受安慰、怜悯和布施,而表现了类乎鲁迅所说的“反抗绝望”的态度。北岛诗中的情感,展现了当代中国历史“转折”期“觉醒者”的内心冲突和思想精神。这种在批判、否定中寻找个体和民族再生之路的英雄式悲壮情感,在“文革”结束之后的许多读者中产生强烈共鸣。

(引自洪子诚《中国当代文学史》,北京大学出版社 1999 年版)

舒婷诗歌

舒　婷

作者简介

舒婷，生于1952年，原名龚佩瑜，祖籍福建泉州，朦胧诗派的代表诗人之一。1969年去闽西山区插队，1972年返回厦门，当过工人、统计员、染纱工、焊锡工等。1979年开始发表诗歌作品。1980年到福建省文联工作，从事专业写作。著有诗集《双桅船》《会唱歌的鸢尾花》《始祖鸟》，散文集《心烟》《秋天的情绪》《硬骨凌霄》《露珠里的"诗想"》《真水无香》《舒婷文集》(3卷)等。

作品导读

《神女峰》写于1981年6月。这首诗视角新颖，情理并茂。有着美丽传说的神女峰一直被看作忠贞不渝爱情的化身。诗人基于现代女性意识看到的却是"美丽"背后深藏着的"忧伤"，看到的是陈腐的封建伦理道德使活生生的生命变成石头的悲剧。诗人由此发出了对人性复苏和女性人格尊严的深情呼唤。

神女峰

在向你挥舞的各色花帕中
是谁的手突然收回
紧紧捂住自己的眼睛
当人们四散离去，谁
还站在船尾
衣裙漫飞，如翻涌不息的云

江涛
高一声
低一声
美丽的梦留下美丽的忧伤
人间天上，代代相传
但是，心
真能变成石头吗

沿着江岸
金光菊和女贞子的洪流
正煽动新的背叛
与其在悬崖上展览千年
不如在爱人肩头痛哭一晚

（选自《朦胧诗选》，春风文艺出版社1986年版）

思考练习

1.简析《神女峰》的主旨。

2.结合这首诗，分析舒婷诗歌的艺术特色。

相关链接

通往心灵的道路是多种多样的，不仅仅是诗；一个具有正义感又富于同情心的人，总能找到他走向世界的出发点，不仅仅是诗；一切希望和绝望，一切辛酸和微笑，一切，都可能是诗，又不仅仅是诗。

……

我知道我成不了思想家，起码在写诗的时候，我宁愿听从感情的引领而不大信任思想的加减乘除法。

……

现在常说的"看不懂""朦胧"或"晦涩"都是暂时的。

（引自舒婷《生活、书籍与诗》，《福建文学》1981年第2期）

海子诗歌

海　子

作者简介

海子(1964—1989),原名查海生,生于安徽安庆市,中国新诗史上极具影响力的诗人之一。海子在农村长大。1979 年 15 岁时考入北京大学法律系。1983 年自北京大学毕业后被分配至中国政法大学哲学教研室工作。1989 年 3 月 26 日(他生日这一天)在山海关卧轨自杀,年仅 25 岁。海子从 1982 年开始进行诗歌创作,当时即成为“北大三诗人”(骆一禾、西川、海子)之一。1984 年创作成名作《亚洲铜》,第一次使用“海子”作为笔名。从 1982 年到 1989 年不到 7 年的时间里,海子用超乎寻常的热情和勤奋,创作了近 200 万字的作品,结集出版了《土地》《海子、骆一禾作品集》《海子的诗》《海子诗全编》等。

作品导读

《麦地》写于 1985 年 6 月,是海子抒情短诗的代表作之一。诗人通过一系列朴素的、速写式的视觉意象,营造出奇特而令人神往的艺术境界,表达了对自然、劳动、健康生命以及人类美好理想的赞美之情。“月亮”和“麦子”是本诗的两个核心意象,阅读时应认真体味。

麦　地

吃麦子长大的
在月亮下端着大碗
碗内的月亮

和麦子
一直没有声响

和你俩不一样
在歌颂麦地时
我要歌颂月亮

月亮下
连夜种麦的父亲
身上像流动金子

月亮下
有十二只鸟
飞过麦田
有的衔起一颗麦粒
有的则迎风起舞，矢口否认

看麦子时我睡在地里
月亮照我如照一口井
家乡的风
家乡的云
收聚翅膀
睡在我的双肩

麦浪——
天堂的桌子
摆在田野上
一块麦地

收割季节
麦浪和月光
洗着快镰刀
月亮知道我

有时比泥土还要累
而羞涩的情人
眼前晃动着
麦秸

我们是麦地的心上人
收麦这天我和仇人
握手言和
我们一起干完活
合上眼睛,命中注定的一切
此刻我们心满意足地接受

妻子们兴奋地
不停用白围裙
擦手

这时正当月光普照大地
我们各自领着
尼罗河,巴比伦或黄河的孩子
在河流两岸
在群蜂飞舞的岛屿或平原
洗了手
准备吃饭

就让我这样把你们包括进来吧
让我这样说
月亮并不忧伤
月亮下
一共有两个人
穷人和富人
纽约和耶路撒冷
还有我
我们三个人

一同梦到了城市外面的麦地
白杨树围住的
健康的麦地
健康的麦子
养我性命的麦子!

(选自《海子诗全编》,三联书店上海分店 1997 年版)

思考练习

1.分析《麦地》中"麦地""麦子""月亮"等意象所蕴涵的意义。

2.结合这首诗,简析海子诗歌的艺术特色。

相关链接

向上飞升的力基于诗人对建立大诗的崇高理想。建立大诗即是渴望永恒,永恒不是肉体长生,而是灵魂的获救,精神的超越,为此诗人歌唱太阳,太阳即诗。诗人幻想着能创立一种伟大的诗歌,这一伟大的诗歌不仅要超越母体(大地),而且要超越父体(太阳)。是一种伟大的人类精神——一种诗歌总集性质的东西,这是人类的集体回忆或造型。

(引自海子《诗学:一份提纲》,《海子、骆一禾作品集》,南京出版社 1991 年版)

韩东诗歌

韩　东

作者简介

韩东，1961 年生于南京。8 岁时随下放的父母到了苏北农村。1982 年毕业于山东大学哲学系。曾在陕西财经学院、南京审计学院当过教师。1992 年辞职成为自由写作者，受聘于广东省作家协会，为合同制作家，后转聘于深圳尼克艺术公司，为职业作家。1980 年开始发表作品。1990 年加入中国作家协会。著有小说集《西天上》《我的柏拉图》《我们的身体》，诗文集《交叉跑动》，散文《爱情力学》等。其作品已被译成多种文字。

作品导读

《山民》写于 1982 年。这首诗讲述的是一个反“愚公移山”的寓言故事。老一辈山民只知有山，安于现状，新一代山民知道山外有海，但“十分遥远”。新一代山民想带着老婆上路，老婆会给他生儿子，到他死的时候儿子又长大了，儿子又有儿子，子子孙孙无穷尽，终有一天能走出群山，看到大海。然而那似乎太遥远了，他不再想了，儿子和山都使他很疲倦，他只觉遗憾。这首诗既批判了民族传统文化中保守落后的一面，也揭露了年轻一代只关心此时的“现在意识”。全诗语言简单明了，哲理与形象浑然一体，意蕴丰富。

山　民

小时候，他问父亲
“山那边是什么”
父亲说“是山”
“那边的那边呢”
“山，还是山”
他不作声了，看着远处
山第一次使他这样疲倦

他想，这辈子是走不出这里的群山了
海是有的，但十分遥远
他只能活几十年
所以没等到他走到那里
就已死在半路上
死在山中

他觉得应该带着老婆一起上路
老婆会给他生个儿子
到他死的时候
儿子就长大了
儿子也会有老婆
儿子也会有儿子
儿子的儿子也还会有儿子
他不再想了
儿子也使他很疲倦
他只是遗憾
他的祖先没有像他一样想过
不然，见到大海的该是他了

（选自《青春》1982年第8期）

思考练习

1.为什么山民会对山感到“疲倦”呢？

2.论述作品在取材、立意及其语言方面的艺术特色。

相关链接

我们关心的是诗歌本身,是诗歌成其为诗歌,是这种由语言和语言的运动所产生美感的生命形式。我们关心的是作为个人深入到这个世界中去的感受、体会和经验,是流淌在他(诗人)血液中的命运的力量。我们是在完全无依靠的情况下面对世界和诗歌的,虽然在我们的身上投射着各种各样观念的光辉,但是我们不想,也不可能用这些观念去代替我们和世界(包括诗歌)的关系。

(引自徐敬亚、孟浪等《中国现代主义诗群大观 1986—1988》,同济大学出版社 1988 年版)

第二单元　散文

周作人散文

周作人

作者简介

周作人(1885—1967),浙江绍兴人,鲁迅之弟。原名櫆寿,字星杓,又名启明、启孟、起孟,笔名遐寿、仲密、岂明,号知堂、药堂等。著名散文家、文学理论家、评论家、诗人、翻译家,中国民俗学开拓人,新文化运动先驱者之一。历任国立北京大学东方文学系主任,燕京大学新文学系主任。在新文化运动中,他是《新青年》的重要作者,并曾任“新潮社”主任编辑。“五四”运动之后,与郑振铎、沈雁冰、叶绍钧、许地山等人发起成立“文学研究会”,并与鲁迅、林语堂、孙伏园等创办《语丝》周刊,任主编并且是主要撰稿人。新中国成立后重新开始写作。

作品导读

《北京的茶食》创作于1924年2月,收于《雨天的书》。整篇文章,以一本书、一句话发端,静静地回忆茶食,淡淡地回溯茶食文化中所蕴含的生活审美情趣。用平淡的文字述历史、话兴亡、谈吃喝、说生活,旨在引导人们“把生活当作一种艺术,微妙地美地生活”。

北京的茶食

在东安市场的旧书摊上买到一本日本文章家五十岚力的《我的书翰》,中间说起东京的茶食店的点心都不好吃了,只有几家如上野山下的空也,还做得好点心,吃起来馅和糖及果实浑然融合,在舌头上分不出各自的味来。想起德川时代江户的二百五十年的繁华,当然有这一种享乐的流风余韵留传到今日，虽然比起京都来自然有点不及。北京建都已有五百余年之久，论理于衣食住方面应有多少精微的造就，但实际似乎并不如此，即以茶食而论，就不曾知道有什么特殊的有滋味的东西。固然我们对于北京情形不甚熟悉，只是随便撞进一家饽饽铺里去买一点来吃，但是就撞过的经验来说，总没有很好吃的点心买到过。难道北京竟是没有好的茶食，还是有而我们不知道呢？这也未必全是为贪口腹之欲，总觉得住在古老的京城里吃不到包含历史的精炼的或颓废的点心是一个很大的缺陷。北京的朋友们，能够告诉我两三家做得上好点心的饽饽铺么？

我对于二十世纪的中国货色，有点不大喜欢，粗恶的模仿品，美其名曰国货，要卖得比外国货更贵些。新房子里卖的东西，便不免都有点怀疑，虽然这样说好像遗老的口吻，但总之关于风流享乐的事我是颇迷信传统的。我在西四牌楼以南走过，望着异馥斋的丈许高的独木招牌，不禁神往，因为这不但表示它是义和团以前的老店，那模糊阴暗的字迹又引起我一种焚香静坐的安闲而丰腴的生活的幻想。我不曾焚过什么香，却对于这件事很有趣味，然而终于不敢进香店去，因为怕他们在香盒上已放着花露水与日光皂了。我们于日用必需的东西以外，必须还有一点无用的游戏与享乐，生活才觉得有意思。我们看夕阳，看秋河，看花，听雨，闻香，喝不求解渴的酒，吃不求饱的点心，都是生活上必要的——虽然是无用的装点，而且是愈精炼愈好。可怜现在的中国生活，却是极端地干燥粗鄙，别的不说，我在北京彷徨了十年，终未曾吃到好点心。

（选自《周作人散文精选》，长江文艺出版社 2009 年版）

思考练习

1.简述本文的主题意蕴。

2.结合本文，谈谈周作人散文创作的特色。

相关链接

周作人的文体，又来得舒徐自在，信笔所至，初看似散漫支离，过于繁琐！但仔细一读，却觉得他的漫谈，句句含有分量，一篇之中，少一句就不对，一句之中，易一字也不可，读完之后，还想翻转来从头再读的。

……

周作人的理智既经发达，又时时加以灌溉，所以便造成了他的博识；但他的态度却不是卖智与玄学的，谦虚和真诚的二重内美，终于使他的理智放了光，博识致了用。

（引自郁达夫《〈中国新文学大系·散文二集〉导言》，《中国新文学大系·散文二集》，上海良友图书印刷公司 1935 年版）

俞平伯散文

俞平伯

作者简介

俞平伯(1900—1990),原名俞铭衡,字平伯,湖州德清人。清代朴学大师俞樾曾孙。早年参加"五四"新文化运动,为新潮社、文学研究会、语丝社成员。1919 年毕业于北京大学。曾在杭州第一师范学校执教。后历任上海大学、燕京大学、北京大学、清华大学教授。新中国成立后,历任北京大学教授,中国社会科学院文学研究所研究员,中国作家协会第一、二届理事。俞平伯最初以创作新诗为主。1918 年,以白话诗《春水》崭露头角。次年,与朱自清等人创办我国最早的新诗月刊《诗》。至抗战前夕,先后结集出版诗集《冬夜》《西还》《忆》等。在散文方面,先后结集出版《杂拌儿》《燕知草》《杂拌儿之二》《古槐梦遇》《燕郊集》等。其中《桨声灯影里的秦淮河》等名篇曾被传诵一时。1987 年,应邀赴香港,发表了有关《红楼梦》研究的新成果。1988 年,上海古籍出版社出版其论著合集。他还著有《论诗词曲杂著》《红楼梦八十回校本》《俞平伯散文选集》等。

作品导读

《清河坊》创作于 1925 年 10 月,收于《燕知草》集。"山水是美妙的俦侣,而街市是最亲切的",作者把视线对准杭州城内的老街坊,表达了对"天堂"杭州的独特理解,并寄寓了自己当时的心境。清河坊对于作者而言,不仅仅是一处景观,更是人生的一个驿站,是历史、现实和梦的一部分。市井表面的喧阗透着无事忙、真闲散,而这种"闲适"的韵味也正是作者着意捕捉的。

清河坊

山水是美妙的俦侣，而街市是最亲切的。它和我们平素十二分稔熟，自从别后，竟毫不踌躇，蓦然闯进忆之域了。我们追念某地时，山水的清音，其浮涌于灵府间的数和度量每不敌城市的喧哗，我们大半是俗骨哩(至少我是这么一个俗子)！白老头儿舍不得杭州，却说“一半勾留为此湖”；可见西湖在古代诗人心中，至多也只沾了半面光。那一半儿呢？谁知道是什么！这更使我胆大，毅然于西湖以外，另写一题曰“清河坊”。读者若不疑我为火腿茶叶香粉店作新式广告，那再好没有。

我决不想描写杭州狭陋的街道和店铺，我没有那般细磨细琢的工夫，我没有那种收集零丝断线织成无缝天衣的本领；我只得藏拙。我所亟亟要显示的是淡如水的一味依恋，一种茫茫无羁泊的依恋，一种在夕阳光里，街灯影傍的依恋。这种委婉而入骨三分的感触，实是无数的前尘前梦酝酿成的，没有一桩特殊事情可指点，也不是一朝一夕之功。我实在不知从何说起，但又觉得非说不可。环问我：“这种窘题，你将怎么做？”我答：“我不知道是怎样做，我自信做得下去。”

人和“其他”外缘的关联，打开窗子说亮话，是没有那回事。真的不可须臾离的外缘是人与人的系属，所谓人闲便是。我们试想：若没有飘零的游子，则西风下的黄叶，原不妨由它们哗哗自己去响着。若没有憔悴的女儿，则枯干了的红莲花瓣，何必常夹在诗集中呢？人万一没有悲欢离合，月即使有阴晴圆缺，又何为呢？怀中不曾收得美人的倩影，则入画的湖山，其黯淡又将如何呢？……一言蔽之，人对于万有的趣味，都是从人间趣味的本身投射出来的。这基本趣味假如消失了，则大地河山及它所有的兰因絮果毕落于渺茫了。在此我想注释我在《鬼劫》中一句费解的话：“一切似吾生，吾生不似那一切。”

离题已远，快回来吧！我自述鄙陋的经验，还要“像煞有介事”，不又将为留学生所笑乎？其实我早应当自认这是幻觉，一种自骗自的把戏。我在此所要解析的，是这种幻觉怎样构成的。这或者虽在通人亦有所不弃吧。

这儿名说是谈清河坊，实则包括北自羊坝头，南至清河坊这一条长街。中间的段落各有专名，不烦枚举。看官如住过杭州的，看到这儿早已恍然；若没到过，多说也还是不懂。杭州的热闹市街不止一条，何以独取清河坊呢？我因它逼窄得好，竟铺石板不修马路亦好；认它为 typical 杭州街。

我们雅步街头，则矻磴矻磴地石板怪响，而大嚷“欠来！欠来！”的洋车，或前或后冲过来了。若不躲闪，竟许老实不客气被车夫推搡一下，而你自然不得不肃然退避了。天晴还算好，落雨的时候，那更须激起石板洼隙的积水溅上你的衣裳，这真糟心！这和被北京的汽车轮子溅了一身泥浆是仿佛的。虽然发江南热的我觉得北京的汽车是老虎（非彼老虎也！），而杭州的车夫毕竟是人。你拦阻他的去路，他至多大喊两声，推你一把，不至于如北京的高轩哀嘶长啸地过去，似将要你的一条穷命。

哪怕它十分喧阗，悠悠然的闲适总归消除不了。我所经历的江南内地，都有这种可爱的空气；这真有点儿古色古香。

我在伦敦纽约虽住得不久，却已嗅得欧美名都的忙空气；若以彼例此，则藐乎小矣。杭州清河坊的闹热，无事忙耳。他们越忙，我越觉得他们是真闲散。忙且如此，不忙可知。——非闲散而何？

我们雅步街头，虽时时留意来往的车子，然终不失为雅步。走过店窗，看看杂七杂八的货色，一点没有 Show window 的规范，但我不讨厌它们。我们常常去买东西，还好意思摔什么"洋腔"呢？

我俩和娴小姐同走这条街的次数最多，她们常因配置些零星而去，我则瞎跑而已。有几家较熟的店铺差不多没有不认识我们的。有时候她们先到，我从别处跑了去，一打听便知道，我终于会把她们追着的。大约除掉药品书报糖食以外，我再不花什么钱；而她们所买绝然不同，都大包小裹的带回了家，挨到上灯的时分。若今天买的东西少，时候又早，天气又好，往往雇车到旗下营去，从繁热的人笑里，闲看湖滨的暮霭与斜阳。"微阳已是无多恋，更苦遥青着意遮。"我时时看见这诗句自己的影子。

清河坊中，小孩子的油酥饺是佩弦以诗作保证的；我所以时常去买来吃。叫她们吃，她们以在路上吃为不雅而不吃；常被我一个人吃完了。油酥饺冰冷的，您想不得味吧。然而我竟常买来吃，且一顿便吃完了。您不以为诧异吗？不知佩弦读至此如何想？他不会得说："这是我一首诗的力啊！"

我收集花果的本领真太差，有些新鲜的果子，藏在怀中几年之后，不但香色无复从前，并且连这些果子的名目，形态，影儿都一起丢了。这真是所谓"抚空怀而自惋"了。譬如提到清河坊，似有层层叠叠感触的张本在那边，然细按下去，便觉洞然无物。即使不是真的洞然，也总是说它不出。在实际上，"说不出"与"洞然"的差别，真是太小了。

在这狭的长街上，不知曾经留下我们多少的踪迹。可是坚且滑的石板上，使我们的肉眼怎能辨别呢？况且，江南的风虽小，雨却豪纵惯了的。暮色苍然下，飒飒的细点儿，渐转成牵丝的"长脚雨"，早把这一天走过的千千人的脚迹，不论男的女的老的少的村的俏的，洗刷个干净。一日且如此，何论旬日；兼旬既如此，何论经年呢？明日的人儿等着哩，今日的你怎能不去！不看见吗？水上之波如此，天上之云如斯；云水无心，“人”却多了一种荒唐的眷恋，非自寻烦恼吗？若依颉刚的名理推之，烦恼是应当自己寻的；这却又无以难他。

我由不得发两句照例的牢骚了。天下惟有盛年可贵，这是自己证明的真实。梦阑酒醒，还算个什么呢，千金一刻是正在醉梦之中央。我们的脚步踏在土泥或石上，我们的语笑颤荡在空气中，这是何等的切实可喜。直到一切已黯淡渺茫，回首有凄悱的颜色，那时候的想头才最没有出息；一方面要追挽已逝的芳香，一方面妒羡他人的好梦。去了的谁挽得住，剩一双空空的素手；妒羡引得人人笑，我们终被拉下了。这真觉得有点犯不着，然而没出息的念头，我可是最多。

匆匆一年之后，我们先后北来了。为爱这风尘来吗？还是逃避江南的孽梦呢？娴小姐平日最爱说“窝逸”。破烂的大街，荒寒的小胡同，时闻瑟缩的枯叶打抖，尖厉的担儿吆喝，沉吟的车骨碌的话语，一灯初上，四座无言；她仍然会说“窝逸”吗？或者陡然猛省，这是寂寞长征的一尖站呢？我毕竟想不出她应当怎样着想方好。

我们再同步于北京的巷陌，定会觉得异样；脚下的尘土，比棉花还软得多哩。在这样的软尘中，留下的踪迹更加靠不住了，不待言。将来万一，娴小姐重去江南，许我谈到北京的梦，还能如今日谈杭州清河坊巷这样的洒脱吗？“人到来年忆此年。”想到这里，心渐渐的低沉下去，另有一幅飘零的图画影子，烟也似的晃荡在我眼下。

话说回来，干脆了当！若我们未曾在那边徘徊，未曾在那边笑语；或者即有徘徊笑语的微痕而不曾想到去珍惜它们，则莫说区区清河坊，即十百倍的胜迹亦久不在话下了。我爱诵父亲的诗句：

只缘曾系乌篷艇，野水无情亦耐看。

（原载1926年2月8日《晨报副刊》）

思考练习

1.作者为何对“清河坊”情有独钟？

2.结合作品，谈谈俞平伯散文的创作特色。

相关链接

在他的笔下，那种“眠月观花，壁上寻诗，赏雪读碑”式的名士情调，这种洒脱的风格，虽然古时就有，但俞平伯所表现的情思却是真切的，由于这种情思与文中所写的人物是紧密结合的，所以在文中就洋溢着和悦宜人的人情之美。如《清河坊》，作者以一种"淡如水的一味依恋，一种茫茫无羁泊的依恋，一种在夕阳光里，街灯影傍的依恋"抒写自己曾与亲人们一起漫步杭州清河坊的情景。行文中，作者固然将当年清河坊的石板路、油酥饺乃至杭州的车夫、街市描绘得颇有民俗气息，但我们同时也完全可以想见，若不是作者曾在这里与亲人们生活过，若不是作者在文中描述了自己与夫人、娴小姐等曾经在这一带生活的生动情景，这篇文章很可能是单调无味的，甚至作者根本就不会去写它。难怪俞平伯在文中感慨道："我们试想：若没有飘零的游子，则西风下的黄叶，原不妨由它们花花自己去响着；若没有憔悴的女儿，则枯干了的红莲瓣，何必常夹在诗集中呢？人万一没有悲欢离合，月即使有阴晴圆缺，又何为呢？……一言蔽之，人对于万有的趣味，都从人间趣味的本身投射出来的。"

（引自陈星《俞平伯抒情散文的艺术特色》，《湖州师专学报》1988年第2期）

朱自清散文

朱自清

作者简介

朱自清(1898—1948)，原名自华，号秋实，后改名自清，字佩弦。原籍浙江绍兴，生于江苏东海。现代散文家、诗人、文学研究家。幼年在私塾读书，深受中国传统文化的影响。1916 年考入北京大学预科，翌年升入哲学系。1919 年底开始发表诗歌。1924 年，诗和散文集《踪迹》出版。1925 年，被聘为清华大学中文系教授，开始从事文学研究工作，创作方面则转以散文为主。1928 年第一本散文集《背影》出版。1931 年 8 月，留学英国，后又漫游欧洲五国。1932 年回国，1934 年出版《欧游杂记》。1936 年出版散文集《你我》。抗日战争爆发后，任西南联合大学中国文学系主任，并当选为中华全国文艺界抗敌协会理事。1948 年 8 月病逝。散文代表作有《荷塘月色》《背影》《桨声灯影里的秦淮河》《给亡妇》等。

作品导读

《给亡妇》创作于 1932 年 10 月 11 日，其时距朱自清之妻逝世已三个年头。全文语言明净素雅，在如水般清亮的文字中，作者的深情不禁氤氲而出、娓娓道来。作者明明深深怀念着亡妻，但通篇所叙的都是亡妻对作者和孩子们的不舍与爱，几乎没有一件事是直接表现作者对妻子的思念与爱的。正是这种从对面落笔的写法，使得这篇文章不仅在情感上超越了生与死、天与地的界限，而且在艺术上富有与众不同的无穷韵味。

给亡妇

谦，日子真快，一眨眼你已经死了三个年头了。这三年里世事不知变化了多少回，但你未必注意这些个，我知道。你第一惦记的是你几个孩子，第二便轮着我。孩子和我平分你的世界，你在日如此；你死后若还有知，想来还如此的。告诉你，我夏天回家来着：迈儿长得结实极了，比我高一个头。闰儿父亲说是最乖，可是没有先前胖了。采芷和转子都好。五儿全家夸她长得好看；却在腿上生了湿疮，整天坐在竹床上不能下来，看了怪可怜的。六儿，我怎么说好，你明白，你临终时也和母亲谈过，这孩子是只可以养着玩儿的，他左挨右挨去年春天，到底没有挨过去。这孩子生了几个月，你的肺病就重起来了。我劝你少亲近他，只监督着老妈子照管就行。你总是忍不住，一会儿提，一会儿抱的。可是你病中为他操的那一份儿心也够瞧的。那一个夏天他病的时候多，你成天儿忙着，汤呀，药呀，冷呀，暖呀，连觉也没有好好儿睡过。那里有一分一毫想着你自己。瞧着他硬朗点儿你就乐，干枯的笑容在黄蜡般的脸上，我只有暗中叹气而已。

从来想不到做母亲的要像你这样。从迈儿起，你总是自己喂乳，一连四个都这样。你起初不知道按钟点儿喂，后来知道了，却又弄不惯；孩子们每夜里几次将你哭醒了，特别是闷热的夏季。我瞧你的觉老没睡足。白天里还得做菜，照料孩子，很少得空儿。你的身子本来坏，四个孩子就累你七八年。到了第五个，你自己实在不成了，又没乳，只好自己喂奶粉，另雇老妈子专管她。但孩子跟老妈子睡，你就没有放过心；夜里一听见哭，就竖起耳朵听，工夫一大就得过去看。十六年初，和你到北京来，将迈儿，转子留在家里；三年多还不能去接他们，可真把你惦记苦了。你并不常提，我却明白。你后来说你的病就是惦记出来的；那个自然也有份儿，不过大半还是养育孩子累的。你的短短的十二年结婚生活，有十一年耗费在孩子们身上；而你一点不厌倦，有多少力量用多少，一直到自己毁灭为止。你对孩子一般儿爱，不问男的女的，大的小的。也不想到什么“养儿防老，积谷防饥”，只拼命的爱去。你对于教育老实说有些外行，孩子们只要吃得好玩得好就成了。这也难怪你，你自己便是这样长大的。况且孩子们原都还小，吃和玩本来也要紧的。你病重的时候最放不下的还是孩子。病得只剩皮包着骨头了，总不信自己不会好；老说：“我死了，这一大群孩子可苦了。”后来说送你回家，你想着可以看见迈儿和转子，也愿意；你万不想到会一走不返的。我送车的时候，你忍不住哭了，说：“还不知能不能再见？”可怜，你的心我知道，你满想着好好儿带着六个孩子回来见我的。谦，你那时一定这样想，一定的。

除了孩子，你心里只有我。不错，那时你父亲还在；可是你母亲死了，他另有个女人，你老早就觉得隔了一层似的。出嫁后第一年你虽还一心一意依恋着他老人家，到第二年上我和孩子可就将你的心占住，你再没有多少工夫惦记他了。你还记得第一年我在北京，你在家里。家里来信说你待不住，常回娘家去。我动气了，马上写信责备你。你教人写了一封复信，说家里有事，不能不回去。这是你第一次也可以说第末次的抗议，我从此就没给你写信。暑假时带了一肚子主意回去，但见了面，看你一脸笑，也就拉倒了。打这时候起，你渐渐从你父亲的怀里跑到我这儿。你换了金镯子帮助我的学费，叫我以后还你；但直到你死，我没有还你。你在我家受了许多气，又因为我家的缘故受你家里的气，你都忍着。这全为的是我，我知道。那回我从家乡一个中学半途辞职出走。家里人讽你也走。哪里走！只得硬着头皮往你家去。那时你家像个冰窖子，你们在窖里足足住了三个月。好容易我才将你们领出来了，一同上外省去。小家庭这样组织起来了。你虽不是什么阔小姐，可也是自小娇生惯养的，做起主妇来，什么都得干一两手；你居然做下去了，而且高高兴兴地做下去了。菜照例满是你做，可是吃的都是我们；你至多夹上两三筷子就算了。你的菜做得不坏，有一位老在行大大地夸奖过你。你洗衣服也不错，夏天我的绸大褂大概总是你亲自动手。你在家老不乐意闲着；坐前几个“月子”，老是四五天就起床，说是躺着家里事没条没理的。其实你起来也还不是没条理；咱们家那么多孩子，哪儿来条理？在浙江住的时候，逃过两回兵难，我都在北平。真亏你领着母亲和一群孩子东藏西躲的；末一回还要走多少里路，翻一道大岭。这两回差不多只靠你一个人。你不但带了母亲和孩子们，还带了我一箱箱的书；你知道我是最爱书的。在短短的十二年里，你操的心比人家一辈子还多；谦，你那样身子怎么经得住！你将我的责任一股脑儿担负了去，压死了你；我如何对得起你！

你为我的捞什子书也费了不少神；第一回让你父亲的男佣人从家乡捎到上海去。他说了几句闲话，你气得在你父亲面前哭了。第二回是带着逃难，别人都说你傻子。你有你的想头：“没有书怎么教书？况且他又爱这个玩意儿。”其实你没有晓得，那些书丢了也并不可惜；不过教你怎么晓得，我平常从来没和你谈过这些个！总而言之，你的心是可感谢的。这十二年里你为我吃的苦真不少，可是没有过几天好日子。我们在一起住，算来也还不到五个年头。无论日子怎么坏，无论是离是合，你从来没对我发过脾气，连一句怨言也没有。——别说怨我，就是怨命也没有过。老实说，我的脾气可不大好，迁怒的事儿有的是。那些时候你往往抽噎着流眼泪，从不回嘴，也不号啕。不过我也只信得过你一个人，有些话我只和你一个人说，因为世界上只你一个人真关心我，真同情我。你不但为我吃苦，更为我分苦；我之有我现在的精神，大半是你给我培养着的。这些年来我很少生病。但我最不耐烦生病，生了病就呻吟不绝，闹那伺候病的人。你是领教过一回的，那回只一两点钟，可是也够麻烦了。你常生病，却总不开口，挣扎着起来；一来怕搅我，二来怕没人做你那份儿事。我有一个坏脾气，怕听人生病，也是真的。后来你天天发烧，自己还以为南方带来的疟疾，一直瞒着我。明明躺着，听见我的脚步，一骨碌就坐起来。我渐渐有些奇怪，让大夫一瞧，这可糟了，你的一个肺已烂了一个大窟窿了！大夫劝你到西山去静养，你丢不下孩子，又舍不得钱；劝你在家里躺着，你也丢不下那份儿家务。越看越不行了，这才送你回去。明知凶多吉少，想不到只一个月工夫你就完了！本来盼望还见得着你，这一来可拉倒了。你也何尝想到这个？父亲告诉我，你回家独住着一所小住宅，还嫌没有客厅，怕我回去不便哪。

前年夏天回家，上你坟上去了。你睡在祖父母的下首，想来还不孤单的。只是当年祖父母的坟太小了，你正睡在圹底下。这叫做“抗圹”，在生人看来是不安心的；等着想办法哪。那时圹上圹下密密地长着青草，朝露浸湿了我的布鞋。你刚埋了半年多，只有圹下多出一块土，别的全然看不出新坟的样子。我和隐今夏回去，本想到你的坟上来；因为她病了没来成。我们想告诉你，五个孩子都好，我们一定尽心教养他们，让他们对得起死了的母亲——你！谦，好好儿放心安睡吧，你。

（选自《朱自清散文集》，西苑出版社 2006 年版）

思考练习

1.体会作者的思想情感。

2.结合本文，论述朱自清散文的基本风格。

相关链接

他善于通过缜密的艺术构思和笔触细腻的描绘，使作品的意境具有诗情画意的美：他善于通过叙事、描写、议论的有机交融，抒写自己的真情实感，使作品的抒情具有诚挚醇厚的美；他善于通过文眼的安设和线索的贯穿，和谐地组织材料，使作品的结构具有谨严单纯的美；他善于通过口语的认真提炼，形成一种亲切有味的“谈话”作风，使作品的语言具有朴素自然的美。把这些优点综合起来，就形成了朱自清散文的委婉深切、谨严细致、真醇朴实的风格，具有相当突出的审美意义。

（引自杨昌江《朱自清的散文艺术》，北京出版社 1983 年版）

梁实秋散文

梁实秋

作者简介

梁实秋(1903—1987),北京人,散文家、学者、文学批评家、翻译家。1915年秋考入清华大学。在该校高等科求学期间开始写作。1923年毕业后赴美留学,受"新人文主义"者白璧德影响较深。1926年回国任教于国立东南大学。第二年到上海编辑《时事新报》副刊《青光》。不久后被聘为暨南大学教授。1934年被聘为北京大学研究教授并兼任外文系主任。1935年秋创办《自由评论》,先后主编过《世界日报》副刊《学文》和《北平晨报》副刊《文艺》。1938年底开始编辑《中央日报》副刊《平明》。抗战胜利后被聘为北平师大英语系教授。1949年到台湾,被聘为台湾师范学院(后改为师范大学)英语系教授,后兼系主任,之后又兼文学院长。代表作有《雅舍小品》《英国文学史》《莎士比亚全集》等。

作品导读

《雅舍》1940年写于重庆。名为"雅舍",实际上是位于半山腰的一间陋室,是作者战乱期间在重庆北碚的住所。雅舍有门窗不严、风雨难避、鼠子瞰灯、蚊子猖獗等诸多缺点,而"我仍安之",并可找到许多乐趣,显露出作者的豁达、儒雅与幽默。语言上骈散相间、雅俗共存、旁征博引、幽默生动。

雅 舍

到四川来,觉得此地人建造房屋最是经济。火烧过的砖,常常用来做柱子,孤零零的砌起四根砖柱,上面盖上一个木头架子,看上去瘦骨嶙嶙,单薄得可怜;但是顶上铺了瓦,四面编了竹篦墙,墙上敷了泥灰,远远的看过去,没有人能说不像是座房子。我现在住的“雅舍”正是这样一座典型的房子。不消说,这房子有砖柱,有竹篦墙,一切特点都应有尽有。讲到住房,我的经验不算少,什么“上支下摘”“前廊后厦”“一楼一底”“三上三下”“亭子间”“茅草棚”“琼楼玉宇”和“摩天大厦”各式各样,我都尝试过。我不论住在哪里,只要住得稍久,对那房子便发生感情,非不得已我还舍不得搬。这“雅舍”,我初来时仅求其能蔽风雨,并不敢存奢望,现在住了两个多月,我的好感油然而生。虽然我已渐渐感觉它是并不能蔽风雨,因为有窗而无玻璃,风来则洞若凉亭,有瓦而空隙不少,雨来则渗如滴漏。纵然不能蔽风雨,“雅舍”还是自有它的个性。有个性就可爱。

“雅舍”的位置在半山腰,下距马路约有七八十层的土阶。前面是阡陌螺旋的稻田。再远望过去是几抹葱翠的远山,旁边有高粱地,有竹林,有水池,有粪坑,后面是荒僻的榛莽未除的土山坡。若说地点荒凉,则月明之夕,或风雨之日,亦常有客到,大抵好友不嫌路远,路远乃见情谊。客来则先爬几十级的土阶,进得屋来仍须上坡,因为屋内地板乃依山势而铺,一面高,一面低,坡度甚大,客来无不惊叹,我则久而安之,每日由书房走到饭厅是上坡,饭后鼓腹而出是下坡,亦不觉有大不便处。

“雅舍”共是六间,我居其二。篦墙不固,门窗不严,故我与邻人彼此均可互通声息。邻人轰饮作乐,咿唔诗章,喁喁细语,以及鼾声,喷嚏声,吮汤声,撕纸声,脱皮鞋声,均随时由门窗户壁的隙处荡漾而来,破我岑寂。入夜则鼠子瞰灯,才一合眼,鼠子便自由行动,或搬核桃在地板上顺坡而下,或吸灯油而推翻烛台,或攀援而上帐顶,或在门框桌脚上磨牙,使得人不得安枕。但是对于鼠子,我很惭愧的承认,我“没有法子”。“没有法子”一语是被外国人常常引用着的,以为这话最足代表中国人的懒惰隐忍的态度。其实我的对付鼠子并不懒惰。窗上糊纸,纸一戳就破;门户关紧,而相鼠有牙,一阵咬便是一个洞洞。试问还有什么法子?洋鬼子住到“雅舍”里,不也是“没有法子”?比鼠子更骚扰的是蚊子。“雅舍”的蚊风之盛,是我前所未见的。“聚蚊成雷”真有其事!每当黄昏时候,满屋里磕头碰脑的全是蚊子,又黑又大,骨骼都像是硬的。在别处蚊子早已肃清的时候,在“雅舍”则格外猖獗,来客偶不留心,则两腿伤处累累隆起如玉蜀黍,但是我仍安之。冬天一到,蚊子自然绝迹,明年夏天——谁知道我还是否住在“雅舍”!

“雅舍”最宜月夜——地势较高,得月较先。看山头吐月,红盘乍涌,一霎间,清光四射,天空皎洁,四野无声,微闻犬吠,坐客无不悄然!舍前有两株梨树，等到月升中天，清光从树间筛洒而下，地上阴影斑斓，此时尤为幽绝。直到兴阑人散，归房就寝，月光仍然逼进窗来，助我凄凉。细雨蒙蒙之际，“雅舍”亦复有趣。推窗展望，俨然米氏章法，若云若雾，一片弥漫。但若大雨滂沱，我就又惶悚不安了，屋顶湿印到处都有，起初如碗大，俄而扩大如盆，继则滴水乃不绝，终乃屋顶灰泥突然崩裂，如奇葩初绽，砉然一声而泥水下注，此刻满室狼藉，抢救无及。此种经验，已数见不鲜。

“雅舍”之陈设，只当得简朴二字，但洒扫拂拭，不使有纤尘。我非显要，故名公巨卿之照片不得入我室；我非牙医，故无博士文凭张挂壁间；我不业理发，故丝织西湖十景以及电影明星之照片亦均不能张我四壁。我有一几一椅一榻，酣睡写读，均已有着，我亦不复他求。但是陈设虽简，我却喜欢翻新布置。西人常常讥笑妇人喜欢变更桌椅位置，以为这是妇人天性喜变之一征。诬否且不论，我是喜欢改变的。中国旧式家庭，陈设千篇一律，正厅上是一条案，前面一张八仙桌，一旁一把靠椅，两旁是两把靠椅夹一只茶几。我以为陈设宜求疏落参差之致，最忌排偶。“雅舍”所有，毫无新奇，但一物一事之安排布置俱不从俗。人入我室，即知此是我室。笠翁《闲情偶寄》之所论，正合我意。

“雅舍”非我所有，我仅是房客之一。但思“天地者万物之逆旅”，人生本来如寄，我住“雅舍”一日，“雅舍”即一日为我所有。即使此一日亦不能算是我有，至少此一日“雅舍”所能给予之苦辣酸甜，我实躬受亲尝。刘克庄词：“客里似家家似寄。”我此时此刻卜居“雅舍”，“雅舍”即似我家。其实似家似寄，我亦分辨不清。

长日无俚，写作自遣，随想随写，不拘篇章，冠以“雅舍小品”四字，以示写作所在，且志因缘。

（选自《雅舍小品》，陕西师范大学出版社 2013 年版）

思考练习

1.简述本文的主题思想。

2.分析梁实秋散文的特色。

相关链接

梁实秋的小品在现代中国的小品散文中确实别具一格。创造社的郭沫若、郁达夫等人的散文往往是个人情感的一个片段，文学研究会朱自清、冰心等人的散文则是记叙一段事迹或景物，虽然前者也与记叙结合，后者在事迹或景物的描写中也积淀着情感，但是都缺乏深刻的理性内容，而且他们也没有想到将这一时一地的艺术表现与永久的人性结合起来。梁实秋与鲁迅虽然是论战对手，但是要在现代中国散文中寻找与《雅舍小品》相近的文章，那么当推鲁迅的杂文——就是在一个题目下，以议论为经，以情感的抒发与艺术的想象为纬，将理性内容与情感想象融为一炉。但是，鲁迅的杂文充满着对国民性与现实丑恶的批判，而梁实秋的小品则是他从战斗中撤离的表现，也不关心中西文化的差异，而着力描写"永久不变的人性"，所以他的小品能够围绕着一个题目，东拉西扯，以不同文化中的名人名言与事例，来表明这种人性具有穿透空间的共通性。因此，现代中国的小品散文中唯一与《雅舍小品》在取材范围与表现方式上相近的，大概是钱钟书的《写在人生边上》，二者思考的都是共同的人性，而且行文中都使用了反语、讽刺等技巧，使文章显得幽默。不过，钱钟书的几篇散文有的地方议论明显，艺术表现不如他的小说得心应手；而梁实秋的小品几乎就是他生命的流溢，其中的议论也被其智慧之光给遮掩了。

（引自高旭东《论〈雅舍小品〉的审美风格及其在中国大陆的接受》，《江汉论坛》2005 年第 1 期）

杨绛散文

杨　绛

作者简介

杨绛(1911－2016)，原名杨季康，祖籍江苏无锡，生于北京，作家、评论家、翻译家、剧作家、学者。丈夫是著名文学研究家和作家钱鐘书。1932 年毕业于苏州东吴大学。1935—1938 年留学英法，回国后曾在上海震旦女子文理学院、清华大学任教。1949 年后，在中国社会科学院文学研究所、外国文学研究所工作。主要作品有剧本《称心如意》《弄假成真》，长篇小说《洗澡》，散文《干校六记》，随笔集《将饮茶》，译作《堂吉诃德》《吉尔·布拉斯》《小癞子》《斐多》等。

作品导读

《隐身衣》是杨绛 1987 年 5 月由三联书店出版的散文集《将饮茶》中的最后一篇，也称《废话，代后记》。隐身衣是古代传奇或西方科幻小说中的一种大胆想象，在现实中是不可能有这样的“仙家法宝”的。在文中杨绛以“隐身衣”来比喻、表达自己所推崇、所选择的生活位置和人生态度：甘愿居于卑微，同时不自暴自弃，“是什么料，充什么用”。杨绛的文字笑中融理，初读要笑，细读免不了想哭，我们只有从“笑”中读出“哭”，才能真正理解这篇散文。

隐身衣

我们夫妇有时候说废话玩儿。

“给你一件仙家法宝，你要什么？”

我们都要隐身衣；各披一件，同出遨游。我们只求摆脱羁束，到处阅历，并不想为非作歹。可是玩得高兴，不免放肆淘气，于是惊动了人，隐身不住，得赶紧逃跑。

“啊呀！还得有缩地法！”

“还要护身法！”

想得越周到，要求也越多，干脆连隐身衣也不要了。

其实，如果不想干人世间所不容许的事，无需仙家法宝，凡间也有隐身衣；只是世人非但不以为宝，还惟恐穿在身上，像湿布衫一样脱不下。因为这种隐身衣的料子是卑微。身处卑微，人家就视而不见，见而无睹。

我记得我国笔记小说里讲一人梦魂回家，见到了思念的家人，家里人却看不见他。他开口说话，也没人听见。家人团坐吃饭，他欣然也想入座，却没有他的位子。身居卑微的人也仿佛这个未具人身的幽灵，会有同样的感受。人家眼里没有你，当然视而不见；心上不理会你，就会瞠目无睹。你的“自我”觉得受了轻忽或怠慢或侮辱，人家却未知有你；你虽然生存在人世间，却好像还未具人形，还未曾出生。这样活一辈子，不是虽生犹如未生吗？谁假如说，披了这种隐身衣如何受用，如何逍遥自在，听的人只会觉得这是发扬阿Q精神，或阐述“酸葡萄论”吧？

且看咱们的常言俗语，要做个“人上人”呀，“出类拔萃”呀，“出人头地”呀，“脱颖而出”呀，“出风头”或“拔尖”“冒尖”呀等等，可以想见一般人都不甘心受轻忽。他们或悒悒而怨，或愤愤而怒，只求有朝一日挣脱身上这件隐身衣，显身而露面。英美人把社会比作蛇阱(snake pit)。阱里压压挤挤的蛇，一条条都拼命钻出脑袋，探出身子，把别的蛇排挤开，压下去；一个个冒出又没入的蛇头，一条条拱起又压下的蛇身，扭结成团、难分难解的蛇尾，你上我下，你死我活，不断地挣扎斗争。钻不出头，一辈子埋没在下；钻出头，就好比大海里坐在浪尖儿上的跳珠飞沫，迎日月之光而生辉，可说是大丈夫得志了。人生短促，浪尖儿上的一刹那，也可作一生成就的标志，足以自豪。你是“窝囊废”吗？你就甘心郁郁久居人下？

但天生万物，有美有不美，有才有不才。万具枯骨，才造得一员名将；小兵小卒，岂能都成为有名的英雄。世上有坐轿的，有抬轿的；有坐席的主人和宾客，有端茶上菜的侍仆。席面上，有人坐首位，有人陪末座。厨房里，有掌勺的上灶，有烧火的灶下婢。天之生材也不齐，怎能一律均等。

人的志趣也各不相同。《儒林外史》二十六回里的王太太，津津乐道她在孙乡绅家“吃一、看二、眼观三”的席上，坐在首位，一边一个丫头为她掠开满脸黄豆大的珍珠拖挂，让她露出嘴来吃蜜饯茶。而《堂吉诃德》十一章里的桑丘，却不爱坐酒席，宁愿在自己的角落里，不装斯文，不讲礼数，吃些面包葱头。有人企求飞上高枝，有人宁愿“曳尾涂中”。人各有志，不能相强。

有人是别有怀抱，旁人强不过他。譬如他宁愿“曳尾涂中”，也只好由他。有人是有志不伸，自己强不过命运。譬如庸庸碌碌之辈，偏要做“人上人”，这可怎么办呢？常言道：“烦恼皆因强出头。”猴子爬得愈高，尾部又秃又红的丑相就愈加显露；自己不知道身上只穿着“皇帝的新衣”，却忙不迭地挣脱“隐身衣”，出乖露丑。好些略具才能的人，一辈子挣扎着求在人上，虚耗了毕生精力，一事无成，真是何苦来呢。

我国古人说：“彼人也，予亦人也。”西方人也有类似的话，这不过是勉人努力向上，勿自暴自弃。西班牙谚云：“干什么事，成什么人。”人的尊卑，不靠地位，不由出身，只看你自己的成就。我们不妨再加上一句：“是什么料，充什么用”。假如是一个萝卜，就力求做个水多肉脆的好萝卜；假如是棵白菜，就力求做一棵瓷瓷实实的包心好白菜。萝卜白菜是家常食用的菜蔬，不求做庙堂上供设的珍果。我乡童谣有“三月三，荠菜开花赛牡丹”的话，荠菜花怎赛得牡丹花呢！我曾见草丛里一种细小的青花，常猜测那是否西方称为“勿忘我”的草花，因为它太渺小，人家不容易看见。不过我想，野草野菜开一朵小花报答阳光雨露之恩，并不求人“勿忘我”，所谓“草木有本心，何求美人折”。

我爱读东坡“万人如海一身藏”之句，也企慕庄子所谓“陆沉”。社会可以比作“蛇阱”，但“蛇阱”之上，天空还有飞鸟；“蛇阱”之旁，池沼里也有游鱼。古往今来，自有人避开“蛇阱”而“藏身”或“陆沉”。消失于众人之中，如水珠包孕于海水之内，如细小的野花隐藏在草丛里，不求“勿忘我”，不求“赛牡丹”，安闲舒适，得其所哉。一个人不想攀高就不怕下跌，也不用倾轧排挤，可以保其天真，成其自然，潜心一志完成自己能做的事。

而且在隐身衣的掩盖下，还会别有所得，不怕旁人争夺。苏东坡说：“山间之明月，水上之清风”是“造物者之无尽藏”，可以随意享用。但造物所藏之外，还有世人所创的东西呢。世态人情，比明月清风更饶有滋味；可作书读，可当戏看。书上的描摹，戏里的扮演，即使栩栩如生，究竟只是文艺作品；人情世态，都是天真自然的流露，往往超出情理之外，新奇得令人震惊，令人骇怪，给人以更深刻的效益，更奇妙的娱乐。唯有身处卑微的人，最有机缘看到世态人情的真相，而不是面对观众的艺术表演。

不过这一派胡言纯是废话罢了。急要挣脱隐身衣的人，听了未必入耳；那些不知世间也有隐身衣的人，知道了也还是不会开眼的。平心而论，隐身衣不管是仙家的或凡间的，穿上都有不便——还不止小小的不便。

英国威尔斯(H.G.Wells)的科学幻想小说《隐形人》(*Invisible Man*)里，写一个人使用科学方法，得以隐形。可是隐形之后，大吃苦头，例如天冷了不能穿衣服，穿了衣服只好躲在家里，出门只好光着身子，因为穿戴着衣服鞋帽手套而没有脸的人，跑上街去，不是兴妖作怪吗？他得把必需外露的面部封闭得严严密密：上部用帽檐遮盖，下部用围巾包裹，中部架上黑眼镜，鼻子和两颊包上纱布，贴满橡皮膏。要掩饰自己的无形，还需这样煞费苦心！

当然，这是死心眼儿的科学制造，比不上仙家的隐身衣。仙家的隐身衣随时可脱，而且能把凡人的衣服一并隐掉。不过，隐身衣下的血肉之躯，终究是凡胎俗骨，耐不得严寒酷热，也经不起任何损伤。别说刀枪的袭击，或水烫火灼，就连砖头木块的磕碰，或笨重地踩上一脚，都受不了。如果没有及时逃避的法术，就需炼成金刚不坏之躯，才保得无事。

穿了凡间的隐身衣有同样不便。肉体包裹的心灵，也是经不起炎凉，受不得磕碰的。要炼成刀枪不入、水火不伤的功夫，谈何容易！如果没有这份功夫，偏偏有缘看到世态人情的真相，就难保不气破了肺，刺伤了心，哪还有闲情逸致把它当好戏看呢，况且，不是演来娱乐观众的戏，不看也罢。假如法国小说家勒萨日笔下的瘸腿魔鬼请我夜游，揭起一个个屋顶让我观看屋里的情景，我一定辞谢不去。获得人间智慧必须身经目击吗？身经目击必定获得智慧吗？人生几何！凭一己的经历，沾沾自以为独具冷眼，阅尽人间，安知不招人暗笑。因为凡间的隐身衣不比仙家法宝，到处都有，披着这种隐身衣的人多得很呢，他们都是瞎了眼的吗？

但无论如何，隐身衣总比国王的新衣好。

(选自《将饮茶》，生活·读书·新知三联书店2015年版)

思考练习

1.文中“隐身衣”的寓意是什么？

2.分析杨绛散文的特色。

相关链接

她并不需要大声抨击，却往往展示了事物的乖谬，她并不需要撕开伤痕，却能透出心中深刻的隐痛。她冷静，但不冷漠；嘲讽，但有宽容。在对知识分子进行反思自审时，不因他们命运多煎(蹇)而停留在一掬风情之泪的地步，不回避对他们身上污垢的抉剔。

(引自洪子诚《作家的姿态与自我意识》，陕西人民教育出版社1991年版)

贾平凹散文

贾平凹

作者简介

贾平凹，生于1952年，原名贾平娃，陕西丹凤人，当代作家。1975年从西北大学中文系毕业后曾做过陕西人民出版社文艺编辑、《长安》文学月刊编辑。1982年后从事专业创作，任中国作家协会理事、作协陕西分会副主席等职，并担任《美文》月刊的主编。他从1973年开始发表作品，1982年后从事专业创作，目前已出版的作品版本达300余种。著有长篇小说《商州》《油月亮》《浮躁》《废都》《白夜》《土门》《病相报告》《怀念狼》《秦腔》等，中短篇小说集《山地笔记》《小月前本》《腊月·正月》《天狗》《黑氏》《美穴地》等，散文集《月迹》《心迹》《爱的踪迹》《走山东》《商州三录》《说话》《坐佛》等。

作品导读

《秦腔》作于1983年5月，是贾平凹的散文代表作之一。文章起笔似乎只介绍了地方戏曲秦腔，但作者很快就表现出阔大的文化视野和深切的人文关怀，将焦点转向秦地的山川风物及秦人的生存状态，而这些又与秦腔融为一体，“广漠旷远的八百里秦川，只有这秦腔，也只能有这秦腔，八百里秦川的劳作农民只有也只能有这秦腔使他们喜怒哀乐”。作者抓住具有明显地域特征的“秦腔”，成功创作了这篇他一直追求的有“民族的味”的文化散文。

秦　腔

山川不同，便风俗区别，风俗区别，便戏剧存异；普天之下人不同貌，剧不同腔；京，豫，晋，越，黄梅，二簧，四川高腔，几十种品类；或问：历史最悠久者，文武最正经者，是非最汹汹者？曰：秦腔也。正如长处和短处一样突出便见其风格，对待秦腔，爱者便爱得要死，恶者便恶得要命。外地人——尤其是自夸于长江流域的纤秀之士——最害怕秦腔的震撼；评论说得婉转的是：唱得有劲，说得直率的是：大喊大叫。于是，便有柔弱女子，常在戏台下以绒堵耳，又或在平日教训某人：你要不怎么怎么样，今晚让你去看秦腔！秦腔成了惩罚的代名词。所以，别的剧种可以各省走动，唯秦腔则如秦人一样，死不离窝；严重的乡土观念，也使其离不了窝；可能还在西北几个地方变腔走调地有些市场，却绝对冲不出往东南而去的潼关呢。

但是，几百年来，秦腔却没有被淘汰，被沉沦，这使多少人在大惑而不得其解。其解是有的，就在陕西这块土地上。如果是一个南方人，坐车轰轰隆隆往北走，渡过黄河，进入西岸，八百里秦川大地，原来竟是：一抹黄褐的平原；辽阔的地平线上，一处一处用木椽夹打成一尺多宽墙的土屋，粗笨而庄重；冲天而起的白杨，苦楝，紫槐，枝干粗壮如桶，叶却小似铜钱，迎风正反翻覆……你立即就会明白了：这里的地理构造竟与秦腔的旋律惟妙惟肖地一统！再去接触一下秦人吧，活脱脱的一群秦始皇兵马俑的复出：高个，浓眉，眼和眼间隔略远，手和脚一样粗大，上身又稍稍见长于下身。当他们背着沉重的三角形状的犁铧，赶着山包一样团块组合式的秦川公牛，端着脑袋般大小的耀州瓷碗，蹲在立的卧的石磙子碌碡上吃着牛肉泡馍，你不禁又要改变起世界观了：啊，这是块多么空旷而实在的土地，在这块土地挖爬滚打的人群是多么“二愣”的民众！那晚霞烧起的黄昏里，落日在地平线上欲去不去的痛苦的妊娠，五里一村，十里一镇，高音喇叭里传播的秦腔互相交织，冲撞，这秦腔原来是秦川的天籁，地籁，人籁的共鸣啊！于此，你不渐渐感觉到了南方戏剧的秀而无骨吗？不深深地懂得秦腔为什么形成和存在而占却时间、空间的位置吗？

八百里秦川，以西安为界，咸阳，兴平，武功，周至，凤翔，长武，岐山，宝鸡，两个专区几十个县为西府；三原，泾阳，高陵，户县，合阳，大荔，韩城，白水，一个专区十几个县为东府。秦腔，就源于西府。在西府，民性敦厚，说话多用去声，一律咬字沉重，对话如吵架一样，哭丧又一呼三叹。呼喊远人更是特殊：前声拖十二分的长，末了方极快地道出内容。声韵的发展，使会远道喊人的人都从此有了唱秦腔的天才。老一辈的能唱，小一辈的能唱，男的能唱，女的能唱；唱秦腔成了做人最体面的事，任何一个乡下男女，只有唱秦腔，才有出人头地的可能，大凡有出息的，是个人才的，哪一个何曾未登过台，起码不能吼一阵乱弹呢?!

农民是世上最劳苦的人，尤其是在这块平原上，生时落草在黄土炕上，死了被埋在黄土堆下；秦腔是他们大苦中的大乐，当老牛木犁疙瘩绳，在田野已经累得筋疲力尽，立在犁沟里大喊大叫来一段秦腔，那心胸肺腑，关关节节的困乏便一尽儿涤荡净了。秦腔与他们，要和“西凤”白酒，长线辣子，大叶卷烟，牛肉泡馍一样成为生命的五大要素。若与那些年长的农民聊起来，他们想象的伟大的共产主义生活，首先便是这五大要素。他们有的是吃不完的粮食，他们缺的是高超的艺术享受，他们教育自己的子女，不会是那些文豪们讲的，幼年不是祖母讲着动人的迷丽的童话，而是一字一板传授着秦腔。他们大都不识字，但却出奇地能一本一本整套背诵出剧本，虽然那常常是之乎者也的字眼从那一圈胡子的嘴里吐出来十分别扭。有了秦腔，生活便有了乐趣，高兴了，唱“快板”，高兴得像被烈性炸药爆炸了一样，要把整个身心粉碎在天空！痛苦了，唱“慢板”，揪心裂肠的唱腔却表现了多么有情有味的美来，美给了别人的享受，美也熨平了自己心中愁苦的皱纹。当他们在收获时节的土场上，在月在中天的庄院里大吼大叫唱起来的时候，那种难以想象的狂喜，激动，雄壮，与那些献身于诗歌的文人，与那些有吃有穿却总感空虚的都市人相比，常说的什么伟大的永恒的爱情是多么渺小、有限和虚弱啊！

我曾经在西府走动了两个秋冬，所到之处，村村都有戏班，人人都会清唱。在黎明或者黄昏的时分，一个人独独地到田野里去，远远看着天幕下一个一个山包一样隆起的十三个朝代帝王的陵墓，细细辨认着田埂上，荒草中那一截一截汉唐时期石碑上的残字，高高的土屋上的窗口里就飘出一阵冗长的二胡声，几声雄壮的秦腔叫板，我就痴呆了，感觉到那村口的土尘里，一头叫驴的打滚是那么有力，猛然发现了自己心胸中一股强硬的气魄随同着胳膊上的肌肉疙瘩一起产生了。

每到农闲的夜里，村里就常听到几声锣响：戏班排演开始了。演员们都集合起来，到那古寺庙里去。吹，拉，弹，奏，翻，打，念，唱，提袍甩袖，吹胡瞪眼，古寺庙成了古今真乐府，天地大梨园。导演是老一辈演员，享有绝对权威，演员是一家几口，夫妻同台，父子同台，公公儿媳也同台。按秦川的风俗：父和子不能不有其序，爷和孙却可以无道，弟与哥嫂可以嬉闹无常，兄与弟媳则无正事不能多言。但是，一到台上，秦腔面前人人平等，兄可以拜弟媳为帅为将，子可以将老父绳绑索捆。寺庙里有窗无扇，屋梁上蛛丝结网，夏天蚊虫飞来，成团成团在头上旋转，薰蚊草就墙角燃起，一声唱腔一声咳嗽。冬天里四面透风，柳木疙瘩火当中架起，一出场一脸正经，一下场凑近火堆，热了前怀，凉了后背。排演到什么时候，什么时候都有观众，有抱着二尺长的烟袋的老者,有凳子高、桌子高趴满窗台的孩子。庙里一个跟头未翻起,窗外就哇的一声叫倒好,演员出来骂一声:谁说不好的滚蛋!他们抓住窗台死不滚去,倒要连声讨好:翻得好!翻得好!更有殷勤的,跑回来偷拿了红薯、土豆,在火堆里煨熟给演员作夜餐,赚得进屋里有一个安全位置。排演到三更鸡叫,月儿偏西,演员们散了,孩子们还围了火堆弯腰踢腿,学那一招一式。

一出戏排成了,一人传出,全村振奋,扳着指头盼那上演日期。一年十二个月,正月元宵日,二月龙抬头,三月三,四月四,五月五日过端午,六月六日晒丝绸,七月过半,八月中秋,九月初九,十月一日,再是那腊月五豆,腊八,二十三……月月有节,三月一会,那戏必是上演的。戏台是全村人的共同的事业,宁肯少吃少穿也要筹资积款,买上好的木石,请高强的工匠来修筑。村子富不富,就比这戏台阔不阔。一演出,半下午人就扛凳子去占地位了,未等戏开,台下坐的、站的人头攒拥,台两边阶上立的卧的是一群顽童。那锣鼓就叮叮咣咣地闹台,似乎整个世界要天翻地覆了。各类小吃趁机摆开,一个食摊上一盏马灯,花生,瓜子,糖果,烟卷,油茶,麻花,烧鸡,煎饼,长一声短一声叫卖不绝。锣鼓还在一声儿敲打,大幕只是不拉,演员偶尔从幕边往下望望,下边就喊:开演呀,场子都满了!幕布放下,只说就要出场了,却又叮叮咣咣不停。台下就乱了,后边的喊前边的坐下,前边的喊后边的为什么不说最前边的立着;场外的大声叫着亲朋子女名字,问有坐处没有,场内的锐声回应快进来;有要吃煎饼的喊熟人去买一个,熟人买了站在场外一扬手,“日”的一声隔人头甩去,不偏不倚目标正好;左边的喊右边的踩了他的脚,右边的叫左边的挤了他的腰,一个说:狗年快完了,你还叫啥哩?一个说:猪年还没到,你便拱开了!言语伤人,动了手脚;外边的趁机而入,一时四边向里挤,里边向外扛,人的旋涡涌起,如四月的麦田起风,根儿不动,头身一会儿倒西,一会儿倒东,喊声,骂声,哭声一片;有拼命挤将出来的,一出来方觉世界偌大,身体胖肿,但差不多却光了脚,乱了头发。大幕又一挑,站出戏班头儿,大声叫喊要维持秩序;立即就跳出一个两个所谓“二干子”人物来。这类人物多是头脑简单,四肢发达,却十二分忠诚于秦腔,此时便拿了树条儿,哪里人挤,哪里打去,如凶神恶煞一般。人人恨骂这些人,人人又都盼有这些人,叫他们是秦腔宪兵,宪兵者越发忠于职责,虽然彻夜不得看戏,但大家一夜满足了,他们也就满足了一夜。

终于台上锣鼓停了,大幕拉开,角色出场。但不管男的女的,出来偏不面对观众,一律背身掩面,女的就碎步后移,水上漂一样,台下就叫:瞧那腰身,那肩头,一身的戏哟!是男的就摇那帽翎,一会双摇,一会单摇,一边上下飞闪，一边纹丝不动，台下便叫：绝了，绝了！等到那角色儿猛一转身，头一高扬，一声高叫，声如炸雷豁啷啷直从人们头顶碾过，全场一个冷颤，从头到脚，每一个手指尖儿，每一根头发梢儿都麻酥酥的了。如果是演《救裴生》，那慧娘站在台上往下蹲，慢慢地，慢慢地，慧娘蹲下去了，全场人头也矮下去了半尺，等那慧娘往起站，慢慢地，慢慢地，慧娘站起来了，全场人的脖子也全拉长了起来。他们不喜欢看生戏，最欢迎看熟戏，那一腔一调都晓得，哪个演员唱得好，就摇头晃脑跟着唱，哪个演员走了调，台下就有人要纠正。说穿了，看秦腔不为求新鲜，他们只图过过瘾。

在这样的地方，这样的环境，这样的气氛，面对着这样的观众，秦腔是最逞能的，它的艺术的享受，是和拥挤而存在，是有力气而获得的。如果是冬天，那风在刮着，像刀子一样，如果是夏天，人窝里热得如蒸笼一般，但只要不是大雪，冰雹，暴雨，台下的人是不肯撤场的。最可贵的是那些老一辈的秦腔迷，他们没有力气挤在台下，也没有好眼力看清演员，却一溜一排地蹲在戏台两侧的墙根，吸着草烟，慢慢将唱腔品赏。一声叫板，便可以使他们坠入艺术之宫，“听了秦腔，肉酒不香”，他们是体会得最深。那些大一点的，脾性野一点的孩子，却占领了戏场周围所有的高空，杨树上，柳树上，槐树上，一个枝杈一个人。他们常常乐而忘了险境，双手鼓掌时竟从树杈上掉下来，掉下来自不会损伤，因为树下是无数的人头，只是招致一顿臭骂罢了。更有一些爬在了场边的麦秸积上，夏天四面来风，好不凉快，冬日就趴个草洞，将身子缩进去，露一个脑袋。也正是有闲阶级享受不了秦腔吧，他们常就瞌睡了，一觉醒来，月在西天，戏毕人散，只好苦笑一声悄然没声儿地溜下来回家敲门去了。

当然，一次秦腔演出，是一次演员亮相，也是一次演员受村人评论的考场。每每角色一出场，台下就一片喊喊喳喳：这是谁的儿子，谁的女子，谁家的媳妇，娘家何处？于是乎，谁有出息，谁没能耐，一下子就有了定论。有好多外村的人来提亲说媒，总是就在这个时候进行。据说有一媒人将一女子引到台下，相亲台上一个男演员，事先夸口这男的如何俊样，如何能干，但戏演了过半，那男的还未出场，后来终于出来，是个国民党的伪兵，还持枪未走到中台，扮游击队长的演员挥枪一指，“叭”的一声，那伪兵就倒地而死，爬着钻进了后幕。那女子当下哼一声，闭了嘴，一场亲事自然了了。这是喜中之悲一例。据说还有一例，一个老头在脖子上架了孙孙去看戏，孙孙吵着要回家，老头好说好劝只是不忍半场而去，便破费买了半斤花生，他眼盯着台上，手在下边剥花生，然后一颗一颗扬手喂到孙孙嘴里，但喂着喂着，竟将一颗塞进孙孙鼻孔，吐不出，咽不下，口鼻出血，连夜送到医院动手术，花去了七十元钱。

但是，以秦腔引喜的事却不计其数。每个村里，总会有那么个老汉，夜里看戏，第二天必是头一个起床往戏台下跑。戏台下一片石头，砖头，一堆堆瓜子皮，糖果纸，烟屁股，他掀掀这块石头，踢踢那堆尘土，少不了要捡到一角两角甚至三元四元钱币来，或者一只鞋，或者一条手帕。这是村里钻刁人干的营生，而馋嘴的孩子们有的则夜里趁各家锁门之机，去地里摘那香瓜来吃，去谁家院里将桃杏装在背心兜里回来分红。自然少不了有那些青春妙龄的少男少女，则往往在台下混乱之中眼送秋波，或者就悄悄退出，相依相偎到黑黑的渠畔树林子里去了……

秦腔在这块土地上，有着神圣的不可动摇的基础。凡是到这些村庄去下乡，到这些人家去做客，他们最高级的接待是陪着看一场秦腔，实在不逢年过节，他们就会要合家唱一会乱弹，你只能点头称好，不能耻笑，甚至不能有一点不入神的表示。他们一生最崇敬的只有两种人：一是国家领导人，一是当地的秦腔名角。即是在任何地方，这些名角没有在场，只要发现了名角的父母，去商店买油是不必排队的，进饭馆吃饭是会有座位的，就是在半路上挡车，只要喊一声：我是某某的什么，司机也便要嘎地停车。但是，谁要侮辱一下秦腔，他们要争死争活地和你论理，以至大打出手，永远使你记住教训。每每村里过红白丧喜之事，那必是要包一台秦腔的，生儿以秦腔迎接，送葬以秦腔致哀，似乎这人生的世界，就是秦腔的舞台，人只要在舞台上，生，旦，净，丑，才各显了真性，恶的夸张其丑，善的凸现其美，善的使他们获得美的教育，恶的也使丑里化作了美的艺术。

广漠旷远的八百里秦川，只有这秦腔，也只能有这秦腔，八百里秦川的劳作农民只有也只能有这秦腔使他们喜怒哀乐。秦人自古是大苦大乐之民众，他们的家乡交响乐除了大喊大叫的秦腔还能有别的吗？

（选自《贾平凹散文自选集》，漓江出版社 1993 年版）

思考练习

1.本文叙述视角的独特性体现在哪里？

2.结合作品，论述秦腔与秦人之间的内在联系。

相关链接

贾平凹在散文领域也很有建树。早期的《月迹》《一颗桃树》等，书写儿童眼睛中的美丽而单纯的世界，注重诗意境界的酝酿。孙犁在评论《一棵桃树》时说："此调不弹久矣，过去许多名家这样弹奏过。它是心之声，也是意之向往"，点明这种风格与"五四"早期朱自清、冰心等抒情散文的关联。80 年代中期，在命名为《商州初录》《商州又录》

等作品中，转向写风土人情，展示商州、静虚村等陕南乡村的风景、文化和生活情态。其后，又潜心建构一种类似30年代林语堂、梁实秋等的“闲适”风格，描述当代世俗生活中的世态人情。贾平凹的散文无论在思想意蕴、文化趣味，还是在语言表达上，都倾向于吸取中国文学传统因素，一种“虚”“静”的境界和简洁古朴的文风互为表里。

（引自洪子诚《中国当代文学史》，北京大学出版社1999年版）

余秋雨散文

余秋雨

作者简介

余秋雨，生于1946年，浙江余姚市人，艺术理论家，中国文化史学者，散文作家。1968年毕业于上海戏剧学院戏剧文学系。历任上海戏剧学院院长，上海剧协副主席。1962年开始发表作品。1991年加入中国作家协会。著有系列散文集《文化苦旅》《山居笔记》《霜冷长河》《千年一叹》《行者无疆》《摩挲大地》《寻觅中华》等，学术专著《戏剧理论史稿》《戏剧审美心理学》《中国戏剧文化史述》《艺术创造工程》《中国戏剧史》《艺术创造论》《观众心理学》等。

作品导读

《阳关雪》收于散文集《文化苦旅》。作品把关注的焦点定位在自然景观背后所沉淀的文化内涵，通过山水风物探求中国文化的历史命运和中国文人的人格构成，体现出一种俯仰天地古今的历史感和沧桑感，饱蘸着深切的民族和文化忧患意识。

阳关雪

中国古代，一为文人，便无足观。文官之显赫，在官场而不在文，他们作为文人的一面，在官场也是无足观的。但是事情又很怪异，当峨冠博带早已零落成泥之后，一杆竹管笔偶尔涂划的诗文，竟能镌刻山河，雕镂人心，永不漫漶。

我曾有缘，在黄昏的江船上仰望过白帝城，顶着浓冽的秋霜登临过黄鹤楼，还在一个冬夜摸到了寒山寺。我的周围，人头济济，差不多绝大多数人的心头，都回荡着那几首不必引述的诗。人们来寻景，更来寻诗。这些诗，他们在孩提时代就能背诵。孩子们的想象，诚恳而逼真。因此，这些城，这些楼，这些寺,早在心头自行搭建。待到年长,当他们刚刚意识到有足够脚力的时候,也就给自己负上了一笔沉重的宿债,焦渴地企盼着对诗境实地的踏访。为童年,为历史,为许多无法言传的原因。有时候,这种焦渴,简直就像对失落的故乡的寻找,对离散的亲人的查访。

文人的魔力,竟能把偌大一个世界的生僻角落,变成人人心中的故乡。他们褪色的青衫里,究竟藏着什么法术呢?

今天,我冲着王维的那首《渭城曲》,去寻阳关了。出发前曾在下榻的县城向老者打听,回答是:“路又远,也没什么好看的,倒是有一些文人辛辛苦苦找去。”老者抬头看天,又说:“这雪一时下不停,别去受这个苦了。”我向他鞠了一躬,转身钻进雪里。

一走出小小的县城,便是沙漠。除了茫茫一片雪白,什么也没有,连一个皱折也找不到。在别地赶路,总要每一段为自己找一个目标,盯着一棵树,赶过去,然后再盯着一块石头,赶过去。在这里,睁疼了眼也看不见一个目标,哪怕是一片枯叶,一个黑点。于是,只好抬起头来看天。从未见过这样完整的天,一点儿也没有被吞食,边沿全是挺展展的,紧扎扎地把大地罩了个严实。有这样的地,天才叫天。有这样的天,地才叫地。在这样的天地中独个儿行走,侏儒也变成了巨人。在这样的天地中独个儿行走,巨人也变成了侏儒。

天竟晴了,风也停了,阳光很好。没想到沙漠中的雪化得这样快,才片刻,地上已见斑斑沙底,却不见湿痕。天边渐渐飘出几缕烟迹,并不动,却在加深,疑惑半晌,才发现,那是刚刚化雪的山脊。

地上的凹凸已成了一种令人惊骇的铺陈,只可能有一种理解:那全是远年的坟堆。

这里离县城已经很远,不大会成为城里人的丧葬之地。这些坟堆被风雪所蚀,因年岁而坍,枯瘦萧条,显然从未有人祭扫。它们为什么会有那么多,排列得又是那么密呢?只可能有一种理解:这里是古战场。

我在望不到边际的坟堆中茫然前行,心中浮现出艾略特的《荒原》。这里正是中华历史的荒原:如雨的马蹄,如雷的呐喊,如注的热血。中原慈母的白发,江南春闺的遥望,湖湘稚儿的夜哭。故乡柳荫下的诀别,将军圆睁的怒目,猎猎于朔风中的军旗。随着一阵烟尘,又一阵烟尘,都飘散远去。我相信,死者临亡时都是面向朔北敌阵的;我相信,他们又很想在最后一刻回过头来,给熟悉的土地投注一个目光。于是,他们扭曲地倒下了,化作沙堆一座。

这繁星般的沙堆,不知有没有换来史官们的半行墨迹?史官们把卷帙一片片翻过,于是,这块土地也有了一层层的沉埋。堆积如山的二十五史,写在这个荒原上的篇页还算是比较光彩的，因为这儿毕竟是历代王国的边远地带，长久担负着保卫华夏疆域的使命。所以，这些沙堆还站立得较为自在，这些篇页也还能哗哗作响。就像干寒单调的土地一样，出现在西北边陲的历史命题也比较单纯。在中原内地就不同了，山重水复、花草掩荫，岁月的迷宫会让最清醒的头脑胀得发昏，晨钟暮鼓的音响总是那样的诡秘和乖戾。那儿，没有这么大大咧咧铺张开的沙堆，一切都在重重美景中发闷，无数不知为何而死的怨魂，只能悲愤懊丧地深潜地底。不像这儿，能够袒露出一帙风干的青史，让我用20世纪的脚步去匆匆抚摩。

远处已有树影。急步赶去，树下有水流，沙地也有了高低坡斜。登上一个坡，猛一抬头，看见不远的山峰上有荒落的土墩一座，我凭直觉确信，这便是阳关了。

树愈来愈多，开始有房舍出现。这是对的，重要关隘所在，屯扎兵马之地，不能没有这一些。转几个弯，再直上一道沙坡，爬到土墩底下，四处寻找，近旁正有一碑，上刻“阳关古址”四字。

这是一个俯瞰四野的制高点。西北风浩荡万里，直扑而来，踉跄几步，方才站住。脚是站住了，却分明听到自己牙齿打战的声音，鼻子一定是立即冻红了的。呵一口热气到手掌，捂住双耳用力蹦跳几下，才定下心来睁眼。这儿的雪没有化，当然不会化。所谓古址，已经没有什么故迹，只有近处的烽火台还在，这就是刚才在下面看到的土墩。土墩已坍了大半，可以看见一层层泥沙，一层层苇草，苇草飘扬出来，在千年之后的寒风中抖动。眼下是西北的群山，都积着雪，层层叠叠，直伸天际。任何站立在这儿的人，都会感觉到自己是站在大海边的礁石上，那些山，全是冰海冻浪。

王维实在是温厚到了极点。对于这么一个阳关，他的笔底仍然不露凌厉惊骇之色，而只是缠绵淡雅地写道：“劝君更尽一杯酒，西出阳关无故人。”他瞟了一眼渭城客舍窗外青青的柳色，看了看友人已打点好的行囊，微笑着举起了酒壶。再来一杯吧，阳关之外，就找不到可以这样对饮畅谈的老朋友了。这杯酒，友人一定是毫不推却，一饮而尽的。

这便是唐人风范。他们多半不会洒泪悲叹，执袂劝阻。他们的目光放得很远，他们的人生道路铺展得很广。告别是经常的，步履是放达的。这种风范，在李白、高适、岑参那里，焕发得越加豪迈。在南北各地的古代造像中，唐人造像一看便可识认，形体那么健美，目光那么平静，神采那么自信。在欧洲看蒙娜丽莎的微笑，你立即就能感受，这种恬然的自信只属于那些真正从中世纪的梦魇中苏醒、对前路挺有把握的艺术家们。唐人造像中的微笑，只会更沉着、更安详。在欧洲，这些艺术家们翻天覆地地闹腾了好一阵子，固执地要把微笑输送进历史的魂魄。谁都能计算，他们的事情发生在唐代之后多少年。而唐代，却没有把它的属于艺术家的自信延续久远。阳关的风雪，竟愈见凄迷。

王维诗画皆称一绝，莱辛等西方哲人反复讨论过的诗与画的界线，在他是可以随脚出入的。但是，长安的宫殿，只为艺术家们开了一个狭小的边门，允许他们以卑怯侍从的身份躬身而入，去制造一点娱乐。历史老人凛然肃然，扭过头去，颤巍巍地重又迈向三皇五帝的宗谱。这里，不需要艺术闹出太大的局面，不需要对美有太深的寄托。

于是，九州的画风随之黯然。阳关，再也难于享用温醇的诗句。西出阳关的文人还是有的，只是大多成了谪官逐臣。

即便是土墩、是石城，也受不住这么多叹息的吹拂，阳关坍弛了，坍弛在一个民族的精神疆域中。它终成废墟，终成荒原。身后，沙坟如潮，身前，寒峰如浪。谁也不能想象，这儿，一千多年之前，曾经验证过人生的壮美，艺术情怀的弘广。

这儿应该有几声胡笳和羌笛的，音色极美，与自然浑和，夺人心魄。可惜它们后来都成了兵士们心头的哀音。既然一个民族都不忍听闻，它们也就消失在朔风之中。

回去罢，时间已经不早。怕还要下雪。

（选自《余秋雨散文》，人民文学出版社2005年版）

思考练习

1.本文中，作者是如何展示关外苍凉的？

2.作者赋予了阳关雪一种怎样的文化意蕴？

相关链接

在文化意识和文化主题的统摄下，余秋雨借鉴戏剧“以悲为美”的理念，来负载自己对于文明的深沉思索；他运用色彩强烈的戏剧语言，去抒写心中的苦闷，与读者进行心与心的交流；他精心选取史料，构建戏剧性的情境，使文化人物宛然若现；他设置戏剧化的悬念与冲突，承担起两难选择的文化主题，向历史发出声声追问。总之，戏剧元素的植入，弥补了传统散文的狭小格局，大大拓展了散文的文化容量与表现手段，也使余秋雨能够在散文的空间里吞吐天地，俯仰古今。戏剧化的散文实现了对传统散文的有力突破与超越，为当代散文创作提供了一种全新的范本。

[引自梁振华、赵军《戏剧化的散文——论余秋雨散文的戏剧化元素》，《湖南大学学报》(社会科学版)2008年第1期]

三毛散文

三　毛

作者简介

三毛(1943—1991),原名陈懋平,后改名陈平,笔名三毛,浙江定海人,生于重庆黄角椏。曾就读于台湾文化大学哲学系,中途辍学出国,先后在西班牙马德里大学及德国歌德书院深造。1973年和西班牙人荷西结婚,1979年荷西因潜水工作意外丧生。三毛于1981年回台北定居,任教于文化大学。后接受《联合报》邀请,到中南美洲旅行六个月,尔后又辞去教职,专事写作,并不时出国演讲及旅行。三毛的作品多由皇冠出版社印行,主要作品有:散文集《撒哈拉的故事》《雨季不再来》《哭泣的骆驼》《闹学记》等,剧本《滚滚红尘》,报道文学《兰屿之歌》《清泉故事》《刹那时光》等。除了写散文,三毛也翻译了漫画《娃娃看天下》及丁松青神父的散文,并有《三毛说书》《流星雨》《阅读大地》等有声书。

作品导读

《不死鸟》收于《梦里花落知多少》一书。三毛以她最清新的笔调写出了人世间最真实也最厚重、最有分量的东西——亲情、友情、爱情。面对三毛的“不成器”,三毛的父亲没少叹息过,但那份爱使得他能够包容三毛所有的不合常理的行为。正是因为这份无私的爱,三毛才会那样地祈求上苍让她在“父亲、母亲、丈夫的生命圆环里做最后离世的一个”,“为了爱的缘故”,忍着彻心的苦、切肤的痛,一个人独自喝下那永别的苦杯。

不死鸟

一年多前，有份刊物嘱我写稿，题目已经指定了出来："如果你只有三个月的寿命，你将会去做些什么事？"

我想了很久，一直没有去答这份考卷。荷西听说了这件事情，也曾好奇地问过我——"你会去做些什么呢？"

当时，我正在厨房揉面，我举起了沾满面粉的手，轻轻地摸了摸他的头发，慢慢地说："傻子，我不会死的，因为还得给你做饺子呢！"

说完这句话，荷西的眼睛突然朦胧起来，他的手臂从我身后绕上来抱着我，直到饺子上桌了才放开。

"你神经啦？"我笑问他，他眼睛又突然一红，也笑了笑，这才一声不响地在我的对面坐下来。

以后我又想到过这份欠稿，我的答案仍是那么地简单而固执："我要守住我的家，护住我丈夫，一个有责任的人，是没有死亡的权利的。"

虽然预知死期是我喜欢的一种生命结束的方式，可是我仍然拒绝死亡。在这世上有三个与我个人死亡牢牢相连的生命，那便是父亲、母亲，还有荷西，如果他们其中的任何一个在世上还活着一日，我便不可以死，连神也不能将我拿去，因为我不肯，而神也明白。

前一阵在深夜里与父母谈话，我突然说："如果选择了自己结束生命的这条路，你们也要想得明白，因为在我，那将是一个更幸福的归宿。"

母亲听了这话，眼泪迸了出来，她不敢说一句刺激我的话，只是一遍又一遍喃喃地说："你再试试，再试试活下去，不是不给你选择，可是请求你再试一次。"

父亲便不同了，他坐在暗淡的灯光下，语气几乎已经失去了控制，他说："你讲这样无情的话，便是叫爸爸生活在地狱里，因为你今天既然已经说了出来，使我，这个做父亲的人，日日要活在恐惧里，不晓得哪一天，我会突然失去我的女儿。如果你敢做出这样毁灭自己的生命的事情，那么你便是我的仇人，我不但今生要与你为仇，我世世代代都要与你为仇，因为是——你，杀死了我最最心爱的女儿。"这时，我的泪水瀑布似的流了出来，我坐在床上，不能回答父亲一个字，房间里一片死寂，然后父亲站了起来慢慢地走了出去。母亲的脸，在我的泪光中看过去，好似静静地在抽筋。

苍天在上，我必是疯狂了才会对父母说出那样的话来。

我又一次明白了，我的生命在爱我的人心中是那么地重要，我的念头，使得经过了那么多沧桑和人生的父母几乎崩溃，在女儿的面前，他们是不肯设防地让我一次又一次地刺伤，而我，好似只有在丈夫的面前才会那个样子。

许多个夜晚，许多次午夜梦回的时候，我躲在黑暗里，思念荷西几成疯狂，相思，像虫一样的慢慢啃着我的身体，直到我成为一个空空茫茫的大洞。夜是那样的长，那么的黑，窗外的雨，是我心里的泪，永远没有滴完的一天。

我总是在想荷西，总是又在心头里自言自语："感谢上天，今日活着的是我，痛着的也是我，如果叫荷西来忍受这一分又一分钟的长夜，那我是万万不肯的。幸好这些都没有轮到他，要是他像我这样地活下去，那么我拼了命也要跟上帝争了回来换他。"

失去荷西我尚且如此，如果今天是我先走了一步，那么我的父亲、母亲及荷西又会是什么情况？我从来没有怀疑过他们对我的爱，让我的父母在辛劳了半生之后，付出了他们全部之后，再叫他们失去爱女，那么他们的慰藉和幸福也将完全丧失了，这样尖锐的打击不可以由他们来承受，那是太残酷也太不公平了。

要荷西半途折翼，强迫他失去相依为命的爱妻，即使他日后活了下来，在他的心灵上会有怎么样的伤痕，会有什么样的烙印？如果因为我的消失而使得荷西的余生再也不有一丝笑容，那么我便更是不能死。

这些，又一些，因为我的死亡将带给我父母及丈夫的大痛苦，大劫难，每想起来，便是不忍，不忍，不忍又不忍。

毕竟，先走的是比较幸福的，留下来的，也并不是强者，可是，在这彻心的苦，切肤的疼痛里，我仍是要说——"为了爱的缘故，这永远的苦杯，还是让我来喝下吧！"

我愿意在父亲、母亲、丈夫的生命圆环里做最后离世的一个，如果我先去了，而将这份我已尝过的苦杯留给世上的父母，那么我是死不瞑目的，因为我明白了爱，而我的爱有多深，我的牵挂和不舍便有多长。

所以，我是没有选择地做了暂时的不死鸟，虽然我的翅膀断了，我的羽毛脱了，我已没有另一半可以比翼，可是那颗碎成片片的心，仍是父母的珍宝，再痛，再伤，只要他们不肯我死去，我便也不再有放弃他们的念头。

总有那么一天，在超越我们时空的地方，会有六张手臂温柔平和地将我迎入永恒，那时候，我会又哭又笑地喊着他们——爸爸、妈妈、荷西，然后没有回顾地狂奔过去。

这份文字原来是为另一个题目而写的，可是我拒绝了只有三个月寿命的假想，生的艰难，死的空虚，死别时的碎心又碎心，都由我一个人来承担吧！

父亲、母亲、荷西，我爱你们胜于自己的生命，请求上苍看见我的诚心，给我在世上的时日长久，护住我父母的幸福和年岁，那么我，在这份责任之下，便不再轻言消失和死亡了。

荷西，你答应过的，你要在那边等我，有你这一句承诺，我便还有一个盼望了。

（选自《梦里花落知多少》，北京十月文艺出版社2009年版）

思考练习

1.体会作者所传递的情感。

2.你如何看待爱情中的奉献与索取。

相关链接

三毛的另一些散文如《结婚记》《白手起家》《不死鸟》《梦里梦外》等真实展示了自身的爱情和婚姻体验。尽管贫穷，夫妻间深厚的感情却让人感到精神上的富有。独特的异国风情、清丽浪漫的文笔、对自然美的渴望是三毛散文的重要特征。她的语言幽默诙谐、趣味横生，让人回味无穷。

（引自曹万生《中国现代汉语文学史》，中国人民大学出版社2007年版）

韩少功散文

韩少功

作者简介

韩少功，1953 年生于湖南长沙。1968 年初中毕业时仅 15 岁，就作为上山下乡知识青年到湖南省汨罗县汨罗江边的天井乡务农。在农村，劳动之余写些对口词、小演唱、小戏曲。1974 年秋调到县文化馆任创作辅导员，1977 年正式开始文学创作。1978 年考入湖南师范大学中文系，1979 年加入中国作家协会，多有作品问世，并引起了一定社会反响。1982 年大学毕业后，到湖南省总工会工作，先后任《主人翁》杂志编辑、副总编。1985 年 3 月在《作家》上发表《文学的根》一文，提倡文学应植根于民族传统文化的土壤，在文艺界引起了广泛的讨论，6 月发表"寻根小说"《爸爸爸》。同年到湖南省作家协会从事专业创作，并当选为中国作家协会理事。1988 年调到海南省文联任《海南纪实》杂志主编，1990 年调任海南省作家协会副主席。著有小说集《月兰》《飞过蓝天》《诱惑》《空城》《谋杀》，评论集《面对空洞而神秘的世界》等。另有译著两本。他的小说多取材于知识青年生活和农村生活，以思想的丰富性与深刻性独树一帜，被翻译成英、法、俄、意等多种外国文字。

作品导读

《灵魂的声音》是韩少功写于 1991 年的一篇议论性的随笔。在对小说创作的整体现状做了一番描述和评价之后，作者认为对于小说来说真正重要的是"重新获得灵魂"和"精神自由"。这其中也包含了作者对 90 年代社会心态和文化氛围的颇为尖锐的批判。

灵魂的声音

小说似乎正在逐渐死亡。除了一些小说作者和小说批评者肩负着阅读小说的职业性义务之外，小说杂志是越来越少有人光顾了——尽管小说家们的知名度还是不小，尽管他们的名字以及家中失窃或新作获奖之类的消息，更多地成为小报花边新闻。小说理论也不太有出息，甚至给自己命名的能力都已基本丧失，于是只好从政治和经济那里借来"改革小说"之类的名字，从摄影和建筑艺术那里借来"后现代主义"之类的名字，借了邻居的帽子出去招摇过市，以示自己也如邻家阔绰或显赫。

小说的苦恼是越来越受到新闻、电视以及通俗读物的压迫、排挤。小说家们曾经虔诚捍卫和竭力唤醒的人民，似乎一夜之间变成了庸众，忘恩负义，人阔脸变。他们无情地抛弃了小说家，居然转过背去朝搔首弄姿的三四流歌星热烈鼓掌。但小说更大的苦恼是怎么写也多是重复，已很难再使我们惊讶。惊讶是小说的内动力。对人性惊讶的发现，曾推动小说掀起了一个又一个涨涌的浪峰。如果说"现实主义"小说曾以昭示人的尊严和道义而使我们惊讶，"现代主义"小说曾以剖露人的荒谬和孤绝而使我们惊讶，那么，这片叶子两面都被我们仔仔细细审视过后，我们还能指望发现什么？小说家们能不能说出比前辈经典作家们更聪明的一些话来？小说的真理是不是已经穷尽？

可以玩一玩技术。对于一个发展中国家来说，技术引进在汽车、饮料、小说行业都是十分重要的。尽管技术引进的初始阶段往往有点混乱，比方用制作燕尾服的技术来生产蜡染布，用黑色幽默的小说技术来颂扬农村责任制。但这都没什么要紧，除开那些永远不懂得形式即内容的艺术盲，除开那些感悟力远不及某位村妇或某个孩童的文匠，技术引进的过程总是能使多数作者和读者受益。问题在于技术不是小说，新观念、新方法不是小说。小说远比汽车或饮料要复杂得多，小说不是靠读几本洋书或游几个外国就能技术更新、产值增升的。技术一旦廉价地"主义"起来，一旦失去了人的真情实感这个灵魂，一旦渗漏和流失了鲜活的感觉、生动的具象、智慧的思索，便只能批量生产出各种新款式的行尸走肉。比方说用存在主义的假大空代替庸俗马克思主义的假大空，用性解放的概念化代替劳动模范的概念化。前不久我翻阅几本小说杂志，吃惊地发现某些技术能手实在活得无聊，如果挤干他们作品中聪明的水分，如果伸出指头查地图般地剔出作品中真正有感受的几句话，那么就可以发现它们无论怎样怪诞怎样蛮荒怎样随意性怎样散装英语，差不多绝大多数作品的内容(——我很不时髦地使用"内容"这个词)，都可以一言以蔽之：乏味的偷情。因为偷情，所以大倡人性解放；因为乏味，所以怨天尤人、满面悲容。这当然是文学颇为重要的当代主题之一。但历经了极左专制又历经了商品经济大潮的国民们，在精神的大劫难、大熔冶之后，最高水准的精神收获倘若只是一部关于乏味的偷情的百科全书，这种文坛实在太没能耐。

技术主义竞赛的归宿是技术虚无主义。用倚疯作邪、胡说八道、信口开河来欺世，往往是技术主义葬礼上的热闹，是很不怎么难的事。聪明的造句技术员们突然藐视文体藐视叙述模式藐视包括自己昨天所为的一切技术，但他们除了给纯技术批评家们包销一点点次等的新谈资外，不会比华丽的陈词滥调更多说一点什么。

今天小说的难点是真情实感的问题，是小说能否重新获得灵魂的问题。

我们身处一个没有上帝的时代，一个不相信灵魂的时代。周围的情感正在沙化。博士生在小奸商面前低头哈腰争相献媚。女中学生登上歌台便如已经谈过上百次恋爱一样要死要活。白天造反的斗士晚上偷偷给官僚送礼。满嘴庄禅的高人盯着豪华别墅眼红。先锋派先锋地盘剥童工。自由派自由地争官。耻言理想，理想只是在上街民主表演或向海外华侨讨钱时的面具。蔑视道德，道德的最后利用价值只是用来指责抛弃自己的情妇或情夫。什么都敢干，但又全都向往着不做事而多捞钱。到处可见浮躁不宁面容紧张的精神流氓。有政治痞子，商业痞子，文化痞子。有保守派的痞子，有新潮派的痞子。

尼采早就宣布西方的上帝已经死亡，但西方的上帝还不及在中国死得这么彻底。多数西方人在金钱统治下有时还多少恪守一点残留的天经地义，连嬉皮士们有时也有信守诺言的自尊，有少数服从多数的规则和风度。而中国很多奢谈民主的人什么时候少数服从过多数？穿小鞋，设圈套，搞蚕食，动不动投封匿名信告哪个对立面有作风问题。权势和无耻是他们的憎恶所在更是他们的羡慕所在。灵魂纷纷熄灭的“痞子运动”正在成为我们的一部分现实。

这种价值真空的状态，当然只会生长出空洞无聊的文学。幸好还有技术主义的整容，虽未治本，但多少遮掩了它的衰亡。

当然，一个文化大国的灵魂之声是不那么容易消失的。胡人张承志离开了他的边地北京，奔赴他的圣都西海固，在贫困而坚强的同胞血亲们那里，在他的精神导师马志文们那里，他获得了惊讶的发现，勃发了真正的激情。他狂怒而粗野地反叛入伙，发誓要献身于一场精神圣战，用文字为哲合忍耶征讨历史和实现大预言。我们是他既需要又不需要的读者，这不要紧。我们可以注意到他最终还是离开了西海固而踏上了现代旅途，异族读者可以尊重但也可以不去热烈拥护他稍稍穆斯林化的孤傲，甚至可以提请他注意当代更为普遍更为持久和更为现实的屠杀——至少有每天杀人数万乃至数十万的心理污染和环境污染——来补充张承志的人性观察视野。但对于小说来说，这些也不是最要紧的。超越人类自我认识的局限还有很多事可做，可以由其他的作品来做，其他的人来做。要紧的是张承志获得了他的激情，他发现的惊讶，已经有了赖以为文为人的高贵灵魂。他的赤子血性与全人类相通。一个小说家可以是张承志，也可以是曹雪芹或鲁迅，可以偏执一些也可以放达一些，可以后顾也可以前瞻，但小说家至少不是纸人。

史铁生当然与张承志有很多的不同。他躺在轮椅上望着窗外的屋角，少一些流浪而多一些静思，少一些宣谕而多一些自语。他的精神圣战没有民族史的大背景，而是以个体的生命为路标，孤军深入，默默探测全人类永恒的纯静和辉煌。史铁生的笔下是较少有丑恶相与残酷相的，显示出他出于通透的一种拒绝和一种对人世至宥至慈的宽厚，他是一尊微笑着的菩萨。他发现了磨难正是幸运，虚幻便是实在，他从墙基、石阶、秋树、夕阳中发现了人的生命可以无限，万物其实与我一体。我以为一九九一年的小说即使只有他的一篇《我与地坛》，也完全可说是丰年。

张、史二位当然不是小说的全部，不是好小说的全部。他们的意义在于反抗精神叛卖的黑暗，并被黑暗衬托得更为灿烂。他们的光辉不是因为满身披挂，而是因为非常简单非常简单的心诚则灵，立地成佛，说出一些对这个世界诚实的体会。这些圣战者单兵作战，独特的精神空间不可能被跟踪被模仿并且形成所谓文学运动。他们无须靠人多势众来壮胆，无须靠评奖来升值，他们已经走向了世界并且在最尖端的话题上与古今优秀的人们展开了对话。他们常常无法被现实主义或现代主义来认领，因为他们笔下的种种惊讶发现已道破天机，具有神谕的品质，与“主义”没什么关系。

这样的世界完全自足。

当新闻从文学中分离出来并且日益发达之后，小说其实就只能干这样的事。小说不能创汇发财。小说只意味着一种精神自由，为现代人提供和保护着精神的多种可能性空间。包括小说在内的文学能使人接近神。如此而已。

（选自《灵魂的声音》，吉林人民出版社 1996 年版）

思考练习

1.简析本文的论证方法。

2.你对文中作者所持的观点有何看法？

相关链接

韩少功思想的开放性，与他本人一贯的宽厚随意的人生态度有关，韩少功曾说过："我是个杂食动物，口味较宽，既喜欢现实主义，也喜欢现代主义。"他或许不像张承志那样专注于单一的信仰，也不像史铁生那样迷恋于解脱苦难的人生，但韩少功显得更具有世界主义与全球意识的观照态度，他对一切都表现出极富人道主义的透彻认识和关怀。他不盲目崇信，他总是以怀疑主义的眼光，看透辉煌背后的虚无，也看出卑微之下的崇高。这就使得韩少功的随笔易于为知识阶层所接受，所喜爱。

（引自少君《思想的分量——评韩少功的随笔》，《文学自由谈》1995 年第 1 期）

王小波散文

王小波

作者简介

王小波(1952—1997),当代著名学者、作家。生于北京,先后当过知青、民办教师、工人、工科大学生。其后,王小波在美国匹兹堡大学取得文学硕士学位,回国后在中国人民大学任教。1980 年,他与李银河结婚。生前鲜为人知,死后声名广播。自 1997 年去世后,他的作品几乎全部出版。评论、纪念文章大量涌现,出现了"王小波热"的文化现象。出版的作品有《黄金时代》《白银时代》《青铜时代》《我的精神家园》《沉默的大多数》《黑铁时代》《地久天长》等。关于他的纪念、评论集有《浪漫骑士》《不再沉默》《王小波画传》等。他唯一一部电影剧本《东宫·西宫》获阿根廷国际电影节最佳编剧奖,并且入围 1997 年的戛纳国际电影节,这使王小波成为中国在国际电影节中获得最佳编剧奖的第一人。

作品导读

王小波为人、为文都颇有特立独行的意味,其作品以深邃独特的思想和幽默辛辣的语言受到读者的瞩目。《一只特立独行的猪》以嬉笑怒骂、亦真亦幻的笔触,通过一头猪的命运与抗争,表现出世事的荒谬,反衬了人的精神生活的百无聊赖以及因精神压抑而丧失自我的状态。

一只特立独行的猪

插队的时候,我喂过猪,也放过牛。假如没有人来管,这两种动物也完全知道该怎样生活。它们会自由自在地闲逛,饥则食渴则饮,春天来临时还要谈谈爱情；这样一来，它们的生活层次很低，完全乏善可陈。人来了以后，给它们的生活作出了安排：每一头牛和每一口猪的生活都有了主题。就它们中的大多数而言，这种生活主题是很悲惨的：前者的主题是干活，后者的主题是长肉。我不认为这有什么可抱怨的，因为我当时的生活也不见得丰富了多少，除了八个样板戏，也没有什么消遣。有极少数的猪和牛，它们的生活另有安排。以猪为例，种猪和母猪除了吃，还有别的事可干。就我所见，它们对这些安排也不大喜欢，种猪的任务是交配，换言之，我们的政策准许它当个花花公子。但是疲惫的种猪往往摆出一种肉猪（肉猪是阉过的）才有的正人君子架势，死活不肯跳到母猪背上去。母猪的任务是生崽儿，但有些母猪却要把猪崽儿吃掉。总的来说，人的安排使猪痛苦不堪。但它们还是接受了：猪总是猪啊。

对生活做种种设置是人特有的品性。不光是设置动物，也设置自己。我们知道，在古希腊有个斯巴达，那里的生活，被设置得了无生趣，其目的就是要使男人成为亡命战士，使女人成为生育机器，前者像些斗鸡，后者像些母猪。这两类动物是很特别的，但我以为，它们肯定不喜欢自己的生活。但不喜欢又能怎么样？人也好，动物也罢，都很难改变自己的命运。

以下谈到的一只猪有些与众不同。我喂猪时，它已经有四五岁了，从名分上说，它是肉猪，但长得又黑又瘦，两眼炯炯有光。这家伙像山羊一样敏捷，一米高的猪栏一跳就过；它还能跳上猪圈的房顶，这一点又像是猫——所以它总是到处游逛，根本就不在圈里待着。所有喂过猪的知青都把它当宠儿来对待，它也是我的宠儿——因为它只对知青好，容许他们走到三米之内，要是别的人，它早就跑了。它是公的，原本该劁掉。不过你去试试看，哪怕你把劁猪刀藏在身后，它也能嗅出来，朝你瞪大眼睛，噢噢地吼起来。我总是用细米糠熬的粥喂它，等它吃够了以后，才把糠兑到野草里喂别的猪。其它猪看了嫉妒，一起嚷起来。这时候整个猪场一片鬼哭狼嚎，但我和它都不在乎。吃饱了以后，它就跳上房顶去晒太阳；或者模仿各种声音。它会学汽车响、拖拉机响，学得都很像；有时整天不见踪影，我估计它到附近的村寨里找母猪去了。我们这里也有母猪，都关在圈里，被过度的生育搞得走了形，又脏又臭，它对它们不感兴趣；村寨里的母猪好看一些。它有很多精彩的事迹，但我喂猪的时间短，知道得有限，索性就不写了。总而言之，所有喂过猪的知青都喜欢它，喜欢它特立独行的派头儿，还说它活得潇洒。但老乡们就不这么浪漫，他们说，这猪不正经。领导则痛恨它，这一点以后还要谈到。我对它则不止是喜欢——我尊敬它，常常不顾自己虚长十几岁这一现实，把它叫作“猪兄”。

如前所述，这位猪兄会模仿各种声音。我想它也学过人说话，但没有学会——假如学会了，我们就可以做倾心之谈。但这不能怪它。人和猪的音色差得太远了。

后来，猪兄学会了汽笛叫，这个本领给它招来了麻烦。我们那里有座糖厂，中午要鸣一次汽笛，让工人换班。我们队下地干活时，听见这次汽笛就收工回来。我的猪兄每天上午十点钟总要跳到房上学汽笛，地里的人听见它叫就回来——这可比糖厂鸣笛早了一个半小时。坦白地说，这不能全怪猪兄，它毕竟不是锅炉，叫起来和汽笛还有些区别，但老乡们却硬说听不出来。领导上因此开了一个会，把它定成了破坏春耕的坏分子，要对它采取专政手段——会议的精神我已经知道了，但我不为它担忧——因为假如专政是指绳索和杀猪刀的话，那是一点门都没有的。以前的领导也不是没试过，一百人也逮不住它。狗也没用：猪兄跑起来像颗鱼雷，能把狗撞出一丈开外。谁知这回是动了真格的：指导员带了二十几个人，手拿五四式手枪；副指导员带了十几人，手持看青的火枪，分两路在猪场外的空地上兜捕它。这就使我陷入了内心的矛盾：按我和它的交情，我该舞起两把杀猪刀冲出去，和它并肩战斗。但我又觉得这样做太过惊世骇俗——它毕竟是只猪啊；还有一个理由，我不敢对抗领导，我怀疑这才是问题之所在。总之，我在一边看着，猪兄的镇定使我佩服至极：它很冷静地躲在手枪和火枪的连线之内，任凭人喊狗咬，不离那条线。这样，拿手枪的人开火就会把拿火枪的打死，反之亦然；两头同时开火，两头都会被打死。至于它，因为目标小，多半没事。就这样连兜了几个圈子，它找到了一处空子，一头撞出去了；跑得潇洒至极。以后我在甘蔗地里还见过它一次，它长出了獠牙，还认识我，但已不容我走近了。这种冷淡使我痛心，但我也赞成它对心怀叵测的人保持距离。

我已经四十岁了，除了这只猪，还没见过谁敢于如此无视对生活的设置。相反，我倒见过很多想要设置别人生活的人，还有对被设置的生活安之若素的人。因为这个缘故，我一直怀念这只特立独行的猪。

（选自《一只特立独行的猪》，中信出版社 2015 年版）

思考练习

1.文章在结尾说“相反，我倒见过很多想要设置别人生活的人，还有对被设置的生活安之若素的人。因为这个缘故，我一直怀念这只特立独行的猪”。你怎么理解这句话？

2.在现实生活中，我们总是要受到这样那样的限制与束缚，很难按照自己的所想去生活，那么，人到底应该怎样来生活？请谈谈你对这一问题的思考与理解。

相关链接

我以写小说为主业，但有时也写些杂文，来表明自己对世事的态度。作为一个寻常人，我的看法也许不值得别人重视，但对自己却很重要。这说明我有自己的好恶、爱憎等等。假如没有这些，做人也没什么味道。这些看法常常是在伦理的论域之内，所以对它们，我倒有一种平常心，罗素先生曾说，对伦理的问题无法做科学的辩护。我同意这个观点。举例来说，我认为，思维可以给人带来很大的乐趣，我看不出有什么理由可以剥夺这种乐趣。这个看法也在伦理的论域之内。所以，我举不出科学上的理由来说明自己是对的。假如有人说不思维才快乐，我只有摇头，却无话可说。

罗素先生认为，残酷打击别人是不好的。但他只能期望别人来同意这个看法，不能证明自己的正确。他还说，有很多看法，看似一种普遍的伦理原则，其实只是一种特殊的恳求。在这本书里，我的多数看法都是这样的——没有科学的证据，也没有教条的支持。这些看法无非是作者的一些恳求。我对读者要求的，只是希望他们不要忽略我的那一份恳切而已。

（引自王小波《一只特立独行的猪》，北京十月文艺出版社 2021 年版）

刘亮程散文

刘亮程

作者简介

刘亮程，生于1962年，新疆沙湾县人，作家。他出生在位于新疆古尔班通古特沙漠边缘的沙湾县的一个小村庄里，并在那里度过了童年和少年时期。长大后种过地、放过羊，当过十几年乡农机管理员。劳动之余进行文学创作。著有诗集《晒晒黄沙梁的太阳》，散文集《风中的院门》《一个人的村庄》《库车行》等。曾获"冯牧散文奖"等多种奖项，被誉为"20世纪中国最后一位散文家"和"乡村哲学家"。

作品导读

《寒风吹彻》收录在《一人的村庄》中的"人畜共居的村庄"这一辑。在这个日益平庸、物质化的社会里，刘亮程是一个独特而敏锐的"生存的体验者和思考者"。在作者笔下，自然界里的"寒风吹彻"是和人的生命紧密相连的。文中写了三位生命已到冬天的老人，表达的是生命力图抗拒来自时间流程的寒冷，却终于无力抗拒的沉痛与悲哀。

寒风吹彻

雪落在那些年雪落过的地方，我已经不注意它们了。比落雪更重要的事情开始降临到生活中。三十岁的我，似乎对这个冬天的来临漠不关心，却又好像一直在倾听落雪的声音，期待着又一场雪悄无声息地覆盖村庄的田野。

我静坐在屋子里，火炉上烤着几片馍馍，一小碟咸菜放在炉旁的木凳上，屋里光线暗淡。许久以后我还记起我在这样的一个雪天，围抱火炉，吃咸菜啃馍馍想着一些人和事情，想得深远而入神。柴火在炉中啪啪地燃烧着，炉火通红，我的手和脸都烤得发烫了，脊背却依旧凉飕飕的。寒风正从我看不见的一道门缝吹进来。冬天又一次来到村里，来到我的家。我把怕冻的东西一一搬进屋子，糊好窗户，挂上去年冬天的棉门帘，寒风还是进来了。它比我更熟悉墙上的每一道细微裂缝。

就在前一天，我似乎已经预感到大雪来临。我劈好足够烧半个月的柴火，整齐地码在窗台下；把院子扫得干干净净，无意中像在迎接一位久违的贵宾——把生活中的一些事情扫到一边，腾出干净的一片地方来让雪落下。下午我还走出村子，到田野里转了一圈。我没顾上割回来的一地葵花杆，将在大雪中站一个冬天。每年下雪之前，都会发现有一两件顾不上干完的事而被搁一个冬天。冬天，有多少人放下一年的事情，像我一样用自己那只冰手，从头到尾地抚摸自己的一生。

屋子里更暗了，我看不见雪。但我知道雪在落，漫天地落。落在房顶和柴垛上，落在扫干净的院子里，落在远远近近的路上。我要等雪落定了再出去。我再不像以往，每逢第一场雪，都会怀着莫名的兴奋，站在屋檐下观看好一阵，或光着头钻进大雪中，好像有意要让雪知道世上有我这样一个人，却不知道寒冷早已盯住了我活蹦乱跳的年轻生命。

经过许多个冬天之后，我才渐渐明白自己再躲不过雪，无论我蜷缩在屋子里，还是远在冬天的另一个地方，纷纷扬扬的雪，都会落在我正经历的一段岁月里。当一个人的岁月像荒野一样敞开时，他便再无法照管好自己。

就像现在，我紧围着火炉，努力想烤热自己。我的一根骨头，却露在屋外的寒风中，隐隐作痛。那是我多年前冻坏的一根骨头，我再不能像捡一根牛骨头一样，把它捡回到火炉旁烤热。它永远地冻坏在那段天亮前的雪路上了。那个冬天我十四岁，赶着牛车去沙漠里拉柴火。那时一村人都是靠长在沙漠里的一种叫梭梭的灌木取暖过冬。因为不断砍挖，有柴火的地方越来越远。往往要用一天半夜时间才能拉回一车柴火。每次拉柴火，都是母亲半夜起来做好饭，装好水和馍馍，然后叫醒我。有时父亲也会起来帮我套好车。我对寒冷的认识是从那些夜晚开始的。

牛车一走出村子，寒冷便从四面八方拥围而来，把你从家里带出的那点温暖搜刮得一干二净，让你浑身上下只剩下寒冷。

那个夜晚并不比其他夜晚更冷。

只是这次，是我一个人赶着牛车进沙漠。以往牛车一出村，就会听到远远近近的雪路上其他牛车的走动声，赶车人隐约的吆喝声。只要紧赶一阵路，便会追上一辆或好几辆去拉柴的牛车，一长串，缓行在铅灰色的冬夜里。那种夜晚天再冷也不觉得。因为寒风在吹好几个人，同村的、邻村的、认识和不认识的好几架牛车在这条夜路上抵挡着寒冷。

而这次，一野的寒风吹着我一个人。似乎寒冷把其他一切都收拾掉了。现在全部地对付我。

我裹着羊皮大衣，一动不动趴在牛车里，不敢大声吆喝牛，免得让更多的寒冷发现我。从那个夜晚我懂得了隐藏温暖——在凛冽的寒风中，身体中那点温暖正一步步退守到一个隐秘的有时连我自己都难以找到的深远处——我把这点隐深的温暖节俭地用于此后多年的爱情和生活。我的亲人们说我是个很冷的人，不是的，我把仅有的温暖全给了你们。

许多年后有一股寒风，从我自以为火热温暖的从未被寒冷浸入的内心深处阵阵袭来时，我才发现穿再厚的棉衣也没用了。生命本身有一个冬天，它已经来临。

天亮时，牛车终于到达有柴火的地方。我的一条腿却被冻僵了，失去了感觉。我试探着用另一条腿跳下车，拄着一根柴火棒活动了一阵，又点了一堆火烤了一会儿，勉强可以行走了。腿上的一块骨头却生疼起来，是我从未体验过的一种疼，像一根根针刺在骨头上又狠命往骨髓里钻——这种疼感一直延续到以后所有的冬天以及夏季里阴冷的日子。

天快黑时，我装着半车柴火回到家里，父亲一见就问我：怎么拉了这点柴，不够两天烧的。我没吭声。也没向家里说腿冻坏的事。

我想很快会暖和过来。

那个冬天要是稍短些，家里的火炉要是稍旺些，我要是稍把这条腿当回事些，或许我能暖和过来。可是现在不行了。隔着多少个季节，今夜的我，围抱火炉，再也暖不热那个遥远冬天的我；那个在上学路上不慎掉进冰窟窿，浑身是冰往回跑的我；那个踩着冻僵的双脚，捂着耳朵在扇门外焦急等待的我……我再不能把他们唤回到这个温暖的火炉旁。我准备了许多柴火，是准备给这个冬天的。我才三十岁，肯定能走过冬天。

但在我周围，肯定有个别人不能像我一样度过冬天。他们被留住了。冬天总是一年一年地弄冷一个人，先是一条腿、一块骨头、一副表情、一种心情……尔后整个人生。

我曾在一个寒冷的早晨，把一个浑身结满冰霜的路人让进屋子，给他倒了一杯热茶。那是个上了年纪的人，身上带着许多个冬天的寒冷，当他坐在我的火炉旁时，炉火须臾间变得苍白。我没有问他的名字，在火炉的另一边，我感到迎面逼来的一个老人的透骨寒气。

他一句话不说。我想他的话肯定全冻硬了，得过一阵才能化开。

大约坐了半个时辰，他站起来，朝我点了一下头，开门走了。我以为他暖和过来了。

第二天下午，听人说村西边冻死了一个人。我跑过去，看见这个上了年纪的人躺在路边，半边脸埋在雪中。

我第一次看到一个人被冻死。

我不敢相信他已经死了。他的生命中肯定还深藏着一点温暖，只是我们看不见。一个人最后的微弱挣扎我们看不见；呼唤和呻吟我们听不见。

我们认为他死了。彻底地冻僵了。

他的身上怎么能留住一点点温暖呢？靠什么去留住。他的烂了几个洞、棉花露在外面的旧棉衣？底磨得快透了、一边帮已经脱落的那双鞋？还有他的比多少个冬天加起来还要寒冷的心境……

落在一个人一生中的雪，我们不能全部看见。每个人都在自己的生命中，孤独地过冬。我们帮不了谁。我的一小炉火，对这个贫寒一生的人来说，显然杯水车薪。他的寒冷太巨大。

我有一个姑妈，住在河那边的村庄里，许多年前的那些个冬天，我们兄弟几个常手牵手走过封冻的河去看望她。每次临别前，姑妈总要说一句：天热了让你妈过来喧喧。

姑妈年老多病，她总担心自己过不了冬天。天一冷她便足不出户，偎在一间矮土屋里，抱着火炉，等待春天来临。

一个人老的时候，是那么渴望春天来临。尽管春天来了她没有一片要抽芽的叶子，没有半瓣要开放的花朵。春天只是来到大地上，来到别人的生命中。但她还是渴望春天，她害怕寒冷。

我一直没有忘记姑妈的这句话，也不只一次地把它转告给母亲。母亲只是望望我，又忙着做她的活。母亲不是一个人在过冬，她有五六个没长大的孩子，她要拉扯着他们度过冬天，不让一个孩子受冷。她和姑妈一样期盼着春天。

……天热了，母亲会带着我们，蹚过河，到对岸的村子里看望姑妈。姑妈也会走出蜗居一冬的土屋，在院子里晒着暖暖的太阳和我们说说笑笑……多少年过去了，我们一直没有等到这个春天。好像姑妈那句话中的“天”一直没有热。

姑妈死在几年后的一个冬天。我回家过年，记得是大年初四，我陪着母亲沿一条即将解冻的马路往回走。母亲在那段路上告诉我姑妈去世的事。她说："你姑妈死掉了。"

母亲说得那么平淡，像在说一件跟死亡无关的事情。

"咋死的？"我似乎问得更平淡。

母亲没有直接回答我。她只是说："你大哥和你弟弟过去帮助料理了后事。"

此后的好一阵，我们再没说这事，只顾静静地走路。快到家门口时，母亲说了句：天热了。

我抬头看了看母亲，她的身上正冒着热气，或许是走路的缘故，不过天气真的转热了。对母亲来说，这个冬天已经过去了。

"天热了过来喧喧。"我又想起姑妈的这句话。这个春天再不属于姑妈了。她熬过了许多个冬天还是被这个冬天留住了。我想起爷爷奶奶也是分别死在几年前的冬天。母亲还活着。我们在世上的亲人会越来越少。我告诉自己，不管天冷天热，我们都要常过来和母亲坐坐。

母亲拉扯大她的七个儿女。她老了。我们长高长大的七个儿女，或许能为母亲挡住一丝的寒冷。每当儿女们回到家里，母亲都会特别高兴，家里也顿时平添热闹的气氛。

但母亲斑白的双鬓分明让我感到她一个人的冬天已经来临，那些雪开始不退、冰霜开始不融化——无论春天来了，还是儿女们的孝心和温暖备至。

随着三十年这样的人生距离，我感觉着母亲独自在冬天的透心寒冷。我无能为力。

雪越下越大。天彻底黑透了。

我围抱着火炉，烤热漫长一生的一个时刻。我知道这一时刻之外，我其余的岁月，我的亲人们的岁月，远在屋外的大雪中，被寒风吹彻。

（选自《一个人的村庄》，春风文艺出版社 2006 年版）

思考练习

1.简析文中"雪""冬天"和"寒冷"这些词的双重含义。

2.如何理解"比落雪更重要的事情"的深层意蕴？

相关链接

刘亮程的文章中，充满了这种对于人生意义的焦虑。他从来没有像有些评论者认为的那样，安守于一个封闭村庄的日常生活。他希望自己的存在比肉体更加广大，比日常生活更加深远，比寿命更加长久，比村庄更加丰富。他渴望看见自己在世界留下痕迹，对世界产生影响。他常常拿着铁锨在村头东挖西铲，让一棵草、一袢土因为他的力量而改变。他把这个叫做“找个理由活下去”。这个理由是什么？就是与世界广泛而又深远的联系，就是生命的价值与意义。

（引自摩罗《生命意识的焦虑——评刘亮程〈一个人的村庄〉》，《社会科学论坛》2003年第1期）

第三单元　小说

鲁迅小说

鲁　迅

作者简介

鲁迅(1881—1936),现代著名思想家、文学家。浙江绍兴人,原名周树人,字豫山、豫亭,后改为豫才。1902年去日本留学,两年后到仙台医学院学医。1905年到1907年,参加革命党人的活动,发表了《摩罗诗力说》《文化偏至论》等论文。1909年回国,先后在杭州、绍兴任教。辛亥革命后,曾任南京临时政府和北京政府教育部部员、佥事等职,在北京大学、女子师范大学等校兼职授课。1918年5月,首次用"鲁迅"之笔名,发表了中国现代文学史上第一篇白话小说《狂人日记》,奠定了新文学运动的基石。"五四"运动前后,参加《新青年》杂志工作,成为"五四"新文化运动的主将。1918年到1926年间,陆续创作出版了小说集《呐喊》《彷徨》、论文集《坟》、散文诗集《野草》、散文集《朝花夕拾》、杂文集《热风》《华盖集》《华盖集续编》等。其中,1921年12月发表的中篇小说《阿Q正传》,是中国现代文学史上的不朽杰作。1926年8月,因支持北京学生爱国运动,为北洋军阀政府所通缉,南下到厦门大学任中文系主任。1927年1月赴广州,在中山大学任教务主任。1930年起,先后参加中国自由运动大同盟、中国左翼作家联盟和中国民权保障同盟。从1927年到1936年,创作了历史小说集《故事新编》中的大部分作品和大量的杂文,这些作品多收录在《而已集》《三闲集》《二心集》《南腔北调集》《伪自由书》《准风月谈》《花边文学》《且介亭杂文》《且介亭杂文二编》《且介亭杂文末编》《集外集》和《集外集拾遗》等专集中。1936年10月19日病逝于上海。

作品导读

《在酒楼上》发表于1924年5月《小说月报》第15卷第5期,后收入小说集《彷徨》。这篇小说被称为“自剖小说”“复调小说”“最具鲁迅气氛的小说”。作品的情节结构非常简单，主要是两位主要人物——“我”和“吕纬甫”在酒楼上喝酒聊天，看起来平淡无事、波澜不惊。然而平静的表面下，作者讲述的其实是“一个人的战争”。叙述者“我”和“吕纬甫”身上都有着作者自身的影子，鲁迅借小说中这两个主要人物含蓄而深刻地展现着自己复杂矛盾的精神世界。

小说采用了作者常用的“离去——归来——离去”的模式，一开篇便展现了一个漂泊者“我”的形象：漂泊是为了寻找，尽管寻找的结果常令人失望，但也并未放弃。“吕纬甫”呢，这个曾经与“我”志同道合的朋友现在却颓唐绝望，办事“敷敷衍衍”“模模糊糊”，甚至去教“子曰诗云”、《女儿经》，人生如同那个可笑的蝇子般“不过是绕了点小圈子”罢了。然而表面上两人不同的人生之路却完全可能殊途同归！当“我”似笑非笑地对“吕纬甫”说自己“大约也不外乎绕点小圈子”时，鲁迅也在对自己说（事实上这句话鲁迅对朋友说过多次）。当寻找一直失败时，“我”还能漂泊、寻找下去吗？或许终有一天，“我”会绝望，会放弃，不过绕一个“小圈子”罢了。《在酒楼上》讲述的其实是一个关于希望与绝望的故事。鲁迅常说自己内心有一股“鬼气”，他要努力将它驱逐出去。这“鬼气”正是绝望与虚无之气，鲁迅是一个彻底的怀疑者，常因怀疑而陷入绝望，又因对绝望本身也怀疑而努力寻找希望，鲁迅由此在希望与绝望之间痛苦挣扎。《在酒楼上》正是鲁迅勇于自我解剖、驱逐鬼气、反抗绝望的作品，结尾那个“分道扬镳”的结局正是鲁迅同那个“鬼气”划清界限、挥手告别的仪式。

在酒楼上

我从北地向东南旅行，绕道访了我的家乡，就到S城。这城离我的故乡不过三十里，坐了小船，小半天可到，我曾在这里的学校里当过一年的教员。深冬雪后，风景凄清，懒散和怀旧的心绪联结起来，我竟暂寓在S城的洛思旅馆里了；这旅馆是先前所没有的。城圈本不大，寻访了几个以为可以会见的旧同事，一个也不在，早不知散到那里去了；经过学校的门口，也改换了名称和模样，于我很生疏。不到两个时辰，我的意兴早已索然，颇悔此来为多事了。

我所住的旅馆是租房不卖饭的，饭菜必须另外叫来，但又无味，入口如嚼泥土。窗外只有渍痕斑驳的墙壁，帖着枯死的莓苔；上面是铅色的天，白皑皑的绝无精采，而且微雪又飞舞起来了。我午餐本没有饱，又没有可以消遣的事情，便很自然的想到先前有一家很熟识的小酒楼，叫一石居的，算来离旅馆并不远。我于是立即锁了房门，出街向那酒楼去。其实也无非想姑且逃避客中的无聊，并不专为买醉。一石居是在的，狭小阴湿的店面和破旧的招牌都依旧；但从掌柜以至堂倌却已没有一个熟人，我在这一石居中也完全成了生客。然而我终于跨上那走熟的屋角的扶梯去了，由此径到小楼上。上面也依然是五张小板桌；独有原是木棂的后窗却换嵌了玻璃。

“一斤绍酒。——菜？十个油豆腐，辣酱要多！”

我一面说给跟我上来的堂倌听，一面向后窗走，就在靠窗的一张桌旁坐下了。楼上“空空如也”，任我拣得最好的堂位：可以眺望楼下的废园。这园大概是不属于酒家的，我先前也曾眺望过许多回，有时也在雪天里。但现在从惯于北方的眼睛看来，却很值得惊异了：几株老梅竟斗雪开着满树的繁花，仿佛毫不以深冬为意；倒塌的亭子边还有一株山茶树，从暗绿的密叶里显出十几朵红花来，赫赫的在雪中明得如火，愤怒而且傲慢，如蔑视游人的甘心于远行。我这时又忽地想到这里积雪的滋润，著物不去，晶莹有光，不比朔雪的粉一般干，大风一吹，便飞得满空如烟雾。……

“客人，酒。……”

堂倌懒懒的说着，放下杯，筷，酒壶和碗碟，酒到了。我转脸向了板桌，排好器具，斟出酒来。觉得北方固不是我的旧乡，但南来又只能算一个客子，无论那边的干雪怎样纷飞，这里的柔雪又怎样的依恋，于我都没有什么关系了。我略带些哀愁，然而很舒服的呷一口酒。酒味很纯正；油豆腐也煮得十分好；可惜辣酱太淡薄，本来S城人是不懂得吃辣的。

大概是因为正在下午的缘故罢，这虽说是酒楼，却毫无酒楼气，我已经喝下三杯酒去了，而我以外还是四张空板桌。我看着废园，渐渐的感到孤独，但又不愿有别的酒客上来。偶然听得楼梯上脚步响，便不由的有些懊恼，待到看见是堂倌，才又安心了，这样的又喝了两杯酒。

我想，这回定是酒客了，因为听得那脚步声比堂倌的要缓得多。约略料他走完了楼梯的时候，我便害怕似的抬头去看这无干的同伴，同时也就吃惊的站起来。我竟不料在这里意外的遇见朋友了，——假如他现在还许我称他为朋友。那上来的分明是我的旧同窗，也是做教员时代的旧同事，面貌虽然颇有些改变，但一见也就认识，独有行动却变得格外迂缓，很不像当年敏捷精悍的吕纬甫了。

“阿，——纬甫，是你么？我万想不到会在这里遇见你。”

“阿阿，是你？我也万想不到……”

我就邀他同坐，但他似乎略略踌躕之后，方才坐下来。我起先很以为奇，接着便有些悲伤，而且不快了。细看他相貌，也还是乱蓬蓬的须发；苍白的长方脸，然而衰瘦了。精神很沉静，或者却是颓唐；又浓又黑的眉毛底下的眼睛也失了精采，但当他缓缓的四顾的时候，却对废园忽地闪出我在学校时代常常看见的射人的光来。

“我们，”我高兴的，然而颇不自然的说，“我们这一别，怕有十年了罢。我早知道你在济南，可是实在懒得太难，终于没有写一封信。……”

“彼此都一样。可是现在我在太原了，已经两年多，和我的母亲。我回来接她的时候，知道你早搬走了，搬得很干净。”

“你在太原做什么呢？”我问。

“教书，在一个同乡的家里。”

“这以前呢？”

“这以前么？”他从衣袋里掏出一支烟卷来，点了火衔在嘴里，看着喷出的烟雾，沉思似的说：“无非做了些无聊的事情，等于什么也没有做。”

他也问我别后的景况；我一面告诉他一个大概，一面叫堂倌先取杯筷来，使他先喝着我的酒，然后再去添二斤。其间还点菜，我们先前原是毫不客气的，但此刻却推让起来了，终于说不清那一样是谁点的，就从堂倌的口头报告上指定了四样菜：茴香豆，冻肉，油豆腐，青鱼干。

“我一回来，就想到我可笑。”他一手擎着烟卷，一只手扶着酒杯，似笑非笑的向我说。“我在少年时，看见蜂子或蝇子停在一个地方，给什么来一吓，即刻飞去了，但是飞了一个小圈子，便又回来停在原地点，便以为这实在很可笑，也可怜。可不料现在我自己也飞回来了，不过绕了一点小圈子。又不料你也回来了。你不能飞得更远些么？”

“这难说，大约也不外乎绕点小圈子罢。”我也似笑非笑的说。“但是你为什么飞回来的呢？”

“也还是为了无聊的事。”他一口喝干了一杯酒，吸几口烟，眼睛略为张大了。“无聊的。——但是我们就谈谈罢。”

堂倌搬上新添的酒菜来，排满了一桌，楼上又添了烟气和油豆腐的热气，仿佛热闹起来了；楼外的雪也越加纷纷的下。

“你也许本来知道，”他接着说，“我曾经有一个小兄弟，是三岁上死掉的，就葬在这乡下。我连他的模样都记不清楚了，但听母亲说，是一个很可爱念的孩子，和我也很相投，至今她提起来还似乎要下泪。今年春天，一个堂兄就来了一封信，说他的坟边已经渐渐的浸了水，不久怕要陷入河里去了，须得赶紧去设法。母亲一知道就很着急，几乎几夜睡不着，——她又自己能看信的。然而我能有什么法子呢？没有钱，没有工夫：当时什么法也没有。

“一直挨到现在，趁着年假的闲空，我才得回南给他来迁葬。”他又喝干一杯酒，看着窗外，说，“这在那边那里能如此呢？积雪里会有花，雪地下会不冻。就在前天，我在城里买了一口小棺材，——因为我豫料那地下的应该早已朽烂了，——带着棉絮和被褥，雇了四个土工，下乡迁葬去。我当时忽而很高兴，愿意掘一回坟，愿意一见我那曾经和我很亲睦的小兄弟的骨殖：这些事我生平都没有经历过。到得坟地，果然，河水只是咬进来，离坟已不到二尺远。可怜的坟，两年没有培土，也平下去了。我站在雪中，决然的指着他对土工说，'掘开来！'我实在是一个庸人，我这时觉得我的声音有些希奇，这命令也是一个在我一生中最为伟大的命令。但土工们却毫不骇怪，就动手掘下去了。待到掘着圹穴，我便过去看，果然，棺木已经快要烂尽了，只剩下一堆木丝和小木片。我的心颤动着，自去拨开这些，很小心的，要看一看我的小兄弟，然而出乎意外！被褥，衣服，骨骼，什么也没有。我想，这些都消尽了，向来听说最难烂的是头发，也许还有罢。我便伏下去，在该是枕头所在的泥土里仔仔细细的看，也没有。踪影全无！"

我忽而看见他眼圈微红了，但立即知道是有了酒意。他总不很吃菜，单是把酒不停的喝，早喝了一斤多，神情和举动都活泼起来，渐近于先前所见的吕纬甫了，我叫堂倌再添二斤酒，然后回转身，也拿着酒杯，正对面默默的听着。

"其实，这本已可以不必再迁，只要平了土，卖掉棺材；就此完事了的。我去卖棺材虽然有些离奇，但只要价钱极便宜，原铺子就许要，至少总可以捞回几文酒钱来。但我不这样，我仍然铺好被褥，用棉花裹了些他先前身体所在的地方的泥土，包起来，装在新棺材里，运到我父亲埋着的坟地上，在他坟旁埋掉了。因为外面用砖椁，昨天又忙了我大半天：监工。但这样总算完结了一件事，足够去骗骗我的母亲，使她安心些。——阿阿，你这样的看我，你怪我何以和先前太不相同了么？是的，我也还记得我们同到城隍庙里去拔掉神像的胡子的时候，连日议论些改革中国的方法以至于打起来的时候。但我现在就是这样了，敷敷衍衍，模模胡胡。我有时自己也想到，倘若先前的朋友看见我，怕会不认我做朋友了。——然而我现在就是这样。"

他又掏出一支烟卷来，衔在嘴里，点了火。

"看你的神情，你似乎还有些期望我，——我现在自然麻木得多了，但是有些事也还看得出。这使我很感激，然而也使我很不安：怕我终于辜负了至今还对我怀着好意的老朋友。……"他忽而停住了，吸几口烟，才又慢慢的说，"正在今天，刚在我到这一石居来之前，也就做了一件无聊事，然而也是我自己愿意做的。我先前的东边的邻居叫长富，是一个船户。他有一个女儿叫阿顺，你那时到我家里来，也许见过的，但你一定没有留心，因为那时她还小。

后来她也长得并不好看，不过是平常的瘦瘦的瓜子脸，黄脸皮；独有眼睛非常大，睫毛也很长，眼白又青得如夜的晴天，而且是北方的无风的晴天，这里的就没有那么明净了。她很能干，十多岁没了母亲，招呼两个小弟妹都靠她，又得服侍父亲，事事都周到；也经济，家计倒渐渐的稳当起来了。邻居几乎没有一个不夸奖她，连长富也时常说些感激的话。这一次我动身回来的时候，我的母亲又记得她了，老年人记性真长久。她说她曾经知道顺姑因为看见谁的头上戴着红的剪绒花，自己也想有一朵，弄不到，哭了，哭了小半夜，就挨了她父亲的一顿打，后来眼眶还红肿了两三天。这种剪绒花是外省的东西，S城里尚且买不出，她那里想得到手呢？趁我这一次回南的便，便叫我买两朵去送她。

“我对于这差使倒并不以为烦厌，反而很喜欢；为阿顺，我实在还有些愿意出力的意思的。前年，我回来接我母亲的时候，有一天，长富正在家，不知怎的我和他闲谈起来了。他便要请我吃点心，荞麦粉，并且告诉我所加的是白糖。你想，家里能有白糖的船户，可见决不是一个穷船户了，所以他也吃得很阔绰。我被劝不过，答应了，但要求只要用小碗。他也很识世故，便嘱咐阿顺说，‘他们文人，是不会吃东西的。你就用小碗，多加糖！’然而等到调好端来的时候，仍然使我吃一吓，是一大碗，足够我吃一天。但是和长富吃的一碗比起来，我的也确乎算小碗。我生平没有吃过荞麦粉，这回一尝，实在不可口，却是非常甜。我漫然的吃了几口，就想不吃了，然而无意中，忽然间看见阿顺远远的站在屋角里，就使我立刻消失了放下碗筷的勇气。我看她的神情，是害怕而且希望，大约怕自己调得不好，愿我们吃得有味。我知道如果剩下大半碗来，一定要使她很失望，而且很抱歉。我于是同时决心，放开喉咙灌下去了，几乎吃得和长富一样快。我由此才知道硬吃的苦痛，我只记得还做孩子时候的吃尽一碗拌着驱除蛔虫药粉的沙糖才有这样难。然而我毫不抱怨，因为她过来收拾空碗时候的忍着的得意的笑容，已尽够赔偿我的苦痛而有余了。所以我这一夜虽然饱胀得睡不稳，又做了一大串恶梦，也还是祝赞她一生幸福，愿世界为她变好。然而这些意思也不过是我的那些旧日的梦的痕迹，即刻就自笑，接着也就忘却了。

“我先前并不知道她曾经为了一朵剪绒花挨打，但因为母亲一说起，便也记得了荞麦粉的事，意外的勤快起来了。我先在太原城里搜求了一遍，都没有；一直到济南……”

窗外沙沙的一阵声响，许多积雪从被他压弯了的一枝山茶树上滑下去了，树枝笔挺的伸直，更显出乌油油的肥叶和血红的花来。天空的铅色来得更浓；小鸟雀啾唧的叫着，大概黄昏将近，地面又全罩了雪，寻不出什么食粮，都赶早回巢来休息了。

“一直到了济南，”他向窗外看了一回，转身喝干一杯酒，又吸几口烟，接着说。“我才买到剪绒花。我也不知道使她挨打的是不是这一种，总之是绒做的罢了。我也不知道她喜欢深色还是浅色，就买了一朵大红的，一朵粉红的，都带到这里来。

“就是今天午后，我一吃完饭，便去看长富，我为此特地耽搁了一天。他的家倒还在，只是看去很有些晦气色了，但这恐怕不过是我自己的感觉。他的儿子和第二个女儿——阿昭，都站在门口，大了。阿昭长得全不像她姊姊，简直像一个鬼，但是看见我走向她家，便飞奔的逃进屋里去。我就问那小子，知道长富不在家。‘你的大姊呢？’他立刻瞪起眼睛，连声问我寻她什么事，而且恶狠狠的似乎就要扑过来，咬我。我支吾着退走了，我现在是敷敷衍衍……

“你不知道，我可是比先前更怕去访人了。因为我已经深知道自己之讨厌，连自己也讨厌，又何必明知故犯的去使人暗暗地不快呢？然而这回的差使是不能不办妥的，所以想了一想，终于回到就在斜对门的柴店里。店主的母亲，老发奶奶，倒也还在，而且也还认识我，居然将我邀进店里坐去了。我们寒暄几句之后，我就说明了回到S城和寻长富的缘故。不料她叹息说：

‘可惜顺姑没有福气戴这剪绒花了。’”

“她于是详细的告诉我，说是大约从去年春天以来，她就见得黄瘦，后来忽而常常下泪了，问她缘故又不说；有时还整夜的哭，哭得长富也忍不住生气，骂她年纪大了，发了疯。可是一到秋初，起先不过小伤风，终于躺倒了，从此就起不来。直到咽气的前几天，才肯对长富说，她早就像她母亲一样，不时的吐红和流夜汗。但是瞒着，怕他因此要担心。有一夜，她的伯伯长庚又来硬借钱，——这是常有的事，——她不给，长庚就冷笑着说：你不要骄气，你的男人比我还不如！她从此就发了愁，又怕羞，不好问，只好哭。长富赶紧将她的男人怎样的挣气的话说给她听，那里还来得及？况且她也不信，反而说：好在我已经这样，什么也不要紧了。

“她还说，‘如果她的男人真比长庚不如，那就真可怕呵！比不上一个偷鸡贼，那是什么东西呢？然而他来送殓的时候，我是亲眼看见他的，衣服很干净，人也体面；还眼泪汪汪的说，自己撑了半世小船，苦熬苦省的积起钱来聘了一个女人，偏偏又死掉了。可见他实在是一个好人，长庚说的全是诳。只可惜顺姑竟会相信那样的贼骨头的诳话，白送了性命。——但这也不能去怪

谁，只能怪顺姑自己没有这一份好福气。'

“那倒也罢，我的事情又完了。但是带在身边的两朵剪绒花怎么办呢？好，我就托她送了阿昭。这阿昭一见我就飞跑，大约将我当作一只狼或是什么，我实在不愿意去送她。——但是我也就送她了，对母亲只要说阿顺见了喜欢的了不得就是。这些无聊的事算什么？只要模模胡胡。模模胡胡的过了新年，仍旧教我的‘子曰诗云’去。”

“你教的是‘子曰诗云’么？”我觉得奇异，便问。

“自然。你还以为教的是ABCD么？我先是两个学生，一个读《诗经》，一个读《孟子》。新近又添了一个，女的，读《女儿经》。连算学也不教，不是我不教，他们不要教。”

“我实在料不到你倒去教这类的书，……”

“他们的老子要他们读这些，我是别人，无乎不可的。这些无聊的事算什么？只要随随便便，……”

他满脸已经通红，似乎很有些醉，但眼光却又消沉下去了。我微微的叹息，一时没有话可说。楼梯上一阵乱响，拥上几个酒客来：当头是矮子，拥肿的圆脸；第二个是长的，在脸上很惹眼的显出一个红鼻子；此后还有人，一叠连的走得小楼都发抖。我转眼去看吕纬甫，他也正转眼来看我，我就叫堂倌算酒账。

“你借此还可以支持生活么？”我一面准备走，一面问。

“是的。——我每月有二十元，也不大能够敷衍。”

“那么，你以后豫备怎么办呢？”

“以后？——我不知道。你看我们那时豫想的事可有一件如意？我现在什么也不知道，连明天怎样也不知道，连后一分……”

堂倌送上账来，交给我；他也不像初到时候的谦虚了，只向我看了一眼，便吸烟，听凭我付了账。

我们一同走出店门，他所住的旅馆和我的方向正相反，就在门口分别了。我独自向着自己的旅馆走，寒风和雪片扑在脸上，倒觉得很爽快。见天色已是黄昏，和屋宇和街道都织在密雪的纯白而不定的罗网里。

一九二四年二月一六日

（选自《彷徨》，北京北新书局1926年版）

思考练习

1.简析吕纬甫的性格特征。

2.结合作品，谈谈你对鲁迅的认识。

相关链接

鲁迅的黑暗的闸门的重量，有两个来源：一是传统的中国文学与文化，一是作者本身不安的心灵。鲁迅敏锐地感受到这两种具有压迫力、渗透力而又无可避免的力量。人们也许不会同意他认为年轻的一代可以教导到能摆脱这些暴力而自由生活的论调，但他终于拼命地发出希望的呐喊。他的英雄姿态暗示失败，而他为自己选择的位置几乎是悲剧性的。他所以用那个传说中被压死的英雄的典故，正显示出鲁迅的自觉无力抗拒黑暗，而终于接受牺牲的道理。这个自觉赋予他的作品一种悲哀，成为他的天才的颜色。

（引自〔美〕夏济安《鲁迅作品的黑暗面》，《中华文学评论百年精华》，人民文学出版社 2002 年版）

茅盾小说

茅　盾

作者简介

茅盾(1896—1981)，原名沈德鸿，字雁冰，浙江桐乡乌镇人。著名作家、文学评论家、文化活动家、“五四”新文化运动先驱者之一。1913 年考入北京大学预科。1916 年到上海商务印书馆编译所工作，接编并革新了《小说月报》。1921 年 1 月发起成立了文学研究会，积极倡导“为人生的艺术”。国共合作破裂之后，由武汉流亡上海、日本，开始写作《蚀》三部曲和《虹》。1930 年回国后加入左联并担任执行书记等职务，创作了长篇小说《子夜》、短篇小说《林家铺子》、“农村三部曲”等重要作品。抗战时期，辗转于香港、新疆、延安、重庆、桂林等地，发表了长篇小说《腐蚀》《霜叶红似二月花》《锻炼》和剧本《清明前后》等。新中国成立之后，曾担任文化部部长、全国文联主席、中国作协主席等职务。1981 年病逝于北京。他以自己的积蓄设立文学奖金(后定名为“茅盾文学奖”)，奖励优秀的长篇小说创作。

作品导读

《子夜》发表于 1933 年，是茅盾最重要的作品之一，是社会剖析派小说的代表作。

这是一部企图从正面来展开 20 世纪 30 年代中国社会阶段斗争的全貌并揭示出各个部分之间内在联系和发展趋势的作品。小说塑造了民族资本家吴荪甫、买办资本家赵伯韬等一系列具有个性特征和典型意义的人物形象。作品把人物安置在广阔的社会背景下，通过错综复杂的人物关系和矛盾冲突，多侧面、多层次地刻画人物性格，并在矛盾冲突中深入揭示人物的内心世界。吴荪甫是小说的核心人物，是第二次国内革命战争时期中国民族资产阶级的典型形象，充分表现出中国民族资产阶级的两面性，具有鲜明的时代特征。他精明强干，有雄心，敢冒险，兼并工厂不择手段，镇压工人冷酷无情，是一个不达目的不罢休的铁腕人物。作品通过吴荪甫的遭遇和命运揭示出中国并没有走上资本主义发展道路，国民党统治下的中国依旧是半殖民地半封建社会，而且在帝国主义的压迫下更加殖民化了。《子夜》体现了 20 世纪 30 年代左翼文艺运动的实绩，在中国现代文学史上具有重要地位。

子夜（存目）

思考练习

1.分析小说中吴荪甫的人物形象及其典型意义。

2.以《子夜》为例，分析社会剖析派小说的特征。

相关链接

这就是《子夜》给我的真实印象。它绝不仅是某个抽象命题的图解，尽管其中确实有图解的成分。文学创作是那样一种复杂的情感活动，作家单凭理智很难把它看得清清楚楚，他的创作自述难免会包含一些或大或小的误解，茅盾对自己写《子夜》的解释便是例证。他说他是运用了一种左拉式的新的创作方法，可我们却看到，他在很多地方都还是保持了原先的写作风格，他的许多描写都还是依靠了过去的情感经验。所以，《子夜》的成功并不能证明那种主题先行的创作方法的成功，它那些失败的部分倒可以证明，缺乏审美感受的直接支持，题材上的大胆开拓往往会造成怎样触目的缺陷。

（引自王晓明《惊涛骇浪里的自救之舟——论茅盾的小说创作》，《二十世纪中国文学史论》第 2 卷，东方出版中心 1997 年版）

巴金小说

巴　金

作者简介

巴金(1904—2005),原名李尧棠,字芾甘,四川成都人,著名作家。1920 年进入成都外国语专门学校。1923 年就读于上海和南京的中学。1927 年初赴法国留学,创作了处女作长篇小说《灭亡》,发表时始用巴金的笔名。1928 年底回到上海,从事创作和翻译工作。从 1929 年到 1937 年,创作了长篇小说《激流三部曲》中的《家》、《爱情三部曲》等中长篇小说,出版了《复仇》《将军》《神·鬼·人》等短篇小说集和《海行集记》《忆》《短简》等散文集。他以独特的风格和丰硕的创作令人瞩目,被鲁迅称为“一个有热情的有进步思想的作家,在屈指可数的好作家之列的作家”(《答徐懋庸并关于抗日统一战线问题》)。在此期间任文化生活出版社总编辑,主编《文季月刊》和《文学丛刊》等刊物。抗日战争爆发后致力于抗日救亡文化活动,编辑《呐喊》《救亡日报》等报刊,创作了《春》《秋》。在抗战后期和抗战结束后,创作了《憩园》《第四病室》《寒夜》等中长篇小说。新中国成立后,曾任全国文联副主席、全国政协副主席、中国作协主席等职,并担任《收获》杂志主编。

作品导读

《家》是巴金的前期代表作。小说以 20 世纪 20 年代初四川成都一个封建官僚地主家庭祖孙两代的矛盾冲突为线索,沉痛地控诉了封建制度对年轻生命的摧残,深刻地揭露了封建大家庭的罪恶及其腐朽没落,热情地歌颂了青年一代的觉醒与斗争。作者从生活出发,真实地写出了人物思想性格的复杂性及其发展变化。高老太爷是家长制和封建礼教的代表,是高公馆一系列悲剧的制造者,但作者也表现了他的幻灭感以及他临终前对孙辈的慈祥和忏悔，这性格的两面统一于他维持和发展四世同堂的封建大家庭的人生理想。觉新是一个“有两重人格的人”，他善良懦弱，既是一个深受封建伦理道德熏陶的地主少爷，又是一个受到“五四”新文化运动影响的青年；一方面他同情封建礼教的受害者，另一方面又反对受害者（包括他自己）进行反抗。但惨痛的生活教训最终使他有了初步的觉醒。觉慧是受“五四”新文化运动影响的进步青年，他的觉醒和反抗有一个过程：从幼稚到坚定，最后离家出走，成为封建大家庭的第一个反叛者。作品贯穿着尖锐的矛盾冲突和浓烈的抒情色彩，细腻的心理描写和多样的抒情手法的交替使用强化了悲剧效果和艺术感染力。

家（存目）

思考练习

1.分析《家》中觉慧、觉民的形象及其典型意义。

2.分析《家》的主题思想与艺术特色。

相关链接

我不要单给我们的家族写一部特殊的历史。我所要写的应该是一般的封建大家庭的历史。这里面的主人公应该是我们在那些家庭里常常见到的。我要写这种家庭怎样必然地走上崩溃的路，走到它自己亲手掘成的墓穴。我要写包含在那里面的倾轧、斗争和悲剧。我要写一些可爱的青年的生命怎样在那里面受苦、挣扎，而终于不免灭亡。我最后还要写一个叛徒，一个幼稚的然而大胆的叛徒。我要把希望寄托在他的身上，要他给我们带进来一点新鲜空气，在那旧家庭里面我们是闷得透不过气来了。

[引自巴金《关于〈家〉(十版改定本代序)——给我底一个表哥》,《文丛》1937 年 3 月创刊号]

老舍小说

老　舍

作者简介

老舍(1899—1966),原名舒庆春,字舍予,满族人,著名小说家、戏剧家。出生于北京一个贫民家庭,自幼熟悉底层市民生活,喜欢戏剧和民间说唱艺术。1924年至1929年,在英国担任汉语教师,创作了《老张的哲学》《赵子曰》《二马》等小说。1930年回国后,先后在齐鲁大学和山东大学任教,直到1936年辞职,专心创作。这期间创作逐渐成熟,主要作品有《猫城记》《离婚》《骆驼祥子》《我这一辈子》《断魂枪》等。抗战爆发后,老舍被选为中华全国文艺界抗敌协会的常务理事兼总务部主任,积极投身于抗战文艺工作,创作了大量剧本、小说和民间通俗曲艺,重要作品有《四世同堂》等。新中国成立后担任全国文联副主席、中国作协副主席、北京文联主席等职,创作了《龙须沟》《茶馆》等话剧。曾被誉为"人民艺术家""语言艺术大师"。晚年写作自传体小说《正红旗下》,未完成即在"文革"中投湖自尽。

作品导读

《骆驼祥子》是老舍的代表作,最初连载于《宇宙风》(1936年9月至1937年10月),1939年出版单行本。1936年,老舍无意间听到了有关两个车夫的故事,这个故事很快就激发了他对当时病态的社会与底层人民的命运的思考。与其他作家不同的是,他的思考是从"文化"这个角度展开的。他的独特的生活经历使他成了一个写民间文化的高手,他所关注的正是特定文化背景下人的命运。祥子18岁来到城市之后,依然保持着在乡村民间文化形态中所形成的生活态度,他具有中国农民的传统美德:诚实善良、朴素勤劳;不吃烟,不喝酒,不赌钱,没有任何不良嗜好。苦难的农村生活使他具有强烈的生存欲望,闭锁自守、自给自足的生产和生活方式又使他只相信个人的力量。因此到城里后他只想依靠自己的力气挣钱、买车,做一个独立的劳动者,再"到乡下娶个年轻力壮、吃得苦、能洗能做的姑娘"。他把自己封闭起来,既不关心外界的风吹草动,也不关心自己的同行,他只相信自己;甚至是对待金钱,他也认为存在别处他不放心,只有在自己手里才觉得安心。这样的生活态度既有积极的一面,也潜伏着悲剧的种子。可惜的是其中积极的部分没能帮助祥子实现自己的理想,它自身却不断受到市民文化劣根性的侵蚀。对祥子命运起了重要作用的是虎妞,她是车厂老板的女儿,正是她的"治内",将车厂变得如铁桶一般。市民社会的熏染使她变得强悍、狡猾、工于心计,其父的贪婪又扭曲了她作为一个正常女人的欲望。而祥子在她的引诱和俘虏之下,不仅身体遭到摧残,而且自信、单纯、勤俭等品行以及追求自立精神的信念也逐步瓦解,终于,他"由乡间带来的那点清凉劲毁尽了"。至此,市民文化的劣根性不仅造成了虎妞的沦落,更造成了祥子的沉沦。老舍写道:"祥子还在那文化之城,可是变成了走兽。一点也不是他的过错。他停止住思想,所以就杀了人,他也不负什么责任。"这正是老舍的深刻与独到之处:因为祥子的失败不仅仅是他个人的失败,更是他所代表的"文化"的失败。这种文化批判可以被纳入"国民性批判"的主题,祥子与阿Q不同,他们的悲剧也具有不同的意义和力量。

骆驼祥子(存目)

思考练习

1.分析《骆驼祥子》中祥子、虎妞的人物形象。

2.分析《骆驼祥子》的主题思想与艺术特色。

相关链接

当我刚刚把它写完的时候,我就告诉了《宇宙风》的编辑:这是一本最使我自己满意的作品。后来,刊印单行本的时候,书店即以此语嵌入广告中。它使我满意的地方大概是:(一)故事在我心中酝酿得相当的长久,收集的材料也相当的多,所以一落笔便准确,不蔓不枝,没有什么敷衍的地方。(二)我开始专以写作为业,一天到晚心中老想着写作这一回事,所以虽然每天落在纸上的不过是一二千字,可是在我放下笔的时候,心中并没有休息,依然是在思索;思索的时候长,笔尖上便能滴出血与泪来。(三)在这故事刚一开头的时候,我就决定抛开幽默而正正经经地去写。在往常,每逢遇到可以幽默一下的机会,我就必抓住它不放手。有时候,事情本没什么可笑之处,我也要运用俏皮的言语,勉强地使它带上点幽默味道。这,往好里说,足以使文字活泼有趣;往坏里说，就往往招人讨厌。《祥子》里没有这个毛病。即使它还未能完全排除幽默，可是它的幽默是出自事实本身的可笑，而不是由文字里硬挤出来的。这一决定，使我的作风略有改变，教我知道了只要材料丰富，心中有话可说，就不必一定非幽默不足叫好。(四)既决定了不利用幽默，也就自然地决定了文字要极平易，澄清如无波的湖水。因为要求平易，我就注意到如何在平易中而不死板。恰好，在这时候，好友顾石君先生供给了我许多北平口语中的字和词。在平日，我总以为这些词汇是有音无字的，所以往往因写不出而割爱。现在，有了顾先生的帮助，我的笔下就丰富了许多，而可以从容调动口语，给平易的文字添上些亲切、新鲜、恰当、活泼的味儿。因此，《祥子》可以朗诵。它的言语是活的。

《祥子》自然也有很多缺点。使我自己最不满意的是收尾收得太慌了一点。因为连载的关系，我必须整整齐齐地写成二十四段；事实上，我应当多写两三段才能从容不迫地刹住。这，可是没法补救了，因为我对已发表过的作品是不愿再加修改的。

(引自老舍《我怎样写〈骆驼祥子〉》，《青年知识》1945 年第 1 卷第 2 期)

林语堂小说

林语堂

作者简介

林语堂(1895—1976),原名和乐,后改玉堂,又改语堂,福建龙溪人。1912年入上海圣约翰大学,毕业后在清华大学任教。1919年秋赴美国哈佛大学文学系学习。1922年获文学硕士学位。同年转赴德国入莱比锡大学,专攻语言学。1923年获博士学位后回国,任北京大学教授、北京女子师范大学教务长和英文系主任。1924年后成为《语丝》主要撰稿人之一。1926年到厦门大学任文学院院长。1932年主编《论语》半月刊。1934年创办《人间世》。1935年创办《宇宙风》,提倡"以自我为中心,以闲适为格调"的小品文。1935年后,在美国用英文写成《吾国与吾民》《京华烟云》《风声鹤唳》等文化著作和长篇小说。1945年赴新加坡筹建南洋大学,任校长。1952年在美国与人创办《天风》杂志。1966年定居台湾。1967年受聘为香港中文大学研究教授。1975年被推举为国际笔会副会长。1976年在香港逝世。

作品导读

林语堂原本打算将《红楼梦》译作英文介绍给西方读者,后来再三思虑而感此非其时也,且《红楼梦》与现代中国距离太远,此后决定仿照《红楼梦》的结构写一部长篇小说。这就是他旅居巴黎时于1938年8月至1939年8月用英文写就的长篇小说*Moment in Peking*,《京华烟云》是他转译为中文后的书名。全书分为"道家女儿""庭园悲剧""秋季歌声"三部分,讲述了北平曾、姚、牛三大家族从1901年义和团运动到抗日战争30多年间的悲欢离合和恩怨情仇,并在其中安插了袁世凯篡国、张勋复辟、直奉大战、军阀割据、五四运动、三·一八惨案、"语丝派"与"现代评论派"笔战、青年"左倾"、二战爆发等内容,全景式展现了现代中国社会风云变幻的历史风貌。其中有佳话，有哲学，有历史演义，有风俗变迁，有深谈，有闲话，有传统文化和现代生活，内容丰富，涵盖广泛。

林语堂在本书序言中写道："本书……只是叙述当代中国男女如何成长，如何过活，如何爱，如何恨，如何争吵，如何宽恕，如何受难，如何享乐，如何养成某些生活习惯，如何形成某些思维方式，尤其是，在此谋事在人、成事在天的尘世生活里，如何适应其生活环境而已。"这在女主人公姚木兰身上有着集中体现。姚木兰是林语堂心中儒道结合，集美丽容貌、包容的态度于一身的理想女子。她有儒家的世俗生存智慧和道家的逍遥自由思想。她倡导无为，随性，节俭勤奋，端庄知礼，谦让服从，安守女人的本分。受父亲道家思想的影响，她脱离于礼数的束缚而获得自由，她不裹脚，会吹口哨，唱京戏以及收集、鉴赏古董，接受了一些新的观念和思想(如男女应该平等)。木兰天资聪颖，秀外慧中又品性高洁，简直就如同空谷幽兰般无可挑剔。然而为成就家族的幸福，她选择了一场近乎灾难的婚姻。为了顾全大局，她顶替任性的妹妹嫁给了桀骜不驯的曾荪亚；为了顾全大局，她容忍曾荪亚那段执迷不悟的婚外情，面对故意冷落和无端指责，以德报怨；为了顾全大局，她在心灰意冷时答应了一位用心良苦的母亲的最后恳求，放弃了离婚的念头，并竭尽全力唤醒曾荪亚，使其浪子回头。木兰似乎一直在委曲求全，其实不尽然。木兰是一个无傲气但有傲骨的人，她并没有屈服于命运而失去自我。相反，她总能在适当的场合，说适当的话，做适当的事，不失自尊又给人留有余地，极有分寸。她用自己的智慧经营着她的婚姻和人生。而这种经历了大风大雨、万般磨砺的爱情也恰恰是最实在的、最令人羡慕的。林语堂先生曾说"若为女儿身，必做木兰也"。

京华烟云(存目)

思考练习

1.分析《京华烟云》中姚木兰的形象。

2.分析《京华烟云》中的道家思想。

3.试比较分析《京华烟云》与《红楼梦》的异同。

相关链接

"小说"者，小故事也。无事可做时，不妨坐下听听。

本书对现代中国人的生活，既非维护其完美，亦非揭发其罪恶。因此与新近甚多"黑幕"小说迥乎不同。既非对旧式生活进赞词，亦非为新式生活做辩解。只是叙述当代中国男女如何成长，如何过活，如何爱，如何恨，如何争吵，如何宽恕，如何受难，如何享乐，如何养成某些生活习惯，如何形成某些思维方式，尤其是，在此谋事在人、成事在天的尘世生活里，如何适应其生活环境而已。

(林语堂《京华烟云》，湖南文艺出版社 2016 年版)

沈从文小说

沈从文

作者简介

沈从文(1902—1988),原名沈岳焕,湖南凤凰县人,京派小说代表作家、历史文物研究家。14 岁高小毕业后入伍。1923 年到北京欲入大学而不成,开始用“休芸芸”的笔名进行文学创作。1928 年至 1930 年,在上海中国公学做讲师,兼《大公报》《益世报》等文艺副刊主编。1931 年至 1949 年曾任教于青岛大学、西南联合大学、北京大学,并一度在北京主编全国中小学国文教科书。新中国成立后在中国历史博物馆和中国社会科学院历史研究所工作,主要进行中国古代历史的研究。

沈从文一生共出版了《石子船》《从文子集》等 30 多部短篇小说集和《边城》《长河》等 6 部中长篇小说。沈从文是具有特殊意义的乡村世界的主要表现者和反思者,他认为“美在生命”,虽身处虚伪、自私和冷漠的都市,却醉心于人性之美。他说:“这世界或有在沙基或水面上建造崇楼杰阁的人,那可不是我,我只想造希腊小庙。选小地作基础,用坚硬石头堆砌它。精致,结实、对称,形体虽小而不纤巧,是我理想的建筑,这庙供奉的是‘人性’”(沈从文《习作选集代序》)。

作品导读

《萧萧》作于 1929 年,原载于《小说月报》21 卷 1 号。湘西少女萧萧 12 岁就嫁给比她小 9 岁的丈夫做童养媳,尽管在婆家带丈夫、做杂事很苦很累,但这些压制不住花季少女渴望自由与爱情的心。她被在她家做工的年轻人花狗引诱而怀了身孕。花狗因此不辞而别,萧萧亦试图出逃,但失败了。依照当时的封建习俗,她面临沉潭或发卖的惩处。由于娘家与婆家两方都没读过“子曰诗云”,故决定将她发卖。但直到萧萧十月足胎生了儿子,也未曾有人来买。萧萧侥幸逃过了惩罚,并留在婆家正经地做了丈夫的媳妇,抱着新生的毛毛,就如同当年抱着小丈夫一样。在人性与制度的对抗中,沈从文写的是人性的胜利。对于婚姻,萧萧以天然的人性来对抗;对于礼法,家人以农人纯朴的天性来对抗。这样的对抗,都是不自觉的,甚至是自我抑制的,这样的力量看上去是弱小且偶然的,但是却隐藏在这些“种田的庄子”里。在这些“种田的庄子”里,沈从文不动声色地搭建的,是他心中爱与美的、永恒的“人性的希腊小庙”。然而,即便沈从文将矛盾都尽量淡化了,在弱化的冲突中展开情节,但他还是不得不把残酷的现实与制度写进文中。萧萧的命运带有那么大的偶然性,她好像是幸运的,可她的一生却只能服从于外在力量的摆布,她从来没有掌握决定自己命运的自主权力。如同《边城》里的世界,自然与美之下仍然隐伏着悲痛。

萧 萧

乡下人吹唢呐接媳妇,到了十二月是成天会有的事情。

唢呐后面一顶花轿,四个伕子平平稳稳的抬着。轿中人被铜锁锁在里面,虽穿了平时没上过身的体面红绿衣裳,也仍然得荷荷大哭。在这些小女人心中,做新娘子,从母亲身边离开,且准备做他人的母亲,从此将有许多新事情等待发生。象做梦一样,将同一个陌生男子汉在一个床上睡觉,做着承宗接祖的事情,这些事想起来,当然有些害怕,所以照例觉得要哭哭,于是就哭了。

也有做媳妇不哭的人。萧萧做媳妇就不哭。这小女子没有母亲,从小寄养到伯父种田的庄子上,出嫁只是从这家转到那家。因此到那一天这小女人还只是笑。她又不害羞,又不怕,她是什么事也不知道,就做了人家的媳妇了。

萧萧做媳妇时年纪十二岁,有一个小丈夫,年纪还不到三岁。丈夫比她年少九岁,还不曾断奶。地方规矩如此,过了门,她喊他做弟弟。她每天应作的事是抱弟弟到村前柳树下去玩,到溪边去玩,饿了,喂东西吃,哭了,就哄他,摘南瓜花或狗尾草戴到小丈夫头上,或者亲嘴,一面说:“弟弟,哪,再来。”在那肮脏的小脸上亲了又亲,孩子于是便笑了。孩子一欢喜兴奋,行动粗野起来,会用短短的小手乱抓萧萧的头发。那是平时不大能收拾蓬蓬松松在头上的黄发。有时候,垂到脑后那条小辫儿被拉得太久,把红绒线结也弄松了,生气了,就挞那弟弟几下,弟弟自然哇地哭出声来,萧萧便也装成要哭的样子,用手指着弟弟的哭脸,说:“哪,人不讲理,可不行!”

天晴落雨日子混下去，每日抱抱丈夫，也帮家中作点杂事，能动手的就动手。又时常到溪沟里去洗衣，搓尿片，一面还捡拾有花纹的田螺给坐到身边的丈夫玩。到了夜里睡觉，便常常做这种年龄人所做的梦，梦到后门角落或别的什么地方捡得大把大把铜钱，吃好东西，爬树，自己变成鱼到水中各处溜。或一时仿佛身子很小很轻，飞到天上众星中，没有一个人，只是一片白，一片金光，于是大喊"妈！"人就吓醒了。醒来心还只是跳。吵了隔壁的人，不免骂着："疯子，你想什么！白天疯玩，晚上就做梦！"萧萧听着却不作声，只是咕咕的笑。也有很好很爽快的梦，为丈夫哭醒的事。那丈夫本来晚上在自己母亲身边睡，有时吃多了，或因另外情形，半夜大哭，起来放水拉稀是常有的事。丈夫哭到婆婆无可奈何，于是萧萧轻脚轻手爬起床来，睡眼蒙眬走到床边，把人抱起，给他看月亮，看星光。或者互相觑着，孩子气的"嗨嗨，看猫呵，"那样喊着哄着，于是丈夫笑了，玩了一会，慢慢合上眼。人睡了，放上床，站在床边看着，听远处一递一声的鸡叫，知道天快到什么时候了，于是仍然蜷到小床上睡去。天亮了，虽不做梦，却可以无意中闭眼开眼，看一阵在面前空中变幻无端的黄边紫心葵花，那是一种真正的享受。

萧萧嫁过了门，做了拳头大丈夫的小媳妇，一切并不比先前受苦，这只看她半年来身体发育就可明白。风里雨里过日子，象一株长在园角落不为人注意的蓖麻，大叶大枝，日增茂盛。这小女人简直是全不为丈夫设想那么似的，一天比一天长大起来了。

夏夜光景说来如做梦。大家饭后坐到院中心歇凉，挥摇蒲扇，看天上的星同屋角的萤，听南瓜棚上纺织娘子咯咯咯拖长声音纺车，远近声音繁密如落雨，禾花风悠悠吹到脸上，正是让人在各种方便中说笑话的时候。

萧萧好高，一个人常常爬到草料堆上去，抱了已经熟睡的丈夫在怀里，轻轻地轻轻地随意唱着那自编的山歌，唱来唱去却把自己也催眠起来，快要睡去了。

在院坝中，公公婆婆，祖父祖母，另外还有帮工汉子两个，散乱地坐在小板凳上，摆龙门阵学古，轮流下去打发上半夜。

祖父身边有个烟包，在黑暗中放光。这用艾蒿作成的烟包，是驱逐长脚蚊的得力东西，蜷在祖父脚边，就如一条乌梢蛇。间或又拿起来晃那么几下。

想起白天场上的事，那祖父开口说话：

"听三金说，前天又有女学生过身。"

大家就哄然笑了。

这笑的意义何在？只因为大家印象中，都知道女学生没有辫子，留下个鹌鹑尾巴，象个尼姑，又不完全象。穿的衣服象洋人又不是洋人。吃的，用的……总而言之事事不同，一想起来就觉得怪可笑！

萧萧不大明白，她不笑。所以老祖父又说话了。他说：

"萧萧，你长大了，将来也会做女学生！"

大家于是更哄然大笑起来。

萧萧为人并不愚蠢，觉得这一定是不利于己的一件事情，所以接口便说：

"爷爷，我不做女学生！"

"你象个女学生，不做可不行。"

"我不做。"

众人有意取笑，异口同声说："萧萧，爷爷说得对，你非做女学生不行！"

萧萧急得无可如何，"做就做，我不怕。"其实做女学生有什么不好，萧萧全不知道。女学生这东西，在本乡的确永远是奇闻。每年一到六月天，据说放"水假"日子一到，照例便有三三五五女学生，由一个荒谬不经的热闹地方来，到另一个远地方去，取道从本地过身。从乡下人眼中看来，这些人都近于另一世界中活下的人，装扮奇奇怪怪，行为更不可思议。这种女学生过身时，使一村人都可以说一整天的笑话。

祖父是当地一个人物，因为想起所知道的女学生在大城中的生活情形，所以说笑话要萧萧也去作女学生。一面听到这话就感觉一种打哈哈趣味，一面还有那被说的萧萧感觉一种惶恐，说这话的不为无意义了。

女学生由祖父方面所知道的是这样一种人：她们穿衣服不管天气冷热，吃东西不问饥饱，晚上交到子时才睡觉，白天正经事全不作，只知唱歌打球，读洋书。她们都会花钱，一年用的钱可以买十六只水牛。她们在省里京里想往什么地方去时，不必走路，只要钻进一个大匣子中，那匣子就可以带她到地。她们在学校，男女一处上课，人熟了，就随意同那男子睡觉，也不要媒人，也不要财礼，名叫"自由"。她们也做州县官，带家眷上任，男子仍然喊作老爷，小孩子叫少爷。她们自己不喂牛，却吃牛奶羊奶，如小牛小羊，买那奶时是用铁罐子盛的。她们无事时到一个唱戏地方去，那地方完全象个大庙，从衣袋中取出一块洋钱来（那洋钱在乡下可买五只母鸡），买了一小方纸片儿，拿了那纸片到里面去，就可以坐下看洋人扮演影子戏。她们被冤了，不赌咒，不哭。她们年纪有老到二十四岁还不肯嫁人的，有老到三十四十还好意思嫁人的。她们不怕男子，男子不能使她们受委屈，一受委屈就上衙门打官司，要官罚男子的款，这笔钱她有时独占自己花用，有时同官平分。她们不洗衣煮饭，也不养猪喂鸡；有了小孩子也只花五块钱、十块钱一月，雇人专管小孩，自己仍然整天看戏打牌，读那些没有用处的闲书……

总而言之，说来事事都希奇古怪，和庄稼人不同，有的简直可以说岂有此理。这时经祖父一说明，听过这话的萧萧，心中却忽然有了一种模模糊糊的愿望，以为倘若她也是个女学生，她是不是照祖父说的女学生一个样子去做那些事？不管好歹，做女学生并不可怕，因此一来，却已为这乡下姑娘体念到了。

因为听祖父说起女学生是怎样的人物，到后萧萧独自笑得特别久。笑够了时，她说：

"祖爹，明天有女学生过路，你喊我，我要看看。"

"你看，她们捉你去作丫头。"

"我不怕她们。"

"她们读洋书念经你也不怕？"

"念观音菩萨消灾经，念紧箍咒，我都不怕。"

"她们咬人，和做官的一样，专吃乡下人，吃人骨头渣渣也不吐，你不怕？"

萧萧肯定地回答说："也不怕。"

可是这时节萧萧手上所抱的丈夫，不知为什么，在睡梦中哭了，媳妇于是用作母亲的声势，半哄半吓地说：

"弟弟，弟弟，不许哭，不许哭，女学生咬人来了。"

丈夫还仍然哭着，得抱起各处走走。萧萧抱着丈夫离开了祖父，祖父同人说另外一样古话去了。

萧萧从此以后心中有个"女学生"。做梦也便常常梦到女学生，且梦到同这些人并排走路。仿佛也坐过那种自己会走路的匣子，她又觉得这匣子并不比自己跑路更快。在梦中那匣子的形体同谷仓差不多，里面有小小灰色老鼠，眼珠子红红的，各处乱跑，有时钻到门缝里去，把个小尾巴露在外边。

因为有这样一段经过，祖父从此喊萧萧不喊"小丫头"，不喊"萧萧"，却唤作"女学生"。在不经意中萧萧答应得很好。

乡下的日子也如世界上一般日子，时时不同。世界上人把日子糟蹋，和萧萧一类人家把日子吝惜是同样的，各有所得，各属分定。许多城市中文明人，把一个夏天全消磨到软绸衣服、精美饮料以及种种好事情上面。萧萧的一家，因为一个夏天的劳作，却得了十多斤细麻，二三十担瓜。

作小媳妇的萧萧，一个夏天中，一面照料丈夫，一面还绩了细麻四斤。到秋八月工人摘瓜，在瓜间玩，看硕大如盆、上面满是灰粉的大南瓜，成排成堆摆到地上，很有趣味。时间到摘瓜，秋天真的已来了，院子中各处有从屋后林子里树上吹来的大红大黄木叶。萧萧在瓜旁站定，手拿木叶一束，为丈夫编小笠帽玩。

工人中有个名叫花狗，年纪二十三岁，抱了萧萧的丈夫到枣树下去打枣子。小小竹竿打在枣树上，落枣满地。

“花狗大[1]，莫打了，太多了吃不完。”

虽听这样喊，还不停手。到后，仿佛完全因为丈夫要枣子，花狗才不听话。萧萧于是又喊她那小丈夫：

“弟弟，弟弟，来，不许捡了。吃多了生东西肚子痛！”

丈夫听话，兜了一堆枣子向萧萧身边走来，请萧萧吃枣子。

“姐姐吃，这是大的。”

“我不吃。”

“要吃一颗！”

她两手哪里有空！木叶帽正在制边，工夫要紧，还正要个人帮忙！

“弟弟，把枣子喂我口里。”

丈夫照她的命令作事，作完了觉得有趣，哈哈大笑。

她要他放下枣子帮忙捏紧帽边，便于添加新木叶。

丈夫照她吩咐作事，但老是顽皮地摇动，口中唱歌。这孩子原来象一只猫，欢喜时就得捣乱。

“弟弟，你唱的是什么？”

“我唱花狗大告我的山歌。”

“好好地唱一个给我听。”

丈夫于是就唱下去，照所记到的歌唱：

天上起云云起花，
包谷林里种豆荚，
豆荚缠坏包谷树，
娇妹缠坏后生家。

天上起云云重云，
地下埋坟坟重坟，

---

① 花狗大：“大”字为“大哥”的简称。

娇妹洗碗碗重碗，
娇妹床上人重人。

歌中意义丈夫全不明白，唱完了就问好不好。萧萧说好，并且问跟谁学来的。她知道是花狗教的，却故意盘问他。

“花狗大告我，他说还有好歌，长大了再教我唱。”

听说花狗会唱歌，萧萧说：

“花狗大，花狗大，您唱一个好听的歌我听听。”

那花狗，面如其心，生长得不很正气，知道萧萧要听歌，人也快到听歌的年龄了，就给她唱“十岁娘子一岁夫”。那故事说的是妻年大，可以随便到外面作一点不规矩事情，夫年小，只知道吃奶，让他吃奶。这歌丈夫完全不懂，懂到一点的是萧萧。把歌听过后，萧萧装成“我全明白”那种神气，她用生气的样子，对花狗说：

“花狗大，这个不行，这是骂人的歌！”

花狗分辩说：“不是骂人的歌。”

“我明白，是骂人的歌。”

花狗难得说多话，歌已经唱过了，错了赔礼，只有不再唱。他看她已经有点懂事了，怕她回头告祖父，会挨一顿臭骂，就把话支开，扯到“女学生”上头去。他问萧萧，看没看过女学生习体操唱洋歌的事情。

若不是花狗提起，萧萧几乎已忘却了这事情。这时又提到女学生，她问花狗近来有没有女学生过路，她想看看。

花狗一面把南瓜从棚架边抱到墙角去，告她女学生唱歌的事，这些事的来源还是萧萧的那个祖父。他在萧萧面前说了点大话，说他曾经到官路上见到四个女学生，她们都拿得有旗子，走长路流汗喘气之中仍然唱歌，同军人所唱的一模一样。不消说，这自然完全是胡诌的笑话。可是那故事把萧萧可乐坏了。因为花狗说这个就叫做“自由”。

花狗是“起眼动眉毛，一打两头翘”会说会笑的一个人。听萧萧带着歆羡口气说：“花狗大，你膀子真大。”他就说：“我不止膀子大。”

“你身个子也大。”

“我全身无处不大。”

到萧萧抱了她的丈夫走去以后，同花狗在一起摘瓜，取名字叫哑巴的，开了平时不常开的口，他说：

“花狗，你少坏点。人家是十三岁黄花女，还要等十年才圆房！”

花狗不做声，打了那伙计一掌，走到枣树下捡落地枣去了。

到摘瓜的秋天，日子计算起来，萧萧过丈夫家有一年了。

几次降霜落雪，几次清明谷雨，一家人都说萧萧是大人了。天保佑，喝冷水，吃粗粝饭，四季无疾病，倒发育得这样快。婆婆虽生来象一把剪子，把凡是给萧萧暴长的机会都剪去了，但乡下的日头同空气都帮助人长大，却不是折磨可以阻拦得住。

萧萧十五岁时高如成人，心却还是一颗糊糊涂涂的心。

人大了一点，家中做的事也多了一点。绩麻、纺车、洗衣、照料丈夫以外，打猪草推磨一些事情也要作，还有浆纱织布。凡事都学，学学就会了。乡下习惯，凡是行有余力的都可从劳作中攒点私房，两三年来仅仅萧萧个人分上所聚集的粗细麻和纺就的棉纱，已够萧萧坐到土机上抛三个月的梭子了。

丈夫早断了奶。婆婆有了新儿子，这五岁儿子就象归萧萧独有了。不论做什么，走到什么地方去，丈夫总跟到身边。丈夫有些方面很怕她，当她如母亲，不敢多事。他们俩“感情不坏”。

地方稍稍进步，祖父的笑话转到“萧萧你也把辫子剪去好自由”那一类事上去了。听着这话的萧萧，某个夏天也看过一次女学生，虽不把祖父笑话认真，可是每一次在祖父说过这笑话以后，她到水边去，必用手捏着辫子梢梢，设想没有辫子的人那种神气，那点趣味。

因为打猪草，带丈夫上螺蛳山的山阴是常有的事。

小孩子不知事，听别人唱歌也唱歌。一唱歌，就把花狗引来了。

花狗对萧萧生了另外一种心，萧萧有点明白了，常常觉得惶恐不安。但花狗是男子，凡是男子的美德恶德都不缺少，劳动力强，手脚勤快，又会玩会说，所以一面使萧萧的丈夫非常欢喜同他玩，一面一有机会即缠在萧萧身边，且总是想方设法把萧萧那点惶恐减去。

山大人小，到处树木蒙茸，平时不知道萧萧所在，花狗就站在高处唱歌逗萧萧身边的丈夫；丈夫小口一开，花狗穿山越岭就来到萧萧面前了。

见了花狗，小孩子只有欢喜，不知其他。他原要花狗为他编草虫玩，做竹箫哨子玩，花狗想方法支使他到一个远处去找材料，便坐到萧萧身边来，要萧萧听他唱那使人开心红脸的歌。她有时觉得害怕，不许丈夫走开；有时又象有了花狗在身边，打发丈夫走去反倒好一点。终于有一天，萧萧就这样给花狗把心窍子唱开，变成个妇人了。

那时节，丈夫走到山下采刺莓去了，花狗唱了许多歌，到后却向萧萧唱：

娇家门前一重坡，
别人走少郎走多，
铁打草鞋穿烂了，
不是为你为哪个？

末了却向萧萧说："我为你睡不着觉"。他又说他赌咒不把这事情告给人。听了这些话仍然不懂什么的萧萧，眼睛只注意到他那一对粗粗的手膀子，耳朵只注意到他最后一句话。末了花狗大便又唱歌给她听。她心里乱了。她要他当真对天赌咒，赌了咒，一切好象有了保障，她就一切尽他了。到丈夫返身时，手被毛毛虫螫伤，肿了一片，走到萧萧身边。萧萧捏紧这一只小手，且用口去呵它，吮它，想起刚才的糊涂，才仿佛明白自己作了一点不大好的糊涂事。

花狗诱她做坏事情是麦黄四月，到六月，李子熟了，她欢喜吃生李子。她觉得身体有点特别，在山上碰到花狗，就将这事情告给他，问他怎么办。

讨论了多久，花狗全无主意。虽以前自己当天赌得有咒，也仍然无主意。这家伙个子大，胆量小。个子大容易做错事，胆量小做了错事就想不出办法。

到后，萧萧捏着自己那条乌梢蛇似的大辫子，想起城里了，她说：

"花狗大，我们到城里去自由，帮帮人过日子，不好么？"

"那怎么行？到城里去做什么？"

"我肚子大了。"

"我们找药去。场上有郎中卖药。"

"你赶快找药来，我想……"

"你想逃到城里去自由，不成的。人生面不熟，讨饭也有规矩，不能随便！"

"你这没有良心的，你害了我，我想死！"

"我赌咒不辜负你。"

"负不负我有什么用？帮我个忙，赶快拿去肚子里这块肉罢。我害怕！"

花狗不再做声，过了一会，便走开了。不久丈夫从他处回来，见萧萧一个人坐在草地上哭，眼睛红红的。丈夫心中纳罕，看了一会，问萧萧：

"姐姐，为什么哭？"

"不为什么，灰尘落到眼睛里，痛。"

"我吹吹吧。"

"不要吹。"

“你瞧我，得这些这些。”

他把从溪中捡来的小蚌小石头陈列在萧萧面前，萧萧泪眼婆娑地看了一会，勉强笑着说：“弟弟，我们要好，我哭你莫告家中。告我可要生气。”到后这事情家中当真就无人知道。过了半个月，花狗不辞而行，把自己所有的衣裤都拿去了。祖父问同住的哑巴知不知道他为什么走路，走哪儿去。哑巴只是摇头，说花狗还欠了他两百钱，临走时话都不留一句，为人少良心。哑巴说他自己的话，并没有把花狗走的理由说明。因此这一家希奇一整天，谈论一整天。不过这工人既不偷走物件，又不拐带别的，这事过后不久，自然也就把他忘掉了。萧萧仍然是往日的萧萧。她能够忘记花狗就好了。但是肚子真有些不同了，肚中东西总在动，使她常常一个人干着急，尽做怪梦。

她脾气坏了一点，这坏处只有丈夫知道，因为她对丈夫似乎严厉苛刻了好些。

仍然每天同丈夫在一处，她的心，想到的事自己也不十分明白。她常想，我现在死了，什么都好了。可是为什么要死？她还很高兴活下去，愿意活下去。

家中人不拘谁在无意中提起关于丈夫弟弟的话，提起小孩子，提起花狗，都象使这话如拳头，在萧萧胸口上重重一击。

到八月，她担心人知道更多了，引丈夫庙里去玩，就私自许愿，吃了一大把香灰。吃香灰被她丈夫见到了，丈夫问这是做什么，萧萧就说肚子痛，应当吃这个。虽说求菩萨许愿，菩萨当然没有如她的希望，肚子中长大的东西仍在慢慢地长大。

她又常常往溪里去喝冷水，给丈夫见到了，丈夫问她她就说口渴。

一切她所想到的方法都没有能够使她与自己不欢喜的东西分开。大肚子只有丈夫一人知道，他却不敢告这件事给父母晓得。因为时间长久，年龄不同，丈夫有些时候对于萧萧的怕同爱，比对于父母还深切。

她还记得花狗赌咒那一天里的事情，如同记着其他事情一样。到秋天，屋前屋后毛毛虫都结茧，成了各种好看的蝶蛾，丈夫象故意折磨她一样，常常提起几个月前被毛毛虫所螫的旧话，使萧萧心里难过。她因此极恨毛毛虫，见了那小虫就想用脚去踹。

有一天，又听人说有好些女学生过路，听过这话的萧萧，睁了眼做过一阵梦，愣愣地对日头出处痴了半天。

萧萧步花狗后尘，也想逃走，收拾一点东西预备跟了女学生走的那条路上城。但没有动身，就被家里人发觉了。

家中追究这逃走的根源，才明白这个十年后预备给小丈夫生儿子继香火的萧萧肚子，已被别人抢先下了种。这真是了不得的一件大事。一家人的平静生活，为这一件事全弄乱了。生气的生气，流泪的流泪，骂人的骂人，各按本分乱下去。悬梁，投水，吃毒药，被禁困的萧萧，诸事漫无边际地全想到了，究竟年纪太小，舍不得死，却不曾做。于是祖父从现实出发，想出了个聪明主意，把萧萧关在房里，派人好好看守着，请萧萧本族的人来说话，看是“沉潭”还是“发卖”？萧萧家中人要面子，就沉潭淹死她，舍不得就发卖。萧萧只有一个伯父，在近处庄子里为人种田，去请他时先还以为是吃酒，到了才知道是这样丢脸事情，弄得这老实忠厚家长手足无措。

大肚子作证，什么也没有可说。伯父不忍把萧萧沉潭，萧萧当然应当嫁人作“二路亲”了。这处罚好象也极其自然，照习惯受损失的是丈夫家里，然而却可以在改嫁上收回一笔钱，当作赔偿损失的数目。那伯父把这事告给了萧萧，就要走路。萧萧拉着伯父衣角不放，只是幽幽地哭。伯父摇了一会头，一句话不说，仍然走了。

一时没有相当的人家来要萧萧，因此暂时就仍然在丈夫家中住下。这件事情既经说明白，照乡下规矩倒又象不什么要紧，只等待处分，大家反而释然了。先是小丈夫不能再同萧萧在一处，到后又仍然如月前情形，姊弟一般有说有笑地过日子了。

丈夫知道了萧萧肚子中有儿子的事情，又知道因为这样萧萧才应当嫁到远处去。但是丈夫并不愿意萧萧去，萧萧自己也不愿意去，大家全莫名其妙，只是照规矩象逼到要这样做，不得不做。

在等候主顾来看人，等到十二月，还没有人来，萧萧只好在这人家过年。

萧萧次年二月间，十月满足坐草生了一个儿子，团头大眼，声响洪壮，大家把母子二人照料得好好的，照规矩吃蒸鸡同江米酒补血，烧纸谢神。一家人都欢喜那儿子。

生下的既是儿子，萧萧不嫁别处了。

到萧萧正式同丈夫拜堂圆房时，儿子已经年纪十岁，能看牛割草，成为家中生产者一员了。平时喊萧萧丈夫做大叔，大叔也答应，从不生气。

这儿子名叫牛儿。牛儿十二岁时也接了亲，媳妇年长六岁。媳妇年纪大，才能诸事作帮手，对家中有帮助。唢呐吹到门前时，新娘在轿中呜呜地哭着，忙坏了那个祖父、曾祖父。

这一天，萧萧抱了自己新生的毛毛，却在屋前榆蜡树篱笆看热闹，同十年前抱丈夫一个样子。

一九二九年冬作

（原载于1930年1月10日《小说月报》21卷第1号）

思考练习

1.分析《萧萧》中萧萧的形象。

2.分析《萧萧》中“女学生”的象征意义。

相关链接

故事上的人物，一面从一年前在青岛崂山北九水旁所见的一个乡村女子，取得生活的必然，一面就用身边黑脸长眉新妇作范本，取得性格上的素朴良善式样。一切充满了善，充满了完美高尚的希望，然而到处是不凑巧。既然是不凑巧，因之素朴的良善与单纯的希望终难免产生悲剧。故事中浸透了五月中的斜风细雨，以及那点六月中夏雨欲来时闷人的热，和闷热中的静与寂寞。这一切其所以能转移到纸上，依然可说全是从两年间海上阳光得来的能力。这一来，我的过去痛苦的挣扎，受压抑无可安排的乡下人对于爱情的憧憬，在这个不幸故事上，方得到了完全排泄与弥补。

（引自沈从文《水云》，《文学创作》1943年第1卷第4、5期）

萧红小说

萧　红

作者简介

萧红(1911—1942),原名张乃莹,曾用笔名萧红、悄吟、田娣,黑龙江呼兰县人,现代著名女作家。生于地主家庭,因反抗包办婚姻离家出走。1932 年在哈尔滨与萧军相识,并开始为报刊写稿。1933 年与萧军自费出版第一本作品合集《跋涉》。1935 年在鲁迅的帮助下发表了成名作《生死场》。1936 年,为摆脱精神上的苦恼东渡日本,写下了散文《孤独的生活》、长篇组诗《砂粒》等。1937 年初归国。抗日战争爆发后,曾在山西临汾民族革命大学任教,并随同西北战地服务团辗转各地,著有短篇小说集《旷野的呼唤》,散文集《回忆鲁迅先生》和《萧红散文》。1940 年与端木蕻良同抵香港,在贫病交迫中坚持创作,发表了中篇小说《马伯乐》和著名长篇小说《呼兰河传》,并于这一时期出版了散文集《商市街》《桥》,短篇小说集《牛车上》等。1941 年 12 月日军占领香港,因病重无法返回内地,次年病逝。

作品导读

《呼兰河传》1940 年 12 月完稿于香港,1941 年 5 月由上海杂志公司出版。这部自传体长篇小说是萧红最后一部作品,也是萧红小说的代表作。小说打破了以人物为中心的传统写法,用诗性思维、散文手法、回忆笔调,以童年视角展现出 20 世纪 20 年代位于松花江岸的呼兰小城的生活图景。萧红的童年是不幸的(母亲早逝,父亲与继母冷酷,祖母专横),事实上她短暂的一生都充满了磨难与创伤,包括《呼兰河传》也是辗转三年,在贫病交加、苦闷与孤寂中完成的。但这部自传体小说并不是苦难的堆积,也未见太多的怨恨,相反在一颗童心之下她完成了“一篇叙事诗,一幅多彩的风景画,一串凄婉的歌谣”(茅盾语)。她写了家的“荒凉”,但更突出童年的她与祖父在后花园的那段欢乐时光,那是她一生中最美丽最珍贵的回忆,写得异常动人,让一个单纯善良、天真无邪、富于幻想、勇于追求的“我”的形象跃然纸上。她写了小城里人的生存状态,他们都很善良,不会去思索人为什么而活,“该怎么办就怎么办”,他们以他们认为最合理的方法简单地日复一日地生活着,即使死了,也不过就是“完了”而已。这里上演着许多悲剧,如小团圆媳妇的惨死、有二伯的不幸遭遇,作者在怀念与同情的笔调下隐含着对人的愚昧与保守的批判。萧红自己曾说,“现在或者过去,作家们写作的出发点是对着人类的愚昧”。

呼兰河传(节选)

第三章

一

呼兰河这小城里边住着我的祖父。

我生的时候,祖父已经六十多岁了,我长到四五岁,祖父就快七十了。

我家有一个大花园,这花园里蜂子、蝴蝶、蜻蜓、蚂蚱,样样都有。蝴蝶有白蝴蝶、黄蝴蝶。这种蝴蝶极小,不太好看。好看的是大红蝴蝶,满身带着金粉。

蜻蜓是金的,蚂蚱是绿的,蜂子则嗡嗡地飞着,满身绒毛,落到一朵花上,胖圆圆的就和一个小毛球似的不动了。

花园里边明晃晃的,红的红,绿的绿,新鲜漂亮。

据说这花园,从前是一个果园。祖母喜欢吃果子就种了果树。祖母又喜欢养羊,羊就把果树给啃了。果树于是都死了。到我有记忆的时候,园子里就只有一棵樱桃树,一棵李子树,因为樱桃和李子都不大结果子,所以觉得它们是并不存在的。小的时候,只觉得园子里边就有一棵大榆树。

这榆树在园子的西北角上,来了风,这榆树先啸,来了雨,大榆树先就冒烟了。太阳一出来,大榆树的叶子就发光了,它们闪烁得和沙滩上的蚌壳一样了。

祖父一天都在后园里边,我也跟着祖父在后园里边。祖父戴一个大草帽,我戴一个小草帽,祖父栽花,我就栽花;祖父拔草,我就拔草。当祖父下种,种小白菜的时候,我就跟在后边,把那下了种的土窝,用脚一个一个地溜平,哪里会溜得准,东一脚地,西一脚地瞎闹。有的把菜种不单没被土盖上,反而把菜子踢飞了。

小白菜长得非常之快，没有几天就冒了芽了，一转眼就可以拔下来吃了。

祖父铲地，我也铲地；因为我太小，拿不动那锄头杆，祖父就把锄头杆拔下来，让我单拿着那个锄头的“头”来铲。其实哪里是铲，也不过爬在地上，用锄头乱勾一阵就是了。也认不得哪个是苗，哪个是草。往往把韭菜当做野草一起地割掉，把狗尾草当做谷穗留着。

等祖父发现我铲的那块满留着狗尾草的一片，他就问我：

“这是什么？”

我说：

“谷子。”

祖父大笑起来，笑得够了，把草摘下来问我：

“你每天吃的就是这个吗？”

我说：

“是的。”

我看着祖父还在笑，我就说：

“你不信，我到屋里拿来你看。”

我跑到屋里拿了鸟笼上的一头谷穗，远远地就抛给祖父了。说：

“这不是一样的吗？”

祖父慢慢地把我叫过去，讲给我听，说谷子是有芒针的。狗尾草则没有，只是毛嘟嘟的真像狗尾巴。

祖父虽然教我，我看了也并不细看，也不过马马虎虎承认下来就是了。一抬头看见了一个黄瓜长大了，跑过去摘下来，我又去吃黄瓜去了。黄瓜也许没有吃完，又看见了一个大蜻蜓从旁飞过，于是丢了黄瓜又去追蜻蜓去了。蜻蜓飞得多么快，哪里会追得上。好在一开初也没有存心一定追上，所以站起来，跟了蜻蜓跑了几步就又去做别的去了。

采一个倭瓜花心，捉一个大绿豆青蚂蚱，把蚂蚱腿用线绑上，绑了一会，也许把蚂蚱腿就绑掉，线头上只拴了一只腿，而不见蚂蚱了。

玩腻了，又跑到祖父那里去乱闹一阵，祖父浇菜，我也抢过来浇，奇怪的就是并不往菜上浇，而是拿着水瓢，拼尽了力气，把水往天空里一扬，大喊着：

“下雨了，下雨了。”

太阳在园子里是特大的，天空是特别高的，太阳的光芒四射，亮得使人睁不开眼睛，亮得蚯蚓不敢钻出地面来，蝙蝠不敢从什么黑暗的地方飞出来。是凡在太阳下的，都是健康的、漂亮的，拍一拍连大树都会发响的，叫一叫就是站在对面的土墙都会回答似的。

花开了，就像花睡醒了似的。鸟飞了，就像鸟上天了似的。虫子叫了，就像虫子在说话似的。一切都活了。都有无限的本领，要做什么，就做什么。要怎么样，就怎么样。都是自由的。倭瓜愿意爬上架就爬上架，愿意爬上房就爬上房。黄瓜愿意开一个谎花，就开一个谎花，愿意结一个黄瓜，就结一个黄瓜。若都不愿意，就是一个黄瓜也不结，一朵花也不开，也没有人问它。玉米愿意长多高就长多高，它若愿意长上天去，也没有人管。蝴蝶随意地飞，一会从墙头上飞来一对黄蝴蝶，一会又从墙头上飞走了一个白蝴蝶。它们是从谁家来的，又飞到谁家去？太阳也不知道这个。

只是天空蓝悠悠的，又高又远。

可是白云一来了的时候，那大团的白云，好像洒了花的白银似的，从祖父的头上经过，好像要压到了祖父的草帽那么低。

我玩累了，就在房子底下找个阴凉的地方睡着了。不用枕头，不用席子，就把草帽遮在脸上就睡了。

二

祖父的眼睛是笑盈盈的，祖父的笑，常常笑得和孩子似的。

祖父是个长得很高的人，身体很健康，手里喜欢拿着个手杖。嘴上则不住地抽着旱烟管，遇到了小孩子，每每喜欢开个玩笑，说：

“你看天空飞个家雀。”

趁那孩子往天空一看，就伸出手去把那孩子的帽给取下来了，有的时候放在长衫的下边，有的时候放在袖口里头。他说：

“家雀叼走了你的帽啦。”

孩子们都知道了祖父的这一手了，并不以为奇，就抱住他的大腿，向他要帽子，摸着他的袖管，撕着他的衣襟，一直到找出帽子来为止。

祖父常常这样做，也总是把帽放在同一的地方，总是放在袖口和衣襟下。那些搜索他的孩子没有一次不是在他衣襟下把帽子拿出来的，好像他和孩子们约定了似的：“我就放在这块，你来找吧！”

这样的不知做过了多少次，就像老太太永久讲着“上山打老虎”这一个故事给孩子们听似的，哪怕是已经听过了五百遍，也还是在那里回回拍手，回回叫好。

每当祖父这样做一次的时候，祖父和孩子们都一齐地笑得不得了。好像这戏还像第一次演似的。

别人看了祖父这样做，也有笑的，可不是笑祖父的手法好，而是笑他天天使用一种方法抓掉了孩子的帽子，这未免可笑。

祖父不怎样会理财，一切家务都由祖母管理。祖父只是自由自在地一天闲着；我想，幸好我长大了，我三岁了，不然祖父该多寂寞。我会走了，我会跑了。我走不动的时候，祖父就抱着我；我走动了，祖父就拉着我。一天到晚，门里门外，寸步不离，而祖父多半是在后园里，于是我也在后园里。

我小的时候，没有什么同伴，我是我母亲的第一个孩子。

我记事很早，在我三岁的时候，我记得我的祖母用针刺过我的手指，所以我很不喜欢她。我家的窗子，都是四边糊纸，当中嵌着玻璃。祖母是有洁癖的，以她屋的窗纸最白净。别人抱着把我一放在祖母的炕边上，我不假思索地就要往炕里边跑，跑到窗子那里，就伸出手去，把那白白透着花窗棂的纸窗给捅了几个洞，若不加阻止，就必得挨着排给捅破，若有人招呼着我，我也得加速地抢着多捅几个才能停止。手指一触到窗上，那纸窗像小鼓似的，嘭嘭地就破了。破得越多，自己越得意。祖母若来追我的时候，我就越得意了，笑得拍着手，跳着脚的。

有一天祖母看我来了，她拿了一个大针就到窗子外边去等我去了。我刚一伸出手去，手指就痛得厉害。我就叫起来了。那就是祖母用针刺了我。

从此，我就记住了，我不喜她。

虽然她也给我糖吃，她咳嗽时吃猪腰烧川贝母，也分给我猪腰，但是我吃了猪腰还是不喜她。

在她临死之前，病重的时候，我还吓了她一跳。有一次她自己一个人坐在炕上熬药，药壶是坐在炭火盆上，因为屋里特别的寂静，听得见那药壶骨碌骨碌地响。祖母住着两间房子，是里外屋，恰巧外屋也没有人，里屋也没人，就是她自己。我把门一开，祖母并没有看见我，于是我就用拳头在板隔壁上，咚咚地打了两拳。我听到祖母"哟"的一声，铁火剪子就掉在地上了。

我再探头一望，祖母就骂起我来。她好像就要下地来追我似的。我就一边笑着，一边跑了。

我这样地吓唬祖母，也并不是向她报仇，那时我才五岁，是不晓得什么的，也许觉得这样好玩。

祖父一天到晚是闲着的，祖母什么工作也不分配给他。只有一件事，就是祖母的地桌上的摆设，有一套锡器，却总是祖父擦的。这可不知道是祖母派给他的，还是他自动的愿意工作，每当祖父一擦的时候，我就不高兴，一方面是不能领着我到后园里去玩了，另一方面祖父因此常常挨骂，祖母骂他懒，骂他擦得不干净。祖母一骂祖父的时候，就常常不知为什么连我也骂上。祖母一骂祖父，我就拉着祖父的手往外边走，一边说：

"我们后园里去吧。"

也许因此祖母也骂了我。

她骂祖父是"死脑瓜骨"，骂我是"小死脑瓜骨"。

我拉着祖父就到后园里去了，一到了后园里，立刻就另是一个世界了。绝不是那房子里的狭窄的世界，而是宽广的，人和天地在一起，天地是多么大，多么远，用手摸不到天空。而土地上所长的又是那么繁华，一眼看上去，是看不完的，只觉得眼前鲜绿的一片。

一到后园里，我就没有对象地奔了出去，好像我是看准了什么而奔去了似的，好像有什么在那儿等着我似的。其实我是什么目的也没有。只觉得这园子里边无论什么东西都是活的，好像我的腿也非跳不可了。

若不是把全身的力量跳尽了，祖父怕我累了想招呼住我，那是不可能的，反而他越招呼，我越不听话。

等到自己实在跑不动了，才坐下来休息，那休息也是很快的，也不过随便在秧子上摘下一个黄瓜来，吃了也就好了。

休息好了又是跑。

樱桃树，明是没有结樱桃，就偏跑到树上去找樱桃。李子树是半死的样子了，本不结李子的，就偏去找李子。一边在找，还一边大声地喊，在问着祖父：

"爷爷，樱桃树为什么不结樱桃？"

祖父老远地回答着：

"因为没有开花，就不结樱桃。"

再问：

"为什么樱桃树不开花？"

祖父说：

"因为你嘴馋，它就不开花。"

我一听了这话，明明是嘲笑我的话，于是就飞奔着跑到祖父那里，似乎是很生气的样子。等祖父把眼睛一抬，他用了完全没有恶意的眼睛一看我，我立刻就笑了。而且是笑了半天的工夫才能够止住，不知哪里来了那许多的高兴。后园一时都让我搅乱了，我笑的声音不知有多大，自己都感到震耳了。

后园中有一棵玫瑰。一到五月就开花的。一直开到六月。花朵和酱油碟那么大。开得很茂盛，满树都是，因为花香，招来了很多的蜂子，嗡嗡地在玫瑰树那儿闹着。

别的一切都玩厌了的时候，我就想起来去摘玫瑰花，摘了一大堆把草帽脱下来用帽兜子盛着。在摘那花的时候，有两种恐惧，一种是怕蜂子的勾刺人，另一种是怕玫瑰的刺刺手。好不容易摘了一大堆，摘完了可又不知道做什么了。忽然异想天开，这花若给祖父戴起来该多好看。

祖父蹲在地上拔草，我就给他戴花。祖父只知道我是在捉弄他的帽子，而不知道我到底是在干什么。我把他的草帽给他插了一圈的花，红通通的二三十朵。我一边插着一边笑，当我听到祖父说：

“今年春天雨水大，咱们这棵玫瑰开得这么香。二里路也怕闻得到的。”

就把我笑得哆嗦起来。我几乎没有支持的能力再插上去。等我插完了，祖父还是安然的不晓得。他还照样地拔着垅上的草。我跑得很远的站着，我不敢往祖父那边看，一看就想笑。所以我借机进屋去找一点吃的来，还没有等我回到园中，祖父也进屋来了。

那满头红通通的花朵，一进来祖母就看见了。她看见什么也没说，就大笑了起来。父亲母亲也笑了起来，而以我笑得最厉害，我在炕上打着滚笑。

祖父把帽子摘下来一看，原来那玫瑰的香并不是因为今年春天雨水大的缘故，而是那花就顶在他的头上。

他把帽子放下，他笑了十多分钟还停不住，过一会一想起来，又笑了。

祖父刚有点忘记了，我就在旁边提着说：

“爷爷……今年春天雨水大呀……”

一提起，祖父的笑就来了。于是我也在炕上打起滚来。

就这样一天一天的，祖父，后园，我，这三样是一样也不可缺少的了。

刮了风，下了雨，祖父不知怎样，在我却是非常寂寞的了。去没有去处，玩没有玩的，觉得这一天不知有多少日子那么长。

三

偏偏这后园每年都要封闭一次的，秋雨之后这花园就开始凋零了，黄的黄、败的败，好像很快似的一切花朵都灭了，好像有人把它们摧残了似的。它们一齐都没有从前那么健康了，好像它们都很疲倦了，而要休息了似的，好像要收拾收拾回家去了似的。

大榆树也是落着叶子，当我和祖父偶尔在树下坐坐，树叶竟落在我的脸上来了。树叶飞满了后园。

没有多少时候，大雪又落下来了，后园就被埋住了。

通到园去的后门，也用泥封起来了，封得很厚，整个的冬天挂着白霜。

我家住着五间房子，祖母和祖父共住两间，母亲和父亲共住两间。祖母住的是西屋，母亲住的是东屋。

是五间一排的正房，厨房在中间，一齐是玻璃窗子，青砖墙，瓦房间。

祖母的屋子，一个是外间，一个是内间。外间里摆着大躺箱，地长桌，太师椅。椅子上铺着红椅垫，躺箱上摆着朱砂瓶，长桌上列着座钟。钟的两边站着帽筒。帽筒上并不挂着帽子，而插着几个孔雀翎。

我小的时候，就喜欢这个孔雀翎，我说它有金色的眼睛，总想用手摸一摸，祖母就一定不让摸，祖母是有洁癖的。

还有祖母的躺箱上摆着一个座钟，那座钟是非常希奇的，画着一个穿着古装的大姑娘，好像活了似的，每当我到祖母屋去，若是屋子里没有人，她就总用眼睛瞪我，我几次的告诉过祖父，祖父说：

"那是画的，她不会瞪人。"

我一定说她是会瞪人的，因为我看得出来，她的眼珠像是会转。

还有祖母的大躺箱上也尽雕着小人，尽是穿古装衣裳的，宽衣大袖，还戴顶子，带着翎子。满箱子都刻着，大概有二三十个人，还有吃酒的，吃饭的，还有作揖的……

我总想要细看一看，可是祖母不让我沾边，我还离得很远的，她就说：

"可不许用手摸，你的手脏。"

祖母的内间里边，在墙上挂着一个很古怪很古怪的挂钟，挂钟的下边用铁链子垂着两穗铁苞米。铁苞米比真的苞米大了很多，看起来非常重，似乎可以打死一个人。再往那挂钟里边看就更希奇古怪了，有一个小人，长着蓝眼珠，钟摆一秒钟就响一下，钟摆一响，那眼珠就同时一转。

那小人是黄头发，蓝眼珠，跟我相差太远，虽然祖父告诉我，说那是毛子人，但我不承认她，我看她不像什么人。

所以我每次看这挂钟，就半天半天地看，都看得有点发呆了。我想：这毛子人就总在钟里边待着吗？永久也不下来玩吗？

外国人在呼兰河的土语叫做"毛子人"。我四五岁的时候，还没有见过一个毛子人，以为毛子人就是因为她的头发毛烘烘地卷着的缘故。

祖母的屋子除了这些东西，还有很多别的，因为那时候，别的我都不发生什么趣味，所以只记住了这三五样。

母亲的屋里，就连这一类的古怪玩艺也没有了，都是些普通的描金柜，也是些帽筒、花瓶之类，没有什么好看的，我没有记住。

这五间房子的组织，除了四间住房一间厨房之外，还有极小的、极黑的两个小后房。祖母一个，母亲一个。

那里边装着各种各样的东西，因为是储藏室的缘故。

坛子罐子、箱子柜子、筐子篓子。除了自己家的东西，还有别人寄存的。

那里边是黑的，要端着灯进去才能看见。那里边的耗子很多，蜘蛛网也很多。空气不大好，永久有一种扑鼻的和药的气味似的。

我觉得这储藏室很好玩，随便打开那一只箱子，里边一定有一些好看的东西，花丝线、各种色的绸条、香荷包、搭腰、裤腿、马蹄袖、绣花的领子。古香古色，颜色都配得特别的好看。箱子里边也常常有蓝翠的耳环或戒指，被我看见了，我一看见就非要一个玩不可，母亲就常常随手抛给我一个。

还有些桌子带着抽屉的，一打开那里边更有些好玩的东西，铜环、木刀、竹尺、观音粉。这些个都是我在别的地方没有看过的。而且这抽屉始终也不锁的。所以我常常随意地开，开了就把样样，似乎是不加选择地都搜了出去，左手拿着木头刀，右手拿着观音粉，这里砍一下，那里画一下。后来我又得到了一个小锯，用这小锯，我开始毁坏起东西来，在椅子腿上锯一锯，在炕沿上锯一锯。我自己竟把我自己的小木刀也锯坏了。

无论吃饭和睡觉，我这些东西都带在身边，吃饭的时候，我就用这小锯，锯着馒头。睡觉做起梦来还喊着：

“我的小锯哪里去了？”

储藏室好像变成我探险的地方了。我常常趁着母亲不在屋我就打开门进去了。这储藏室也有一个后窗，下半天也有一点亮光，我就趁着这亮光打开了抽屉，这抽屉已经被我翻得差不多的了，没有什么新鲜的了。翻了一会，觉得没有什么趣味了，就出来了。到后来连一块水胶，一段绳头都让我拿出来了，把五个抽屉通通拿空了。

除了抽屉还有筐子笼子，但那个我不敢动，似乎每一样都是黑洞洞的，灰尘不知有多厚，蛛网蛛丝的不知有多少，因此我连想也不想动那东西。

记得有一次我走到这黑屋子的极深极远的地方去，一个发响的东西撞在我的脚上，我摸起来抱到光亮的地方一看，原来是一个小灯笼，用手指把灰尘一划，露出来是个红玻璃的。

我在一两岁的时候，大概我是见过灯笼的，可是长到四五岁，反而不认识了。我不知道这是个什么。我抱着去问祖父去了。

祖父给我擦干净了，里边点上个洋蜡烛，于是我欢喜得就打着灯笼满屋跑，跑了好几天，一直到把这灯笼打碎了才算完了。

我在黑屋子里边又碰到了一块木头，这块木头是上边刻着花的，用手一摸，很不光滑，我拿出来用小锯锯着。祖父看见了，说：

“这是印帖子的帖板。”

我不知道什么叫帖子，祖父刷上一片墨刷一张给我看，我只看见印出来几个小人。还有一些乱七八糟的花，还有字。祖父说：

“咱们家开烧锅的时候，发帖子就是用这个印的，这是一百吊的……还有五十吊的十吊的……”

祖父给我印了许多，还用鬼子红给我印了些红的。

还有戴缨子的清朝的帽子，我也拿了出来戴上。多少年前的老大的鹅翎扇子，我也拿了出来吹着风。翻了一瓶莎仁出来，那是治胃病的药，母亲吃着，我也跟着吃。

不久，这些八百年前的东西，都被我弄出来了。有些是祖母保存着的，有些是已经出了嫁的姑母的遗物，已经在那黑洞洞的地方放了多少年了，连动也没有动过，有些个快要腐烂了，有些个生了虫子，因为那些东西早被人们忘记了，好像世界上已经没有那么一回事了。而今天忽然又来到了他们的眼前，他们受了惊似的又恢复了他们的记忆。

每当我拿出一件新的东西的时候，祖母看见了，祖母说：

“这是多少年前的了！这是你大姑在家里边玩的……”

祖父看见了，祖父说：

“这是你二姑在家时用的……”

这是你大姑的扇子，那是你三姑的花鞋……都有了来历。但我不知道谁是我的三姑，谁是我的大姑。也许我一两岁的时候，我见过她们，可是我到四五岁时，我就不记得了。

我祖母有三个女儿，到我长起来时，她们都早已出嫁了。可见二三十年内就没有小孩子了。而今也只有我一个。实在的还有一个小弟弟，不过那时他才一岁半岁的，所以不算他。

家里边多少年前放的东西，没有动过，他们过的是既不向前，也不回头的生活，是凡过去的，都算是忘记了，未来的他们也不怎样积极地希望着，只是一天一天的平板的、无怨无尤的在他们祖先给他们准备好的口粮之中生活着。

等我生来了，第一给了祖父无限的欢喜，等我长大了，祖父非常地爱我。使我觉得在这世界上，有了祖父就够了，还怕什么呢？虽然父亲的冷淡，母亲的恶言恶色，和祖母的用针刺我手指的这些事，都觉得算不了什么。何况又有后花园！后园虽然让冰雪给封闭了，但是又发现了这储藏室。这里边是无穷无尽的什么都有，这里边宝藏着的都是我所想象不到的东西，使我感到这世界上的东西怎么这样多！而且样样好玩，样样新奇。

比方我得到了一包颜料，是中国的大绿，看那颜料闪着金光，可是往指甲上一染，指甲就变绿了，往胳臂上一染，胳臂立刻飞来了一张树叶似的。实在是好看，也实在是莫名其妙，所以心里边就暗暗的欢喜，莫非是我得了宝贝吗？

得了一块观音粉。这观音粉往门上一划，门就白了一道，往窗上一划，窗就白了一道。这可真有点奇怪，大概祖父写字的墨是黑墨，而这是白墨吧。

得了一块圆玻璃，祖父说是“显微镜”。他在太阳底下一照，竟把祖父装好的一袋烟照着了。

这该多么使人欢喜，什么什么都会变的。你看它是一块废铁，说不定它就有用，比方我捡到一块四方的铁块，上边有一个小窝。祖父把榛子放在小窝里边，打着榛子给我吃。在这小窝里打，不知道比用牙咬要快了多少倍。何况祖父老了，他的牙又多半不大好。

我天天从那黑屋子往外搬着，而天天有新的。搬出来一批，玩厌了，弄坏了，就再去搬。

因此使我的祖父、祖母常常的慨叹。

他们说这是多少年前的了，连我的第三个姑母还没有生的时候就有这东西。那是多少年前的了，还是分家的时候，从我曾祖那里得来的呢。又哪样哪样是什么人送的，而那家人家到今天也都家败人亡了，而这东西还存在着。

又是我在玩着的那葡蔓藤的手镯，祖母说她就戴着这个手镯，有一年夏天坐着小车子，抱着我大姑去回娘家，路上遇了土匪，把金耳环给摘去了，而没有要这手镯。若也是金的银的，那该多危险，也一定要被抢去的。

我听了问她：

“我大姑在哪儿？”

祖父笑了。祖母说：

“你大姑的孩子比你都大了。”

原来是四十年前的事情，我哪里知道。可是藤手镯却戴在我的手上，我举起手来，摇了一阵，那手镯好像风车似的，滴溜溜地转，手镯太大了，我的手太细了。

祖母看见我把从前的东西都搬出来了，她常常骂我：

“你这孩子，没有东西不拿着玩的，这小不成器的……”

她嘴里虽然是这样说，但她又在光天化日之下得以重看到这东西，也似乎给了她一些回忆的满足。所以她说我是并不十分严刻的，我当然也不听她，该拿还是照旧的拿。

于是我家里久不见天日的东西，经我这一搬弄，才得以见了天日。于是坏的坏，扔的扔，也就都从此消灭了。

我有记忆的第一个冬天，就这样过去了。没有感到十分的寂寞，但总不如在后园里那样玩着好。但孩子是容易忘记的，也就随遇而安了。

四

第二年夏天，后园里种了不少的韭菜，是因为祖母喜欢吃韭菜馅的饺子而种的。

可是当韭菜长起来时，祖母就病重了，而不能吃这韭菜了，家里别的人也没有吃这韭菜的，韭菜就在园子里荒着。

因为祖母病重，家里非常热闹，来了我的大姑母，又来了我的二姑母。

二姑母是坐着她自家的小车子来的。那拉车的骡子挂着铃铛，哗哗啷啷地就停在窗前了。

从那车上第一个就跳下来一个小孩，那小孩比我高了一点，是二姑母的儿子。

他的小名叫“小兰”，祖父让我向他叫兰哥。

别的我都不记得了，只记得不大一会工夫我就把他领到后园里去了。

告诉他这个是玫瑰树，这个是狗尾草，这个是樱桃树。樱桃树是不结樱桃的，我也告诉了他。

不知道在这之前他见过我没有，我可并没有见过他。

我带他到东南角上去看那棵李子树时，还没有走到眼前，他就说：

“这树前年就死了。”

他说了这样的话，是使我很吃惊的。这树死了，他可怎么知道的？心中立刻来了一种忌妒的情感，觉得这花园是属于我的，和属于祖父的，其余的人连晓得也不该晓得才对的。

我问他：

“那么你来过我们家吗？”

他说他来过。

这个我更生气了，怎么他来我不晓得呢？

我又问他：

“你什么时候来过的?”

他说前年来的,他还带给我一个毛猴子。他问着我:

“你忘了吗?你抱着那毛猴子就跑,跌倒了你还哭了哩!”

我无论怎样想,也想不起来了。不过总算他送给我过一个毛猴子,可见对我是很好的,于是我就不生他的气了。

从此天天就在一块玩。

他比我大三岁,已经八岁了,他说他在学堂里边念了书的,他还带来了几本书,晚上在煤油灯下他还把书拿出来给我看。书上有小人、有剪刀、有房子。因为都是带着图,我一看就连那字似乎也认识了,我说:

“这念剪刀,这念房子。”

他说不对:

“这念剪,这念房。”

我拿过来一细看,果然都是一个字,而不是两个字,我是照着图念的,所以错了。

我也有一盒方字块,这边是图,那边是字,我也拿出来给他看了。

从此整天地玩。祖母病重与否,我不知道。不过在她临死的前几天就穿上了满身的新衣裳,好像要出门做客似的。说是怕死了来不及穿衣裳。

因为祖母病重,家里热闹得很,来了很多亲戚。忙忙碌碌不知忙些个什么。有的拿了些白布撕着,撕得一条一块的,撕得非常的响亮,旁边就有人拿着针在缝那白布。还有的把一个小罐,里边装了米,罐口蒙上了红布。还有的在后园门口拢起火来,在铁火勺里边炸着面饼了。问她:

“这是什么?”

“这是打狗饽饽。”

她说阴间有十八关,过到狗关的时候,狗就上来咬人,用这饽饽一打,狗吃了饽饽就不咬人了。

似乎是姑妄言之、姑妄听之,我没有听进去。

家里边的人越多,我就越寂寞,走到屋里,问问这个,问问那个,一切都不理解。祖父也似乎把我忘记了。我从后园里捉了一个特别大的蚂蚱送给他去看,他连看也没有看,就说:

“真好,真好,上后园去玩去吧!”

新来的兰哥也不陪我时,我就在后园里一个人玩。

五

祖母已经死了,人们都到龙王庙上去报过庙回来了。而我还在后园里边玩着。

后园里边下了点雨，我想要进屋去拿草帽去，走到酱缸旁边（我家的酱缸是放在后园里的），一看，有雨点啪啪的落到缸帽子上。我想这缸帽子该多大，遮起雨来，比草帽一定更好。

于是我就从缸上把它翻下来了，到了地上它还乱滚一阵，这时候，雨就大了。我好不容易才设法钻进这缸帽子去。因为这缸帽子太大了，差不多和我一般高。

我顶着它，走了几步，觉得天昏地暗。而且重也是很重的，非常吃力。而且自己已经走到哪里了，自己也不晓，只晓得头顶上啪啪拉拉的打着雨点，往脚下看着，脚下只是些狗尾草和韭菜。找了一个韭菜很厚的地方，我就坐下了，一坐下这缸帽子就和个小房似的扣着我。这比站着好得多，头顶不必顶着，帽子就扣在韭菜地上。但是里边可是黑极了，什么也看不见。

同时听什么声音，也觉得都远了。大树在风雨里边被吹得呜呜的，好像大树已经被搬到别人家的院子去似的。

韭菜是种在北墙根上，我是坐在韭菜上。北墙根离家里的房子很远的，家里边那闹嚷嚷的声音，也像是来自远方。

我细听了一会，听不出什么来，还是在我自己的小屋里边坐着。这小屋这么好，不怕风，不怕雨。站起来走的时候，顶着屋盖就走了，有多么轻快。

其实是很重的了，顶起来非常吃力。

我顶着缸帽子，一路摸索着，来到了后门口，我是要顶给爷爷看看的。

我家的后门坎特别高，迈也迈不过去，因为缸帽子太大，使我抬不起腿来。好不容易两手把腿拉着，弄了半天，总算是过去了。虽然进了屋，仍是不知道祖父在什么方向，于是我就大喊，正在这喊之间，父亲一脚把我踢翻了，差点没把我踢到灶口的火堆上去。缸帽子也在地上滚着。

等人家把我抱了起来，我一看，屋子里的人，完全不对了，都穿了白衣裳。

再一看，祖母不是睡在炕上，而是睡在一张长板上。

从这以后祖母就死了。

六

祖母一死，家里继续着来了许多亲戚，有的拿着香、纸，到灵前哭了一阵就回去了。有的就带着大包小包的来了就住下了。

大门前边吹着喇叭，院子里搭了灵棚，哭声终日，一闹闹了不知多少日子。

请了和尚道士来，一闹闹到半夜，所来的都是吃、喝、说、笑。

我也觉得好玩，所以就特别高兴起来。又加上从前我没有小同伴，而现在有了。比我大的，比我小的，共有四五个。我们上树爬墙，几乎连房顶也要上去了。

他们带我到小门洞子顶上去捉鸽子，搬了梯子到房檐头上去捉家雀。后花园虽然大，已经装不下我了。

我跟着他们到井口边去往井里边看，那井是多么深，我从未见过。在上边喊一声，里边有人回答。用一个小石子投下去，那响声是很深远的。

他们带我到粮食房子去，到碾磨房去，有时候竟把我带到街上，是已经离开家了，不跟着家人在一起，我是从来没有走过这样远。

不料除了后园之外，还有更大的地方，我站在街上，不是看什么热闹，不是看那街上的行人车马，而是心里边想：是不是我将来一个人也可以走得很远？

有一天，他们把我带到南河沿上去了，南河沿离我家本不算远，也不过半里多地。可是因为我是第一次去，觉得实在很远。走出汗来了。走过一个黄土坑，又过一个南大营，南大营的门口，有兵把守门。那营房的院子大得在我看来太大了，实在是不应该。我们的院子就够大的了，怎么能比我们家的院子更大呢，大得有点不大好看了，我走过了，我还回过头来看。

路上有一家人家，把花盆摆到墙头上来了，我觉得这也不大好，若是看不见人家偷去呢！

还看见了一座小洋房，比我们家的房不知好了多少倍。若问我，哪里好？我也说不出来，就觉得那房子是一色新，不像我家的房子那么陈旧。

我仅仅走了半里多路，我所看见的可太多了。所以觉得这南河沿实在远。问他们：

"到了没有？"

他们说：

"就到的，就到的。"

果然，转过了大营房的墙角，就看见河水了。

我第一次看见河水，我不能晓得这河水是从什么地方来的？走了几年了。

那河太大了，等我走到河边上，抓了一把沙子抛下去，那河水简直没有因此而脏了一点点。河上有船，但是不很多，有的往东去了，有的往西去了。也有的划到河的对岸去的，河的对岸似乎没有人家，而是一片柳条林。再往远看，就不能知道那是什么地方了，因为也没有人家，也没有房子，也看不见道路，也听不见一点音响。

我想将来是不是我也可以到那没有人的地方去看一看。

除了我家的后园，还有街道。除了街道，还有大河。除了大河，还有柳条林。除了柳条林，还有更远的，什么也没有的地方，什么也看不见的地方，什么声音也听不见的地方。

究竟除了这些，还有什么，我越想越不知道了。

就不用说这些我未曾见过的。就说一个花盆吧，就说一座院子吧。院子和花盆，我家里都有。但说那营房的院子就比我家的大，我家的花盆是摆在后园里的，人家的花盆就摆到墙头上来了。

可见我不知道的一定还有。

所以祖母死了，我竟聪明了。

七

祖母死了，我就跟祖父学诗。因为祖父的屋子空着，我就闹着一定要睡在祖父那屋。

早晨念诗，晚上念诗，半夜醒了也是念诗。念了一阵，念困了再睡去。

祖父教我的有《千家诗》，并没有课本，全凭口头传诵，祖父念一句，我就念一句。

祖父说：

“少小离家老大回……”

我也说：

“少小离家老大回……”

都是些什么字，什么意思，我不知道，只觉得念起来那声音很好听。所以很高兴地跟着喊。我喊的声音，比祖父的声音更大。

我一念起诗来，我家的五间房都可以听见，祖父怕我喊坏了喉咙，常常警告着我说：

“房盖被你抬走了。”

听了这笑话，我略微笑了一会工夫，过不了多久，就又喊起来了。

夜里也是照样地喊，母亲吓唬我，说再喊她要打我。

祖父也说：

“没有你这样念诗的，你这不叫念诗，你这叫乱叫。”

但我觉得这乱叫的习惯不能改，若不让我叫，我念它干什么。每当祖父教我一个新诗，一开头我若听了不好听，我就说：

“不学这个。”

祖父于是就换一个，换一个不好，我还是不要。

“春眠不觉晓，处处闻啼鸟。

夜来风雨声，花落知多少。”

这一首诗，我很喜欢，我一念到第二句，“处处闻啼鸟”那“处处”两字，我就高兴起来了。觉得这首诗，实在是好，真好听，“处处”该多好听。

还有一首我更喜欢的：

“重重叠叠上楼台，几度呼童扫不开。

刚被太阳收拾去，又为明月送将来。”

就这“几度呼童扫不开”，我根本不知道什么意思，就念成西沥忽通扫不开。

越念越觉得好听，越念越有趣味。

每当客人来了，祖父总是呼我念诗的，我就总喜念这一首。

那客人不知听懂了与否，只是点头说好。

八

就这样瞎念，到底不是久计。念了几十首之后，祖父开讲了。

“少小离家老大回，乡音无改鬓毛衰。”

祖父说：

“这是说小的时候离开了家到外边去，老了回来了。乡音无改鬓毛衰，这是说家乡的口音还没有改变，胡子可白了。”

我问祖父：

“为什么小的时候离家？离家到哪里去？”

祖父说：

“好比爷像你那么大离家，现在老了回来了，谁还认识呢？儿童相见不相识，笑问客从何处来。小孩子见了就招呼着说：你这个白胡老头，是从哪里来的？”

我一听觉得不大好，赶快就问祖父：

“我也要离家的吗？等我胡子白了回来，爷爷你也不认识我了吗？”

心里很恐惧。

祖父一听就笑了：

“等你老了还有爷爷吗？”

祖父说完了，看我还是不很高兴，他又赶快说：

“你不离家的，你哪里能够离家……快再念一首诗吧！念春眠不觉晓……”

我一念起春眠不觉晓来，又是满口的大叫，得意极了。完全高兴，什么都忘了。

但从此再读新诗，一定要先讲的，没有讲过的也要重讲。似乎那大嚷大叫的习惯稍稍好了一点。

“两个黄鹂鸣翠柳，一行白鹭上青天。”

这首诗本来我也很喜欢的，黄梨是很好吃的。经祖父这一讲，说是两个鸟，于是不喜欢了。

“去年今日此门中，人面桃花相映红。

人面不知何处去，桃花依旧笑春风。”

这首诗祖父讲了我也不明白，但是我喜欢这首。因为其中有桃花。桃树一开了花不就结桃吗？桃子不是好吃吗？

所以每念完这首诗，我就接着问祖父：

“今年咱们的樱桃树开不开花？”

九

除了念诗之外，还很喜欢吃。

记得大门洞子东边那家是养猪的，一个大猪在前边走，一群小猪跟在后边。有一天一个小猪掉井了，人们用抬土的筐子把小猪从井吊了上来。吊上来，那小猪早已死了。井口旁边围了很多人看热闹，祖父和我也在旁边看热闹。

那小猪一被打上来，祖父就说他要那小猪。

祖父把那小猪抱到家里，用黄泥裹起来，放在灶坑里烧上了，烧好了给我吃。

我站在炕沿旁边，那整个的小猪，就摆在我的眼前，祖父把那小猪一撕开，立刻就冒了油，真香，我从来没有吃过那么香的东西，从来没有吃过那么好吃的东西。

第二次，又有一只鸭子掉井了，祖父也用黄泥包起来，烧上给我吃了。

在祖父烧的时候，我也帮着忙，帮着祖父搅黄泥，一边喊着，一边叫着，好像拉拉队似的给祖父助兴。

鸭子比小猪更好吃，那肉是不怎样肥的。所以我最喜欢吃鸭子。

我吃，祖父在旁边看着。祖父不吃。等我吃完了，祖父才吃。他说我的牙齿小，怕我咬不动，先让我选嫩的吃，我吃剩了的他才吃。

祖父看我每咽下去一口，他就点一下头，而且高兴地说：

“这小东西真馋。”或是“这小东西吃得真快。”

我的手满是油，随吃随在大襟上擦着，祖父看了也并不生气，只是说：

“快蘸点盐吧，快蘸点韭菜花吧，空口吃不好，等会要反胃的……”

说着就捏几个盐粒放在我手上拿着的鸭子肉上。我一张嘴又进肚去了。

祖父越称赞我能吃，我越吃得多。祖父看看不好了，怕我吃多了。让我停下，我才停下来。我明明白白的是吃不下去了，可是我嘴里还说着：

“一个鸭子还不够呢！”

自此吃鸭子的印象非常之深，等了好久，鸭子再不掉到井里，我看井沿有一群鸭子，我拿了秫秆就往井里边赶，可是鸭子不进去，围着井口转，而呱呱地叫着。我就招呼了在旁边看热闹的小孩子，我说：

“帮我赶哪！”

正在吵吵叫叫的时候，祖父奔到了，祖父说：

“你在干什么？”

我说：

“赶鸭子，鸭子掉井，捞出来好烧吃。”

祖父说：

“不用赶了，爷爷抓个鸭子给你烧着。”

我不听他的话，我还是追在鸭子的后边跑着。

祖父上前来把我拦住了，抱在怀里，一面给我擦着汗一面说：

“跟爷爷回家，抓个鸭子烧上。”

我想：不掉井的鸭子，抓都抓不住，可怎么能规规矩矩贴起黄泥来让烧呢？于是我从祖父的身上往下挣扎着，喊着：

“我要掉井的！我要掉井的！”

祖父几乎抱不住我了。

（节选自《呼兰河传》，桂林河山出版社 1941 年版）

思考练习

1.简析本文的结构特点。

2.论述作品的思想主题和主要艺术手法。

相关链接

有讽刺，也有幽默。开始读时有轻松之感，然而愈读下去心头就会一点一点沉重起来，可是，仍然有美，即使这美有点病态，也仍然不能不使你炫惑。

也许你要说《呼兰河传》没有一个人物是积极性的。都是些甘愿做传统思想的奴隶而又自怨自艾的可怜虫，而作者对于他们的态度也不是单纯的。她不留情地鞭笞他们，可是她又同情他们……他们都像是最低级的植物似的，只要极少的水分、土壤、阳光——甚至没有阳光，就能够生存了。磨倌冯歪嘴子是他们中间生命力最强的一个——强得使人不禁想赞美他。然而在冯歪嘴子身上也找不出什么特别的东西，除了生命力特别顽强，而这是原始性的顽强。

如果让我们在《呼兰河传》找作者思想上的弱点，那么，问题恐怕不在于作者所写的人物都缺乏积极性，而在于作者写这些人物的梦魇似的生活时给人们以这样一个印象：除了因为愚昧保守而自食其果，这些人物的生活原也悠然自得其乐。在这里，我们看不见封建的剥削和压迫，也看不见日本帝国主义那种血腥的侵略。而这双重的枷锁，在呼兰河人民生活的比重上，该也不会轻于他们自身的愚昧保守罢？

（引自茅盾《论萧红的〈呼兰河传〉》，《怀念萧红》，黑龙江人民出版社 1981 年版）

张爱玲小说

张爱玲

作者简介

张爱玲(1921—1995),原名张瑛,原籍河北丰润,生于上海。童年在北京、天津度过,1929 年回到上海生活。中学毕业后到香港读书。1942 年香港沦陷,未毕业即回上海,给英文《泰晤士报》写剧评、影评。1942 年应《西风》杂志"我的生活"征文所写散文《我的天才梦》得名誉奖。1943 年她的小说处女作《沉香屑》(第一、二炉香)被周瘦鹃发在《紫罗兰》杂志上。随后接连发表《倾城之恋》《金锁记》等代表作。此后三四年是她创作的丰收期,作品多发表于《天地》《万象》等杂志。1949 年上海解放后以梁京为笔名在上海《亦报》上发表小说。1952 年移居香港,曾发表小说《赤地之恋》和《秧歌》。1955 年旅居美国,在加州大学中文研究中心从事翻译和小说考证工作。1995 年 9 月 8 日,被发现老死于美国洛杉矶的寓所。主要作品有:小说集《传奇》,散文集《流言》,长篇小说《十八春》《秧歌》《赤地之恋》《怨女》,评论集《红楼梦魇》等。

作品导读

《金锁记》发表于《杂志》1943 年第 12 卷第 2 期至第 3 期,是张爱玲的代表作之一。小说表现的是一个人被金钱腐蚀、扭曲,后又因金钱疯狂报复、毁灭他人的双重悲剧。麻油店老板的女儿曹七巧本是一个身心健康的女子,却被贪图钱财的哥哥嫁给上海大户姜家患骨痨的二少爷。七巧的正常情欲得不到满足,且由于出身寒微而受尽姜家鄙薄歧视。她熬到丈夫、婆婆过世后,终于分得梦寐以求的一大笔遗产。为了守住"卖掉她的一生换来的几个钱",她轰走利用她的感情骗她钱财的小叔子,彻底埋葬了正常人的情欲。令人发指的是，出于同样的目的，她残酷地虐待自己的儿女，引诱他们抽鸦片，破坏他们的婚姻，逼死儿媳，完全丧失了母性和人性。作者将这个关于金钱与人的关系的故事渲染到令人战栗的程度，给人以深刻的启示。主人公曹七巧悲剧的一生在如此短的篇幅内被完整而深刻地展现，得益于小说严谨精巧的叙事结构。作品先选取非常普通却又并不寻常的一天透视曹七巧在姜家十五年的生存境遇，接着的"分家"与"怒斥季泽"两场"戏"是重大关节点和情节发展的高潮，后半部分则渲染曹七巧疯狂、冷酷、阴毒的后半生。叙事中灵活运用概述、省略或扩述来加快或延宕叙事时间，各主要叙事单元之间还有精心设计的"意境特写"作为连缀，整篇小说给人以"纸上电影"的感觉。小说注重心理挖掘，善于将景物、动作、语言与人物的心理感觉融为一体，主观色彩浓厚。小说的语言、意象、韵味明显受到《红楼梦》等中国传统小说的影响。

金锁记

三十年前的上海，一个有月亮的晚上……我们也许没赶上看见三十年前的月亮。年轻的人想着三十年前的月亮该是铜钱大的一个红黄的湿晕，像朵云轩信笺上落了一滴泪珠，陈旧而迷糊。老年人回忆中的三十年前的月亮是欢愉的，比眼前的月亮大，圆，白；然而隔着三十年的辛苦路往回看，再好的月色也不免带点凄凉。

月光照到姜公馆新娶的三奶奶的陪嫁丫鬟凤箫的枕边。凤箫睁眼看了一看，只见自己一只青白色的手搁在半旧高丽棉的被面上，心中便道："是月亮光么？"凤箫打地铺睡在窗户底下。那两年正忙着换朝代，姜公馆避兵到上海来，屋子不够住的，因此这一间下房里横七竖八睡满了底下人。

凤箫恍惚听见大床背后有窸窸窣窣的声音，猜着有人起来解手，翻过身去，果见布帘子一掀，一个黑影趿着鞋出来了，约莫是伺候二奶奶的小双，便轻轻叫了一声"小双姐姐"。小双笑嘻嘻走来，踢了踢地下的褥子道："吵醒了你了。"她把两手抄在青莲色旧绸夹袄里，下面系着明油绿裤子。凤箫伸手捻了捻那裤脚，笑道："现在颜色衣服不大有人穿了。下江人时兴的都是素净的。"小双笑道："你不知道，我们家哪比得旁人家？我们老太太古板，连奶奶小姐们尚且做不得主呢，何况我们丫头？给什么，穿什么——一个个打扮得庄稼人似的！"她一蹲身坐在地铺上，拣起凤箫脚头一件小袄来，问道："这是你们小姐出阁，给你们新添的？"凤箫摇头道："三季衣裳，就只外场上看见的两套是新制的，余下的还不是拿上头人穿剩下的贴补贴补！"小双道："这次办喜事，偏赶着革命党造反，可委屈了你们小姐！"凤箫叹道："别提了！就说省俭些吧，总得有个谱子！也不能太看不上眼了。我们那一位，嘴里不言语，心里岂有不气的？”小双道：“也难怪三奶奶不乐意。你们那边的嫁妆，也还凑合着，我们这边的排场，可太凄惨了。就连那一年娶咱们二奶奶，也还比这一趟强些！”凤箫愣了一愣道：“怎么？你们二奶奶……”

小双脱下了鞋，赤脚从凤箫身上跨过去，走到窗户跟前，笑道：“你也起来看看月亮。”凤箫一骨碌爬起身来，低声问道：“我早就想问你了，你们二奶奶……”小双弯腰拾起那件小袄来替她披上了，道：“仔细招了凉。”凤箫一面扣钮子，一面笑道：“不行，你得告诉我！”小双笑道：“是我说话不留神，闯了祸！”凤箫道：“咱们这都是自家人了，干吗这么见外呀？”小双道：“告诉你，你可别告诉你们小姐去！咱们二奶奶家里是开麻油店的。”凤箫哟了一声道：“开麻油店！打哪儿想起的？像你们大奶奶，也是公侯人家的小姐，我们那一位虽比不上大奶奶，也还不是低三下四的人——”小双道：“这里头自然有个缘故。咱们二爷你也见过了，是个残废。做官人家的女儿谁肯给他？老太太没奈何，打算替二爷置一房姨奶奶，做媒的给找了这曹家的，是七月里生的，就叫七巧。”凤箫道：“哦，是姨奶奶。”小双道：“原是做姨奶奶的，后来老太太想着，既然不打算替二爷另娶了，二房里没个当家的媳妇，也不是事，索性聘了来做正头奶奶，好教她死心塌地服侍二爷。”凤箫把手扶着窗台，沉吟道：“怪道呢！我虽是初来，也瞧料了两三分。”小双道：“龙生龙，凤生凤，这话是有的。你还没听见她的谈吐呢！当着姑娘们，一点忌讳也没有。亏得我们家一向内言不出，外言不入，姑娘们什么都不懂。饶是不懂，还臊得没处躲！”凤箫扑嗤一笑道：“真的？她这些村话，又是从哪儿听来的？就连我们丫头——”小双抱着胳膊道：“麻油店的活招牌，站惯了柜台，见多识广的，我们拿什么去比人家？”凤箫道：“你是她陪嫁来的么？”小双冷笑说：“她也配！我原是老太太跟前的人，二爷成天的吃药，行动都离不了人，屋里几个丫头不够使，把我拨了过去。怎么着？你冷哪？”凤箫摇摇头。小双道：“瞧你缩着脖子这娇模样儿！”一语未完，凤箫打了个喷嚏，小双忙推她道：“睡罢！睡罢！快焐一焐。”凤箫跪了下来脱袄子，笑道：“又不是冬天，哪儿就至于冻着了？”小双道：“你别瞧这窗户关着，窗户眼儿里吱溜溜的钻风。”

两人各自睡下。凤箫悄悄地问道：“过来了也有四五年了罢？”小双道：“谁？”凤箫道：“还有谁？”小双道：“哦，她，可不是有五年了。”凤箫道：“也生男育女的——倒没闹出什么话柄儿？”小双道：“还说呢！话柄儿就多了！前年老太太领着合家上下到普陀山进香去，她坐月子没去，留着她看家。舅爷脚步儿走得勤了些，就丢了一票东西。”凤箫失惊道：“也没查出个究竟来？”小双道："问得出什么好的来？大家面子上下不去！那些首饰左不过将来是归大爷二爷三爷的。大爷大奶奶碍着二爷，没好说什么。三爷自己在外头流水似的花钱，欠了公账上不少，也说不响嘴。"

她们俩隔着丈来远交谈。虽是极力地压低了喉咙，依旧有一句半句声音大了些，惊醒了大床上睡着的赵嬷嬷，赵嬷嬷唤道："小双。"小双不敢答应。赵嬷嬷道："小双，你再混说，让人家听见了，明儿仔细揭你的皮！"小双还是不做声。赵嬷嬷又道："你别以为还是从前住的深堂大院哪，由得你疯疯癫癫！这儿可是挤鼻子挤眼睛的，什么事瞒得了人？趁早别讨打！"屋里顿时鸦雀无声。赵嬷嬷害眼，枕头里塞着菊花叶子，据说是使人眼目清凉的。她欠起头来按了一按髻上横绾的银簪，略一转侧，菊叶便沙沙作响。赵嬷嬷翻了个身，吱吱格格牵动了全身的骨节，她唉了一声道："你们懂得什么！"小双与凤箫依旧不敢接嘴。久久没有人开口，也就一个个的朦胧睡去了。

天就快亮了。那扁扁的下弦月，低一点，低一点，大一点，像赤金的脸盆，沉了下去。天是森冷的蟹壳青，天底下黑魆魆的只有些矮楼房，因此一望望得很远。地平线上的晓色，一层绿、一层黄、又一层红，如同切开的西瓜——是太阳要上来了。渐渐马路上有了小车与塌车辘辘推动，马车蹄声得得。卖豆腐花的挑着担子悠悠吆喝着，只听见那漫长的尾声："花……呕！花……呕！"再去远些，就只听见"哦……呕！哦……呕！"。

屋子里丫头老妈子也起身了，乱着开房门、打脸水、叠铺盖、挂帐子、梳头。凤箫伺候三奶奶兰仙穿了衣裳，兰仙凑到镜子前面仔细望了一望，从腋下抽出一条水绿洒花湖纺手帕，擦了擦鼻翅上的粉，背对着床上的三爷道："我先去替老太太请安罢。等你，准得误了事。"正说着大奶奶玳珍来了，站在门槛上笑道："三妹妹，咱们一块儿去。"兰仙忙迎了出去道："我正担心着怕晚了，大嫂原来还没上去。二嫂呢？"玳珍笑道："她还有一会儿耽搁呢。"兰仙道："打发二哥吃药？"玳珍四顾无人，便笑道："吃药还在其次——"她把拇指抵着嘴唇，中间的三个指头握着拳头，小指头翘着，轻轻地"嘘"了两声。兰仙诧异道："两人都抽这个？"玳珍点头道："你二哥是过了明路的，她这可是瞒着老太太的，叫我们夹在中间为难，处处还得替她遮盖遮盖。其实老太太有什么不知道？有意的装不晓得，照常地派她差使，零零碎碎给她罪受，无非是不肯让她抽个痛快罢了。其实也是的，年纪轻轻的妇道人家，有什么了不得的心事，要抽这个解闷儿？"

玳珍兰仙手挽手一同上楼，各人后面跟着贴身丫鬟，来到老太太卧室隔壁的一间小小的起坐间里。老太太的丫头榴喜迎了出来，低声道："还没醒呢。”玳珍抬头望了望挂钟，笑道：“今儿老太太也晚了。”榴喜道：“前两天说是马路上人声太杂，睡不稳。这现在想是惯了，今儿补足了一觉。”

紫榆百龄小圆桌上铺着红毡条，二小姐姜云泽一边坐着，正拿着小钳子磕核桃呢，因丢下了站起来相见。玳珍把手搭在云泽肩上，笑道：“还是云妹妹孝心，老太太昨儿一时高兴，叫做糖核桃，你就记住了。”兰仙玳珍便围着桌子坐下了，帮着剥核桃衣子。云泽手酸了，放下了钳子，兰仙接了过来。玳珍道：“当心你那水葱似的指甲，养得这么长了，断了怪可惜的！”云泽道：“叫人去拿金指甲套子去。”兰仙笑道：“有这些麻烦的，倒不如叫他们拿到厨房里去剥了！”

众人低声说笑着，榴喜打起帘子，报道：“二奶奶来了。”兰仙云泽起身让座，那曹七巧且不坐下，一只手撑着门，一只手撑了腰，窄窄的袖口里垂下一条雪青洋绉手帕，身上穿着银红衫子，葱白线香滚，雪青闪蓝如意小脚裤子，瘦骨脸儿，朱口细牙，三角眼，小山眉，四下里一看，笑道：“人都齐了。今儿想必我又晚了！怎怪我不迟到——摸着黑梳的头！谁教我的窗户冲着后院子呢？单单就派了那么间房给我，横竖我们那位眼看是活不长的，我们净等着做孤儿寡妇了——不欺负我们，欺负谁？”玳珍淡淡的并不接口，兰仙笑道：“二嫂住惯了北京的屋子，怪不得嫌这儿憋闷得慌。”云泽道：“大哥当初找房子的时候，原该找个宽敞些的，不过上海像这样的，只怕也算敞亮的了。”兰仙道：“可不是！家里人实在多，挤是挤了点——”七巧挽起袖口，把手帕子掖在翡翠镯子里，瞟了兰仙一眼，笑道：“三妹妹原来也嫌人太多了。连我们都嫌人多，像你们没满月的自然更嫌人多了！”兰仙听了这话，还没有怎么，玳珍先红了脸，道：“玩是玩，笑是笑，也得有个分寸，三妹妹新来乍到的，你让她想着咱们是什么样的人家？”七巧扯起手绢子的一角遮住了嘴唇道：“知道你们都是清门净户的小姐，你倒跟我换一换试试，只怕你一晚上也过不惯。”玳珍啐道：“不跟你说了，越说你越上头上脸的。”七巧索性上前拉住玳珍的袖子道：“我可以赌得咒——这三年里头我可以赌得咒！你敢赌么？”玳珍也撑不住噗嗤一笑，咕哝了一句道：“怎么你孩子也有了两个？”七巧道：“真的，连我也不知道这孩子是怎么生出来的！越想越不明白！”玳珍摇手道：“够了，够了，少说两句罢。就算你拿三妹妹当自己人，没什么避讳，现放着云妹妹在这儿呢，待会儿老太太跟前一告诉，管叫你吃不了兜着走！”

云泽早远远地走开了，背着手站在阳台上，撮尖了嘴逗芙蓉鸟。姜家住的虽然是早期的最新式洋房，堆花红砖大柱支着巍峨的拱门，楼上的阳台却是木板铺的地。黄杨木阑干里面，放着一溜大篾篓子，晾着笋干。敞旧的太阳弥漫在空气里像金的灰尘,微微呛人的金灰,揉进眼睛里去,昏昏的。街上小贩遥遥摇着拨浪鼓,那瞢腾的“不楞登……不楞登”里面有着无数老去的孩子们的回忆。包车叮叮地跑过,偶尔也有一辆汽车叭叭叫两声。

七巧自己也知道这屋子里的人都瞧不起她,因此和新来的人分外亲热些,倚在兰仙的椅背上问长问短,携着兰仙的手左看右看,夸赞了一回她的指甲,又道:“我去年小拇指上养的比这个足足还长半寸呢,掐花给弄断了。”兰仙早看穿了七巧的为人和她在姜家的地位,微笑尽管微笑着,也不大答理她。七巧自觉无趣,踅到阳台上来,拎起云泽的辫梢来抖了一抖,搭讪着笑道:“哟!小姐的头发怎么这样稀朗朗的?去年还是乌油油的一头好头发,该掉了不少罢?”云泽闪过身去护着辫子,笑道:“我掉两根头发,也要你管!”七巧只顾端详她,叫道:“大嫂你来看看,云姐姐的确瘦多了,小姐莫不是有了心事了?”云泽啪的一声打掉了她的手,恨道:“你今儿个真的发了疯了!平日还不够讨人嫌的?”七巧把两手筒在袖子里,笑嘻嘻的道:“小姐脾气好大!”

玳珍探出头来道:“云妹妹,老太太起来了。”众人连忙扯扯衣襟,摸摸鬓脚,打帘子进隔壁房里去,请了安,伺候老太太吃早饭。婆子们端着托盘从起坐间里穿了过去,里面的丫头接过碗碟,婆子们依旧退到外间来守候着。里面静悄悄的,难得有人说句把话,只听见银筷子头上的细银链条窸窣颤动。老太太信佛,饭后照例要做两个时辰的功课,众人退了出来,云泽背地里向玳珍道:“二嫂不忙着过瘾去,还挨在里面做什么?”玳珍道:“想是有两句私房话要说。”云泽不由的笑了起来道:“她的话,老太太哪里听得进?”玳珍冷笑道:“那倒也说不定。老年人心思总是活动的,成天在耳边絮聒着,十句里头相信一两句,也未可知。”

兰仙坐着磕核桃,玳珍和云泽便顺着脚走到阳台上来,虽不是存心偷听正房里的谈话,老太太上了年纪,有点聋,喉咙特别高些,有意无意之间不免有好些话吹到阳台上的人的耳朵里来。云泽把脸气得雪白,先是握紧了拳头,又把两只手使劲一撒,便向走廊的另一头跑去。跑了两步,又站住了,身子向前伛偻着,捧着脸呜呜哭了起来。玳珍赶上去扶着劝道:“妹妹快别这么着!快别这么着!不犯着跟她这样的人计较!谁拿她的话当桩事!”云泽甩开了她,一径往自己屋里奔去。玳珍回到起坐间里来,一拍手道:“这可闯出祸来了!”兰仙忙道:“怎么了?”玳珍道:“你二嫂去告诉了老太太,说女大不中留,让老太太写信给彭家,叫他们早早把云妹妹娶过去罢。你瞧,这算什么话!”兰仙也怔了一怔道:“女家说出这种话来,可不是自己打脸么?”玳珍道:“姜家没面子,还是一时的事,云妹妹将来嫁了过去,叫人家怎么瞧得起她?

她这一辈子还要做人呢!”兰仙道:“老太太是明白人,不见得跟那一位一样的见识。”玳珍道:“老太太起先自然是不爱听,说咱们家的孩子,决不会生这样的心。她就说:‘哟!您不知道现在的女孩子跟您从前做女孩子时候的女孩子,哪儿能够打比呀?时世变了,人也变了,要不怎么天下大乱呢?’你知道,年岁大的人就爱听这一套,说得老太太也有点疑疑惑惑起来。”兰仙叹道:“好端端怎么想起来的,造这样的谣言!”玳珍两肘支在桌子上,伸着小指剔眉毛,沉吟了一会,嗤的一笑道:“她自己以为她是特别的体贴云妹妹呢!要她这样体贴我,我可受不了!”兰仙拉了她一把道:“你听——不能是云妹妹罢?”后房似乎有人在那里大放悲声,蹬得铜床柱子一片响。嘈嘈杂杂还有人在那里解劝,只是劝不住。玳珍站起身来道:“我去看看。别瞧这位小姐好性儿,逼急了她,也不是好惹的。”

玳珍出去了,那姜三爷姜季泽却一路打着呵欠进来了。季泽是个结实小伙子,偏于胖的一方面,脑后拖一根三脱油松大辫,生得天圆地方,鲜红的腮颊,往下坠着一点,有湿眉毛,水汪汪的黑眼睛里永远透着三分不耐烦,穿一件竹根青窄袖长袍,酱紫芝麻地一字襟珠扣小坎肩,问兰仙道:“谁在里头喊喊喳喳跟老太太说话?”兰仙道:“二嫂。”季泽抿着嘴摇摇头。兰仙笑道:“你也怕了她?”季泽一声儿不言语,拖过一把椅子,将椅背抵着桌面,把袍子高高的一撩,骑着椅子坐了下来,下巴搁在椅背上,手里只管把核桃仁一个一个拈来吃。兰仙睨了他一眼道:“人家剥了这一晌午,是专诚孝敬你的么?”正说着,七巧掀着帘子出来了,一眼看见了季泽,身不由主的就走了过来,绕到兰仙椅子背后,两手兜在兰仙脖子上,把脸凑了下去,笑道:“这么一个人才出众的新娘子!三弟你还没谢谢我哪!要不是我催着他们早早替你办了这件事,这一耽搁,等打完了仗,指不定要十年八年呢!可不把你急坏了!”兰仙生平最大的憾事便是出阁的日子正赶着非常时期,潦草成了家,诸事都欠齐全,因此一听见这不入耳的话,她那小长瓜子脸便往下一沉。季泽望了兰仙一眼,微笑道:“二嫂,自古好心没有好报,谁都不承你的情!”七巧道:“不承情也罢!我也惯了。我进了你姜家的门,别的不说,单只守着你二哥这些年,衣不解带的服侍他,也就是个有功无过的人——谁见我的情来?谁有半点好处到我头上?”季泽笑道:“你一开口就是满肚子的牢骚!”七巧长长地吁了一口气,只管拨弄兰仙衣襟上扣着的金三事儿和钥匙。半晌,忽道:“总算你这一个来月没出去胡闹过。真亏了新娘子留住了你。旁人跪下地来求你也留你不住!”季泽笑道:“是吗?嫂子并没有留过我,怎见得留不住?”一面笑,一面向兰仙使了个眼色。七巧笑得直不起腰道:“三妹妹,你也不管管他!这么个猴儿崽子，我眼看他长大的，他倒占起我的便宜来了！”

她嘴里说笑着，心里发烦，一双手也不肯闲着，把兰仙揣着捏着，捶着打着。恨不得把她挤得走了样才好。兰仙纵然有涵养，也忍不住要恼了，一性急，磕核桃使差了劲，把那二寸多长的指甲齐根折断。七巧哟了一声道：“快拿剪刀来修一修。我记得这屋里有一把小剪子的。”便唤：“小双！榴喜！来人哪！”兰仙立起身来道：“二嫂不用费事，我上我屋里铰去。”便抽身出去。七巧就在兰仙的椅子上坐下了，一手托着腮，抬高了眉毛，斜睐着季泽道：“她跟我生了气么？”季泽笑道：“她干吗生你的气？”七巧道：“我正要问呀——我难道说错了话不成？留你在家倒不好？她倒愿意你上外头逛去？”季泽笑道：“这一家子从大哥大嫂起，齐了心管教我，无非是怕我花了公账上的钱罢了。”七巧道：“阿弥陀佛，我保不定别人不安着这个心，我可不那么想。你就是闹了亏空，押了房子卖了田，我若皱一皱眉头，我也不是你二嫂了。谁叫咱们是骨肉至亲呢？我不过是要你当心你的身子。”季泽嗤的一笑道：“我当心我的身子，要你操心？”七巧颤声道：“一个人，身子第一要紧。你瞧你二哥弄的那样儿，还成个人吗？还能拿他当个人看？”季泽正色道：“二哥比不得我，他一下地就是那样儿，并不是自己作践的。他是个可怜的人，一切全仗二嫂照护他了。”七巧直挺挺的站了起来，两手扶着桌子，垂着眼皮，脸庞的下半部抖得像嘴里含着滚烫的蜡烛油似的，用尖细的声音逼出两句话道：“你去挨着你二哥坐坐！你去挨着你二哥坐坐！”她试着在季泽身边坐下，只搭着他的椅子的一角，她将手贴在他腿上，道：“你碰过他的肉没有？是软的、重的，就像人的脚有时发了麻，摸上去那感觉……”季泽脸上也变了色，然而他仍旧轻佻地笑了一声，俯下腰，伸手去捏她的脚道：“倒要瞧瞧你的脚现在麻不麻！”七巧道：“天哪，你没挨着他的肉，你不知道没病的身子是多好的……多好的……”她顺着椅子溜下去，蹲在地上，脸枕着袖子，听不见她哭，只看见发髻上插的风凉针，针头上的一粒钻石的光，闪闪掣动着。发髻的心子里扎着一小截粉红丝线，反映在金刚钻微红的光焰里。她的背影一挫一挫，俯伏了下去。她不像在哭，简直像在翻肠搅胃地呕吐。

季泽先是愣住了，随后就立起来道：“我走。我走就是了。你不怕人，我还怕人呢。也得给二哥留点面子！”七巧扶着椅子站了起来，呜咽道：“我走。”她扯着衫袖里的手帕子搵了搵脸，忽然微微一笑道：“你这样卫护你二哥！”季泽冷笑道：“我不卫护他，还有谁卫护他？”七巧向门走去，哼了一声道：“你又是什么好人？趁早不用在我跟前假撇清！且不提你在外头怎样荒唐，单只在这屋里……老娘眼睛是揉不下沙子去！别说我是你嫂子，就是我是你奶妈，只怕你也不在乎。”季泽笑道：“我原是个随随便便的人，哪禁得你挑眼儿？”七巧待要出去，又把背心贴在门上，低声道：“我就不懂，我有什么地方不如人？我有什么地方不好……”季泽笑道：“好嫂子，你有什么不好？”七巧笑了一声道：“难不成我跟了个残废的人，就过上了残废的气，沾都沾不得？”她睁着眼直勾勾朝前望着，耳朵上的实心小金坠子像两只铜钉把她钉在门上——玻璃匣子里蝴蝶的标本，鲜艳而凄怆。

季泽看着她，心里也动了一动。可是那不行，玩尽管玩，他早抱定了宗旨不惹自己家里人，一时的兴致过去了，躲也躲不掉，踢也踢不开，成天在面前，是个累赘。何况七巧的嘴这样敞，脾气这样躁，如何瞒得了人？何况她的人缘这样坏，上上下下谁肯代她包涵一点？她也许是豁出去了，闹穿了也满不在乎。他可是年纪轻轻的，凭什么要冒这个险？他侃侃说道：“二嫂，我虽年纪小，并不是一味胡来的人。”

仿佛有脚步声。季泽一撩袍子，钻到老太太屋子里去了，临走还抓了一大把核桃仁。七巧神志还不很清楚，直到有人推门，她方才醒了过来，只得将计就计，藏在门背后，见玳珍走了进来，她便夹脚跟出来，在玳珍背上打了一下。玳珍勉强一笑道：“你的兴致越发好了！”又望了望桌上道：“咦？那么些个核桃，吃得差不多了。再也没有别人，准是三弟。”七巧倚着桌子，面向阳台立着，只是不言语。玳珍坐了下来，嘟哝道：“害人家剥了一早上，便宜他享现成的！”七巧捏着一片锋利的胡桃壳，在红毡条上狠命刮着，左一刮，右一刮，看看那毡子起了毛，就要破了。她咬着牙道：“钱上头何尝不是一样？一味的叫咱们省，省下来让人家拿出去大把的花！我就不服这口气！”玳珍看了她一眼，冷冷的道：“那可没有办法。人多了，明里不去，暗里也不见得不去。管得了这个，管不了那个。”七巧觉得她话中有刺，正待反唇相讥，小双进来了，鬼鬼祟祟走到七巧跟前，嗫嚅道：“奶奶，舅爷来了。”七巧骂道：“舅爷来了，又不是背人的事，你嗓子眼里长了疔是怎么着？蚊子哼哼似的！”小双倒退了一步，不敢言语。玳珍道：“你们舅爷原来也到上海来了。咱们这儿亲戚倒都全了。”七巧移步出房道：“不许他到上海来？内地兵荒马乱的，穷人也一样的要命呀！”她在门槛上站住了，问小双道：“回过老太太没有？”小双道：“还没呢。”七巧想了一想，毕竟不敢进去告诉一声，只得悄悄下楼去了。

玳珍问小双道：“舅爷一个人来的？”小双道：“还有舅奶奶，拎着四只提篮盒。”玳珍格的一笑道：“倒破费了他们。”小双道：“大奶奶不用替他们心疼。装得满满的进来，一样装得满满的出去。别说金的银的圆的扁的，就连零头鞋面儿裤腰都是好的！”玳珍笑道：“别那么缺德了！你下去罢。她娘家人难得上门，伺候不周到，又该大闹了。”

小双赶了出去，七巧正在楼梯口盘问榴喜老太太可知道这件事。榴喜道：“老太太念佛呢，三爷趴在窗口看野景，看大门口来了客。老太太问是谁，三爷仔细看了看，说不知是不是曹家舅爷，老太太就没追问下去。”七巧听了，心头火起，跺了跺脚，喃喃呐呐骂道：“敢情你装不知道就算了！皇帝还有草鞋亲呢！这会子有这么势利的，当初何必三媒六聘的把我抬过来？快刀斩不断的亲戚，别说你今儿是装死，就是你真死了，他也不能不到你灵前磕三个头，你也不能不受着他的！”一面说，一面下去了。

她那间房，一进门便有一堆金漆箱笼迎面拦住，只隔开几步见方的空地。她一掀帘子，只见她嫂子蹲下身去将提篮盒上面的一屉酥盒子卸了下来，检视下面一屉里的菜可曾泼出来。她哥哥曹大年背着手弯着腰看着。七巧止不住一阵心酸，倚着箱笼，把脸偎在那沙蓝棉套子上，纷纷落下泪来。她嫂子慌忙站直了身子，抢步上前，两只手捧住她一只手，连连叫着姑娘。曹大年也不免抬起袖子来擦眼睛。七巧把那只空着的手去解箱套子上的钮扣，解了又扣上，只是开不得口。

她嫂子回过头去睃了她哥哥一眼道：“你也说句话呀！成日家念叨着，见了妹妹的面，又像锯了嘴的葫芦似的！”七巧颤声道：“也不怪他没有话——他哪儿有脸来见我！”又向她哥哥道：“我只道你这一辈子不打算上门了！你害得我好！你扔崩一走，我可走不了。你也不顾我的死活！”曹大年道：“这是什么话？旁人这么说还罢了，你也这么说！你不替我遮盖遮盖，你自己脸上也不见得光鲜。”七巧道：“我不说，我可禁不住人家不说。就为你，我气出了一身病在这里。今日之下，亏你还拿这话来堵我！”她嫂子忙道：“是他的不是，是他的不是！姑娘受了委屈了。姑娘受的委屈也不止这一件，好歹忍着罢，总有个出头之日。”她嫂子那句“姑娘受的委屈也不止这一件”的话却深深打进她心坎儿里去。七巧哀哀哭了起来，急得她嫂子直摇手道：“看吵醒了姑爷。”房那边暗昏昏的紫楠大床上，寂寂吊着珠罗纱帐子。七巧的嫂子又道：“姑爷睡着了罢？惊动了他，该生气了。”七巧高声叫道：“他要有点人气，倒又好了！”她嫂子吓得掩住她的嘴道：“姑奶奶别！病人听见了，心里不好受！”七巧道：“他心里不好受，我心里好受吗？”她嫂子道：“姑爷还是那软骨症？”七巧道：“就这一件还不够受了，还禁得起添什么？这儿一家子都忌讳痨病这两个字，其实还不就是骨痨！”她嫂子道：“整天躺着，有时候也坐起来一会儿么？”七巧哧哧的笑了起来道：“坐起来，脊梁骨直溜下去，看上去还没有我那三岁的孩子高哪！”她嫂子一时想不出劝慰的话，三个人都愣住了。七巧猛地顿脚道:“走罢,走罢,你们！你们来一趟,就害得我把前因后果重新在心里过一过。我禁不起这么折腾！你快给我走!”

曹大年道:“妹妹你听我一句话。别说你现在心里不舒坦,有个娘家走动着,多少好些,就是你有了出头之日了,姜家是个大族,长辈动不动就拿大帽子压人,平辈小辈一个个如狼似虎的,哪一个是好惹的？替你打算,也得要个帮手。将来你用得着你哥哥你侄儿的时候多着呢。”七巧啐了一声道:“我靠你帮忙,我也倒了霉了！我早把你看得透里透——斗得过他们,你到我跟前来邀功要钱,斗不过他们,你往那边一倒。本来见了做官的就魂都没有了,头一缩,死活随我去。”大年涨红了脸冷笑道:“等钱到了你手里,你再防着你哥哥分你的,也还不迟。”七巧道:“你既然知道钱还没到我手里,你来缠我做什么?”大年道:“远迢迢赶来看你,倒是我们的不是了！走！我们这就走！凭良心说,我就用你两个钱,也是该的。当初我若贪图财礼,问姜家多要几百两银子,把你卖给他们做姨太太,也就卖了。”七巧道:“奶奶不胜似姨奶奶吗？长线放远鹞,指望大着呢!”大年待要回嘴,他媳妇拦住他道:“你就少说一句罢！以后还有见面的日子呢。将来姑奶奶想到你的时候,才知道她就只这一个亲哥哥了!”大年督促他媳妇整理了提篮盒,拎起就待走。七巧道:“我希罕你？等我有了钱了,我不愁你不来,只愁打发你不开!”嘴里虽然硬着,煞不住那呜咽的声音,一声响似一声,憋了一上午的满腔幽恨,借着这因由尽情发泄了出来。

她嫂子见她分明有些留恋之意,便做好做歹劝住了她哥哥,一面半搀半拥把她引到花梨炕上坐下了,百般譬解,七巧渐渐收了泪。兄妹姑嫂叙了些家常。北方情形还算平靖,曹家的麻油铺还照常营业着。大年夫妇此番到上海来,却是因为他家没过门的女婿在人家当账房,光复的时候恰巧在湖北,后来辗转跟主人到上海来了,因此大年亲自送了女儿来完婚,顺便探望妹子。大年问候了姜家阖宅上下,又要参见老太太,七巧道:“不见也罢了,我正跟她怄气呢。”大年夫妇都吃了一惊,七巧道:“怎么不淘气呢？一家子都往我头上踩,我要是好欺负的,早给作践死了,饶是这么着,还气得我七病八痛的!”她嫂子道:“姑娘近来还抽烟不抽？倒是鸦片烟,平肝导气,比什么药都强,姑娘自己千万保重,我们又不在跟前,谁是个知疼着热的人?”

七巧翻箱子取出几件新款尺头送与她嫂子,又是一副四两重的金镯子,一对披霞莲蓬簪,一床丝棉被胎,侄女们每人一只金挖耳,侄儿们或是一只金锞子,或是一顶貂皮暖帽,另送了她哥哥一只珐琅金蝉打簧表,她哥嫂道谢不迭。七巧道:“你们来得不巧,若是在北京,我们正要上路的时候,带不了的东西，分了几箱给丫头老妈子，白便宜了他们。”说得她哥嫂讪讪的。临行的时候，她嫂子道：“忙完了闺女，再来瞧姑奶奶。”七巧笑道：“不来也罢了，我应酬不起！”

大年夫妇出了姜家的门，她嫂子便道：“我们这位姑奶奶怎么换了个人？没出嫁的时候不过要强些，嘴头子上琐碎些，就连后来我们去瞧她，虽是比前暴躁些，也还有个分寸，不似如今疯疯傻傻，说话有一句没一句，就没一点儿得人心的地方。”

七巧立在房里，抱着胳膊看小双祥云两个丫头把箱子抬回原处，一只一只叠了上去。从前的事又回来了：临着碎石子街的馨香的麻油店，黑腻的柜台，芝麻酱桶里竖着木匙子，油缸上吊着大大小小的铁匙子。漏斗插在打油的人的瓶里，一大匙再加上两小匙正好装满一瓶——一斤半。熟人呢，算一斤四两。有时她也上街买菜，蓝夏布衫裤，镜面乌绫镶滚。隔着密密层层的一排吊着猪肉的铜钩，她看见肉铺里的朝禄。朝禄赶着她叫曹大姑娘。难得叫声巧姐儿，她就一巴掌打在钩子背上，无数的空钩子荡过去锥他的眼睛，朝禄从钩子上摘下尺来宽的一片生猪油，重重的向肉案一抛，一阵温风直扑到她脸上，腻滞的死去的肉体的气味……她皱紧了眉毛。床上睡着的她的丈夫，那没有生命的肉体……

风从窗子里进来，对面挂着的回文雕漆长镜被吹得摇摇晃晃，磕托磕托敲着墙。七巧双手按住了镜子。镜子里反映着的翠竹帘子和一副金绿山水屏条依旧在风中来回荡漾着，望久了，便有一种晕船的感觉。再定睛看时，翠竹帘子已经褪了色，金绿山水换了一张她丈夫的遗像，镜子里的人也老了十年。

去年她戴了丈夫的孝，今年婆婆又过世了。现在正式挽了叔公九老太爷出来为他们分家。今天是她嫁到姜家来之后一切幻想的集中点。这些年了，她戴着黄金的枷锁，可是连金子的边都啃不到，这以后就不同了。七巧穿着白香云纱衫，黑裙子，然而她脸上像抹了胭脂似的，从那揉红了的眼圈儿到烧热的颧骨。她抬起手来揾了一揾脸，脸上烫，身子却冷得打颤。她叫祥云倒了杯茶来。(小双早已嫁了，祥云也配了个小厮)茶给喝了下去，沉重地往腔子里流，一颗心便在热茶里扑通扑通跳。她背向着镜子坐下了，问祥云道：“九老太爷来了这一下午，就在堂屋里跟马师爷查账？”祥云应了一声是。七巧又道：“大爷大奶奶三爷三奶奶都不在跟前？”祥云又应了一声是。七巧道：“还到谁的屋里去过？”祥云道：“就到哥儿们的书房里兜了一兜。”七巧道：“好在咱们白哥儿的书倒不怕他查考……今年这孩子就吃亏在他爸爸他奶奶接连着出了事，他若还有心念书，他也不是人养的！”她把茶吃完了，吩咐祥云下去看看堂屋里大房三房的人可都齐了，免得自己去早了，显得性急，被人耻笑。恰巧大房里也差了一个丫头出来探看，和祥云打了个照面。

七巧终于款款下楼来了。堂屋里临时布置了一张镜面乌木大餐台，九老太爷独当一面坐了，面前乱堆着青布面，梅红签的账簿，又搁着一只瓜棱茶碗。四周除了马师爷之外，又有特地邀请的“公亲”，近于陪审员的性质。各房只派了一个男子作代表，大房是大爷，二房二爷没了，是二奶奶，三房是三爷。季泽很知道这总清算的日子于他没有什么好处，因此他到得最迟。然而来既来了，他决不愿意露出焦灼懊丧的神气，腮帮子上依旧是他那点丰肥的，红色的笑。眼睛里依旧是他那点潇洒的不耐烦。

九老太爷咳嗽了一声，把姜家的经济状况约略报告了一遍，又翻着账簿子读出重要的田地房产的所在与按年的收入。七巧两手紧紧扣在肚子上，身子向前倾着，努力向她自己解释他的每一句话，与她往日调查所得一一印证。青岛的房子，天津的房子，原籍的地，北京城外的地，上海的房子……三爷在公账上拖欠过巨，他的一部分遗产被抵消了之后，还净欠六万，然而大房二房也只得就此算了，因为他是一无所有的人。他所仅有的那一幢花园洋房，他为一个姨太太买的，也已经抵押了出去。其余只有老太太陪嫁过来的首饰，由兄弟三人均分，季泽的那一份也不便充公，因为是母亲留下的一点纪念。七巧突然叫了起来道：“九老太爷，那我们太吃亏了！”

堂屋里本就肃静无声，现在这肃静却是沙沙有声，直锯进耳朵里去，像电影配音机器损坏之后的锈轧。九老太爷睁了眼望着她道：“怎么？你连他娘丢下的几件首饰也舍不得给他？”七巧道：“亲兄弟，明算账，大哥大嫂不言语，我可不能不老着脸开口说句话。我须比不得大哥大嫂——我们死掉的那个若是有能耐出去做两任官，手头活便些，我也乐得放大方些，哪怕把从前的旧账一笔勾销呢？可怜我们那一个病病哼哼一辈子，何尝有过一文半文进账，丢下我们孤儿寡妇，就指着这两个死钱过活。我是个没脚蟹，长白还不满十四岁，往后苦日子有得过呢！”说着，流下泪来。九老太爷道：“依你便怎样？”七巧呜咽道：“哪儿由得我出主意呢？只求九老太爷替我们做主！”季泽冷着脸只不做声，满屋子的人都觉不便开口。九老太爷按捺不住一肚子的火，哼了一声道：“我倒想替你出主意呢，只怕你不爱听！二房里有田地没人照管，三房里有人没有地，我待要叫三爷替你照管，你多少贴他些，又怕你不要他！”七巧冷笑道：“我倒想依你呢，只怕死掉的那个不依！来人哪！祥云你把白哥儿给我找来！长白，你爹好苦呀！一下地就是一身的病，为人一场，一天舒坦日子也没过着，临了丢下你这点骨血，人家还看不得你，千方百计图谋你的东西！长白谁叫你爹拖着一身病，活着人家欺负他，死了人家欺负他的孤儿寡妇！我还不打紧，我还能活个几十年么？至多我到老太太灵前把话说明白了，把这条命跟人拼了。长白你可是年纪小着呢，就是喝西北风你也得活下去呀！”九老太爷气得把桌子一拍道：“我不管了！是你们求爹爹拜奶奶邀了我来的，你道我喜欢自找麻烦么？”站起来一脚踢翻了椅子，也不等人搀扶，一阵风走得无影无踪。众人面面相觑，一个个悄没声儿溜走了。惟有那马师爷忙着拾掇账簿子，落后了一步，看看屋里人全走光了，单剩下二奶奶一个人坐在那里捶着胸脯嚎啕大哭，自己若无其事地走了，似乎不好意思，只得走上前去，打躬作揖叫道：“二太太！二太太！……二太太！”七巧只顾把袖子遮住脸，马师爷又不便把她的手拿开，急得把瓜皮帽摘下来扇着汗。

维持了几天的僵局，到底还是无声无息照原定计划分了家。孤儿寡妇还是被欺负了。

七巧带着儿子长白，女儿长安另租了一幢屋子住下了，和姜家各房很少来往。隔了几个月，姜季泽忽然上门来了。老妈子通报上来，七巧怀着鬼胎，想着分家的那一天得罪了他，不知他有什么手段对付。可是兵来将挡，她凭什么要怕他？她家常穿着佛青实地纱袄子，特地系上一条玄色铁线纱裙，走下楼来。季泽却是满面春风的站起来问二嫂好，又问白哥儿可是在书房里，安姐儿的湿气可大好了，七巧心里便疑惑他是来借钱的，加意防备着，坐下笑道：“三弟你近来又发福了。”季泽笑道：“看我像一点儿心事都没有的人。”七巧笑道：“有福之人不在忙吗！你一向就是无牵无挂的。”季泽笑道：“等我把房子卖了，我还要无牵无挂呢！”七巧道：“就是你做了押款的那房子，你还要卖？”季泽道：“当初造它的时候，很费了点心思，有许多装置都是自己心爱的，当然不愿意脱手。后来你是知道的，那边地皮值钱了，前年把它翻造了衖堂房子，一家一家收租，跟那些住小家的打交道，我实在嫌麻烦，索性打算卖了它，图个清静。”七巧暗地里说道：“口气好大！我是知道你的底细的，你在我跟前充什么阔大爷！”

虽然他不向她哭穷，但凡谈到银钱交易，她总觉得有点危险，便岔了开去道：“三妹妹好么？腰子病近来发过没有？”季泽笑道：“我也有许久没见过她的面了。”七巧道：“这是什么话？你们吵了嘴么？”季泽笑道：“这些时我们倒也没吵过嘴。不得已在一起说两句话，也是难得的，也没那闲情逸致吵嘴。”七巧道：“何至于这样？我就不相信！”季泽两肘撑在藤椅的扶手上，交叉着十指，手搭凉棚，影子落在眼睛上，深深地唉了一声。七巧笑道：“没有别的，要不就是你在外头玩得太厉害了。自己做错了事,还唉声叹气的仿佛谁害了你似的。你们姜家就没有一个好人!"说着,举起白团扇,作势要打。季泽把那交叉着的十指往下移了一移,两只大拇指按在嘴唇上,两只食指缓缓抚摸着鼻梁,露出一双水汪汪的眼睛来。那眼珠却是水仙花缸底的黑石子,上面汪着水,下面冷冷的没有表情。看不出他在想什么。七巧道:"我非打你不可!"季泽的眼睛里突然冒出一点笑泡儿,道:"你打,你打!"七巧待要打,又掣回手去,重新一鼓作气道:"我真打!"抬高了手,一扇子劈下来,又在半空中停住了,吃吃笑将起来。季泽带笑将肩膀耸了一耸,凑了上去道:"你倒是打我一下罢!害得我浑身骨头痒痒着,不得劲儿!"七巧把扇子向背后一藏,越发笑得格格的。

季泽把椅子换了个方向,面朝墙坐着,人向椅背上一靠,双手蒙住了眼睛,又是长长地叹了口气。七巧啃着扇子柄,斜瞟着他道:"你今儿是怎么了?受了暑吗?"季泽道:"你哪里知道?"半晌,他低低的一个字一个字说道:"你知道我为什么跟家里的那个不好,为什么我拼命的在外头玩,把产业都败光了?你知道这都是为了谁?"七巧不知不觉有些胆寒,走得远远的,倚在炉台上,脸色慢慢地变了。季泽跟了过来。七巧垂着头,肘弯撑在炉台上,手里擎着团扇,扇子上的杏黄穗子顺着她的额角拖下来。季泽在她对面站住了,小声道:"二嫂!……七巧!"

七巧背过脸去淡淡笑道:"我要相信你才怪呢!"季泽便也走开了,道:"不错。你怎么能够相信我?自从你到我家来,我在家一刻也待不住,只想出去。你没来的时候我并没有那么荒唐过,后来那都是为了躲你。娶了兰仙来,我更玩得凶了,为了躲你之外又要躲她,见了你,说不了两句话我就要发脾气——你哪儿知道我心里的苦楚?你对我好,我心里更难受——我得管着我自己——我不得平白的坑坏了你!家里人多眼杂,让人知道了,我是个男子汉,还不打紧,你可了不得!"七巧的手直打颤,扇柄上的杏黄须子在她额上苏苏磨擦着。季泽道:"你信也罢,不信也罢!信了又怎样?横竖我们半辈子已经过去了,说也是白说。我只求你原谅我这一片心。我为你吃了这些苦,也就不算冤枉了。"

七巧低着头,沐浴在光辉里,细细的音乐,细细的喜悦……这些年了,她跟他捉迷藏似的,只是近不得身,原来还有今天!可不是,这半辈子已经完了——花一般的年纪已经过去了。人生就是这样的错综复杂,不讲理。当初她为什么嫁到姜家来?为了钱么?不是的,为了要遇见季泽,为了命中注定她要和季泽相爱。她微微抬起脸来,季泽立在她跟前,两手合在她扇子上,面颊贴在她扇子上。他也老了十年了,然而人究竟还是那个人呵!他难道是哄她么?他想她的钱——她卖掉她的一生换来的几个钱?仅仅这一转念便使她暴怒起来。就算她错怪了他,他为她吃的苦抵得过她为他吃的苦么?好容易她死了心了,他又来撩拨她。她恨他。他还在看着她。他的眼睛——虽然隔了十年,人还是那个人呵!就算他是骗她的,迟一点儿发现不好么?即使明知是骗人的,他太会演戏了,也跟真的差不多罢?

不行!她不能有把柄落在这厮手里。姜家的人是厉害的,她的钱只怕保不住。她得先证明他是真心不是。七巧定了一定神,向门外瞧了一瞧,轻轻惊叫道:"有人!"便三脚两步赶出门去,到下房里吩咐潘妈替三爷弄点心去,快些端了来,顺便带把芭蕉扇进来替三爷打扇。七巧回到屋里来,故意皱着眉道:"真可恶,老妈子在门口探头探脑的,见了我抹过头去就跑,被我赶上去喝住了。若是关上了门说两句话,指不定造出什么谣言来呢!饶是独门独户住了,还没个清净。"潘妈送了点心与酸梅汤进来,七巧亲自拿筷子替季泽拣掉了蜜层糕上的玫瑰与青梅,道:"我记得你是不爱吃红绿丝的。"有人在跟前,季泽不便说什么,只是微笑。七巧似乎没话找话说似的,问道:"你卖房子,接洽得怎样了?"季泽一面吃,一面答道:"有人出八万五,我还没打定主意呢。"七巧沉吟道:"地段倒是好的。"季泽道:"谁都不赞成我脱手,说还要涨呢。"七巧又问了些详细情形,便道:"可惜我手头没有这一笔现款,不然我倒想买。"季泽道:"其实呢,我这房子倒不急,倒是咱们乡下你那些田,早早脱手的好。自从改了民国,接二连三的打仗,何尝有一年闲过?把地面上糟蹋得不成样子,中间还被收租的,师爷,地头蛇一层一层勒揩着,莫说这两年不是水就是旱,就遇着了丰年,也没有多少进账轮到我们头上。"七巧寻思着,道:"我也盘算过来,一直挨着没有办。先晓得把它卖了,这会子想买房子,也不至于钱不凑手了。"季泽道:"你那田要卖趁现在就得卖了,听说直鲁又要开仗了。"七巧道:"急切间你叫我卖给谁去?"季泽顿了一顿道:"我去替你打听打听,也成。"七巧耸了耸眉毛笑道:"得了,你那些狐群狗党里头,又有谁是靠得住的?"季泽把咬开的饺子在小碟子里蘸了点醋,闲闲说出两个靠得住的人名,七巧便认真仔细盘问他起来,他果然回答得有条不紊,显然他是筹之已熟的。

七巧虽是笑吟吟的,嘴里发干,上嘴唇黏在牙仁上,放不下来。她端起盖碗来吸了一口茶,舐了舐嘴唇,突然把脸一沉,跳起身来,将手里的扇子向季泽头上滴溜溜掷过去,季泽向左偏了一偏,那团扇敲在他肩膀上,打翻了玻璃杯,酸梅汤淋淋漓漓溅了他一身,七巧骂道:"你要我卖了田去买你的房子?

你要我卖田？钱一经你的手，还有得说么？你哄我——你拿那样的话来哄我——你拿我当傻子——”她隔着一张桌子探身过去打他，然而她被潘妈下死劲抱住了。潘妈叫唤起来，祥云等人都奔了来，七手八脚按住了她，七嘴八舌求告着。七巧一头挣扎，一头叱喝着，然而她的一颗心直往下坠——她很明白她这举动太蠢——太蠢——她在这儿丢人出丑。

季泽脱下了他那湿濡的白香云纱长衫，潘妈绞了手巾来代他揩擦，他理也不理，把衣服夹在手臂上，竟自扬长出门去了，临行的时候向祥云道："等白哥儿下了学，叫他替他母亲请个医生来看看。"祥云吓糊涂了，连声答应着，被七巧兜脸给了她一个耳刮子。

季泽走了。丫头老妈子也都给七巧骂跑了。酸梅汤沿着桌子一滴一滴朝下滴，像迟迟的夜漏——一滴，一滴……一更，二更……一年，一百年。真长，这寂寂的一刹那。七巧扶着头站着，倏地掉转身来上楼去，提着裙子，性急慌忙，跌跌绊绊，不住地撞到那阴暗的绿粉墙上，佛青袄子上沾了大块的淡色的灰。她要在楼上的窗户里再看他一眼。无论如何，她从前爱过他。她的爱给了她无穷的痛苦。单只这一点，就使他值得留恋。多少回了，为了要按捺她自己，她迸得全身的筋骨与牙根都酸楚了。今天完全是她的错。他不是个好人，她又不是不知道。她要他，就得装糊涂，就得容忍他的坏。她为什么要戳穿他？人生在世，还不就是那么一回事？归根究底，什么是真的，什么是假的？

她到了窗前，揭开了那边上缀有小绒球的墨绿洋式窗帘，季泽正在弄堂里往外走，长衫搭在臂上，晴天的风像一群白鸽子钻进他的纺绸裤褂里去，哪儿都钻到了，飘飘拍着翅子。

七巧眼前仿佛挂了冰冷的珍珠帘，一阵热风来了，把那帘子紧紧贴在她脸上，风去了，又把帘子吸了回去，气还没透过来，风又来了，没头没脸包住她——一阵凉，一阵热，她只是淌着眼泪。

玻璃窗的上角隐隐约约反映出弄堂里一个巡警的缩小的影子，晃着膀子踱过去。一辆黄包车静静在巡警身上辗过。小孩把袍子掖在裤腰里，一路踢着球，奔出玻璃的边缘。绿色的邮差骑着自行车，复印在巡警身上，一溜烟掠过。都是些鬼，多年前的鬼，多年后的没投胎的鬼……什么是真的，什么是假的？

过了秋天又是冬天，七巧与现实失去了接触。虽然一样的使性子，打丫头，换厨子，总有些失魂落魄的。她哥哥嫂子到上海来探望了她两次，住不上十来天，末了永远是给她絮叨得站不住脚，然而临走的时候她也没有少给他们东西。她侄子曹春熹上城来找事，耽搁在她家里。那春熹虽是个浑头浑脑的年轻人，却也本本分分的。七巧的儿子长白，女儿长安，年纪到了十三四岁，只因身材瘦小，看上去才只七八岁的光景。在年下，一个穿着品蓝摹本缎棉袍，一个穿着葱绿遍地锦棉袍，衣服太厚了，直挺挺撑开了两臂，一般都是薄薄的两张白脸，并排站着，纸糊的人儿似的。这一天午饭后，七巧还没起身，那曹春熹陪着他兄妹俩掷骰子，长安把压岁钱输光了，还不肯歇手。长白把桌上的铜板一掳，笑道："不跟你来了。"长安道："我们用糖莲子来赌。"春熹道："糖莲子揣在口袋里，看脏了衣服。"长安道："用瓜子也好，柜顶上就有一罐。"便搬过一张茶几来，踩了椅子爬上去拿。慌得春熹叫道："安姐儿你可别摔跤，回头我担不了这干系！"正说着，只见长安猛可里向后一仰，若不是春熹扶住了，早是一个倒栽葱。长白在旁拍手大笑，春熹嘟嘟哝哝骂着，也撑不住要笑，三人笑成一片。春熹将她抱下地来，忽然从那红木大橱的穿衣镜里瞥见七巧蓬着头叉着腰站在门口，不觉一怔，连忙放下了长安，回身道："姑妈起来了。"七巧汹汹奔了过来，将长安向自己身后一推，长安立脚不稳，跌了一跤。七巧只顾将身子挡住了她，向春熹厉声道："我把你这狼心狗肺的东西！我三茶六饭款待你这狼心狗肺的东西，什么地方亏待了你，你欺负我女儿？你那狼心狗肺，你道我揣摩不出么？你别以为你教坏了我女儿，我就不能不捏着鼻子把她许配给你，你好霸占我们的家产！我看你这混蛋，也还想不出这等主意来，敢情是你爹娘把着手儿教的！我把那两个狼心狗肺忘恩负义的老浑蛋！齐了心想我的钱，一计不成，又生一计！"春熹气得白瞪眼，欲待分辩，七巧道："你还有脸顶撞我！你还不给我快滚，别等我乱棒打出去！"说着，把儿女们推推搡搡送了出去，自己也喘吁吁扶着个丫头走了。春熹究竟年纪轻火性大，赌气卷了铺盖，顿时离了姜家的门。

七巧回到起坐间里，在烟榻上躺下了。屋里暗昏昏的，拉上了丝绒窗帘。时而窗户缝里漏了风进来，帘子动了，方才在那墨绿小绒球底下毛茸茸地看见一点天色。只有烟灯和烧红的火炉的微光。长安吃了吓，呆呆坐在火炉边一张小凳上。七巧道："你过来。"长安只道是要打，只是延挨着，搭讪把火炉边的洋铁围屏上晾着的小红格子法布衬衫翻了一翻，道："快烤糊了。"衬衫发出热烘烘的毛气。

七巧却不像要责打她的光景，只数落了一番，道："你今年过了年也有十三岁了，也该放明白些。表哥虽不是外人，天下的男子都是一样混账。你自己要晓得当心，谁不想你的钱？"一阵风过，窗帘上的绒球与绒球之间露出白色的寒天，屋子里暖热的黑暗给打上了一排小洞。烟灯的火焰往下一挫，七巧脸上的影子仿佛更深了一层。她突然坐起身来,低声道:"男人……碰都碰不得!谁不想你的钱?你娘这几个钱不是容易得来的,也不是容易守得住。轮到你们手里,我可不能眼睁睁看着你们上人的当——叫你以后提防着些,你听见了没有?"长安垂着头道:"听见了。"

七巧的一只脚有点麻,她探身去捏一捏她的脚。仅仅是一刹那,她眼睛里蠢动着一点温柔的回忆。她记起了想她的钱的一个男人。

她的脚是缠过的,尖尖的缎鞋里塞了棉花,装成半大的文明脚。她瞧着那双脚,心里一动,冷笑一声道:"你嘴里尽管答应着,我怎么知道你心里是明白还是糊涂?你人也有这么大了,又是一双大脚,哪里去不得?我就是管得住你,也没那个精神成天看着你。按说你今年十三了,裹脚已经嫌晚了,原怪我耽误了你。马上这就替你裹起来,也还来得及。"长安一时答不出话来,倒是旁边的老妈子们笑道:"如今小脚不时兴了,只怕将来给姐儿定亲的时候麻烦。"七巧道:"没的扯淡!我不愁我的女儿没人要,不劳你们替我担心!真没人要,养活她一辈子,我也还养得起!"当真替长安裹起脚来,痛得长安鬼哭神号的。这时连姜家这样守旧的人家,缠过脚的也都已经放了脚了,别说是没缠过的,因此都拿长安的脚传作笑话奇谈。裹了一年多,七巧一时的兴致过去了,又经亲戚们劝着,也就渐渐放松了,然而长安的脚可不能完全恢复原状了。

姜家大房三房里的儿女都进了洋学堂读书,七巧处处存心跟他们比赛着,便也要送长白去投考。长白除了打小牌之外,只喜欢跑跑票房,正在那里朝夕用功吊嗓子,只怕进学校要耽搁了他的功课,便不肯去。七巧无奈,只得把长安送到沪范女中,托人说了情,插班进去。长安换上了蓝爱国布的校服,不上半年,脸色也红润了,胳膊腿腕也粗了一圈。住读的学生洗换衣服,照例是送学校里包着的洗衣作里去的。长安记不清自己的号码,往往失落了枕套手帕种种零件。七巧便闹着说要去找校长说话。这一天放假回家,检点了一下,又发现有一条褥单是丢了。七巧暴跳如雷,准备明天亲自上学校去大兴问罪之师。长安着了急,拦阻了一声,七巧便骂道:"天生的败家精,拿你娘的钱不当钱。你娘的钱是容易得来的?——将来你出嫁,你看我有什么陪送给你!——给也是白给!"长安不敢做声,却哭了一晚上。她不能在她的同学跟前丢这个脸。对于十四岁的人,那似乎有天大的重要。她母亲去闹这一场,她以后拿什么脸去见人?她宁死也不到学校里去了。她的朋友们,她所喜欢的音乐教员,不久就会忘记了有这么一个女孩子,来了半年,又无缘无故悄悄地走了。走得干净,她觉得她这牺牲是一个美丽的,苍凉的手势。

半夜里她爬下床来，伸手到窗外去试试，漆黑的，是下了雨么？没有雨点。她从枕头边摸出一只口琴，半蹲半坐在地上，偷偷吹了起来。犹疑地，"Long，Long Ago"的细小的调子在庞大的夜里袅袅漾开。不能让人听见了。为了竭力按捺着，那呜呜的口琴忽断忽续，如同婴儿的哭泣。她接不上气来，歇了半晌，窗格子里，月亮从云里出来了。墨灰的天，几点疏星，模糊的缺月，像石印的图画，下面白云蒸腾，树顶上透出街灯淡淡的圆光。长安又吹起口琴来。"告诉我那故事，往日我最心爱的那故事，许久以前，许久以前……"

第二天她大着胆子告诉她母亲："娘，我不想念下去了。"七巧睁着眼道："为什么？"长安道："功课跟不上，吃的也太苦了，我过不惯。"七巧脱下一只鞋来，顺手将鞋底抽了她一下，恨道："你爹不如人，你也不如人？养下你来又不是个十不全，就不肯替我争口气！"长安反剪着一双手，垂着眼睛，只是不言语。旁边老妈子们便劝道："姐儿也大了，学堂里人杂，的确有些不方便。其实不去也罢了。"七巧沉吟道："学费总得想法子拿回来。白便宜了他们不成？"便要领了长安一同去索讨，长安抵死不肯去，七巧带着两个老妈子去了一趟回来了，据她自己铺叙，钱虽然没收回来，却也着实羞辱了那校长一场。长安以后在街上遇着了同学，脸上红一阵白一阵，无地自容，只得装做不看见，急急走了过去。朋友寄了信来，她拆也不敢拆，原封退了回去。她的学校生活就此告一结束。

有时她也觉得牺牲得有点不值得，暗自懊悔着，然而也来不及挽回了。她渐渐放弃了一切上进的思想，安分守己起来。她学会了挑是非，使小坏，干涉家里的行政。她不时地跟母亲怄气，可是她的言谈举止越来越像她母亲了。每逢她单叉着裤子，揸开了两腿坐着，两只手按在胯间露出的凳子上，歪着头，下巴搁在心口上凄凄惨惨瞅住了对面的人说道："一家有一家的苦处呀，表嫂——一家有一家的苦处！"——谁都说她是活脱的一个七巧。她打了一根辫子，眉眼的紧俏有似当年的七巧，可是她的小小的嘴过于瘪进去，仿佛显老一点。她再年青些也不过是一棵较嫩的雪里红——盐腌过的。

也有人来替她做媒。若是家境推扳一点的，七巧总疑心人家是贪她们的钱。若是那有财有势的，对方却又不十分热心，长安不过是中等姿色，她母亲出身既低，又有个不贤惠的名声，想必没有什么家教。因此高不成，低不就，一年一年耽搁了下去。那长白的婚事却不容耽搁。长白在外面赌钱，捧女戏子，七巧还没甚话说，后来渐渐跟着他三叔姜季泽逛起窑子来，七巧方才着了慌，手忙脚乱替他定亲，娶了一个袁家的小姐，小名芝寿。

行的是半新式的婚礼，红色盖头是蠲免了，新娘戴着蓝眼镜，粉红喜纱，穿着粉红彩绣裙袄。进了洞房,除去了眼镜,低着头坐在湖色帐幔里。闹新房的人围着打趣,七巧只看了一看便出来了。长安在门口赶上了她,悄悄笑道:“皮色倒白净,就是嘴唇太厚了些。”七巧把手撑着门,拔下一只金挖耳来搔搔头,冷笑道:“还说呢!你新嫂子这两片嘴唇,切切倒有一大碟子!”旁边一个太太便道:“说是嘴唇厚的人天性厚哇!”七巧哼了一声,将金挖耳指住了那太太,倒剔起一只眉毛,歪着嘴微微一笑道:“天性厚,并不是什么好话。当着姑娘们,我也不便多说——但愿咱们白哥儿这条命别送在她手里!”七巧天生着一副高爽的喉咙,现在因为苍老了些,不那么尖了,可是扁扁的依旧四面刮得人疼痛,像剃刀片。这两句话,说响不响,说轻也不轻。人丛里的新娘子的平板的脸与胸震了一震——多半是龙凤烛的火光的跳动。

三朝过后,七巧嫌新娘子笨,诸事不如意,每每向亲戚们诉说着。便有人劝道:“少奶奶年纪轻,二嫂少不得要费点心教导教导她。谁叫这孩子没心眼儿呢!”七巧啐道:“你别瞧咱们新少奶奶老实呀——一见了白哥儿,她就得去上马桶!真的!你信不信?”这话传到芝寿耳朵里,急得芝寿只待寻死。然而这还是没满月的时候,七巧还顾些脸面,后来索性这一类的话当着芝寿的面也说了起来,芝寿哭也不是,笑也不是,若是木着脸装不听见,七巧便一拍桌子嗟叹起来道:“在儿子媳妇手里吃口饭,可真不容易!动不动就给人脸子看!”

这天晚上,七巧躺着抽烟,长白盘踞在烟铺跟前的一张沙发椅上嗑瓜子,无线电里正唱着一出冷戏,他捧着戏考,一个字一个字跟着哼,哼上了劲,甩过一条腿去骑在椅背上,来回摇着打拍子。七巧伸过脚去踢了他一下道:“白哥儿你来替我装两筒。”长白道:“现放着烧烟的,偏要支使我!我手上有蜜是怎么着?”说着,伸了个懒腰,慢腾腾移身坐到烟灯前的小凳上,卷起了袖子。七巧笑道:“我把你这不孝的奴才!支使你,是抬举你!”她眯缝着眼望着他,这些年来她的生命里只有这一个男人,只有他,她不怕他想她的钱——横竖钱都是他的。可是,因为他是她的儿子,他这一个人还抵不了半个……现在,就连这半个人她也保留不住——他娶了亲。他是个瘦小白皙的年轻人,背有点驼,戴着金丝眼镜,有着工细的五官,时常茫然地微笑着,张着嘴,嘴里闪闪发着光的不知道是太多的唾沫水还是他的金牙。他敞着衣领,露出里面的珠羔里子和白小褂。七巧把一只脚搁在他肩膀上,不住的轻轻踢着他的脖子,低声道:“我把你这不孝的奴才!打几时起变得这么不孝了?”长安在旁笑道:“娶了媳妇忘了娘吗!”七巧道:“少胡说!我们白哥儿倒不是那们样的人!我也养不出那们样的儿子!”长白只是笑。七巧斜着眼看定了他,笑道:“你若还是我从前的白哥儿，你今儿替我烧一夜的烟！”长白笑道：“那可难不倒我！”七巧道：“盹着了，看我捶你！”

起坐间的帘子撤下送去洗濯了。隔着玻璃窗望出去，影影绰绰乌云里有个月亮，一搭黑，一搭白，像个戏剧化的狰狞的脸谱。一点，一点，月亮缓缓的从云里出来了，黑云底下透出一线炯炯的光，是面具底下的眼睛。天是无底洞的深青色。久已过了午夜了。长安早去睡了，长白打着烟泡，也前仰后合起来。七巧斟了杯浓茶给他，两人吃着蜜饯糖果，讨论着东邻西舍的隐私。七巧忽然含笑问道：“白哥儿你说，你媳妇儿好不好？”长白笑道：“这有什么可说的？”七巧道：“没有可批评的，想必是好的了？”长白笑着不做声。七巧道：“好，也有个怎么个好呀！”长白道：“谁说她好来着？”七巧道：“她不好？哪一点不好？说给娘听。”长白起初只是含糊对答，禁不起七巧再三盘问，只得吐露一二。旁边递茶递水的老妈子们都背过脸去笑得格格的，丫头们都掩着嘴忍着笑回避出去了。七巧又是咬牙，又是笑，又是喃喃咒骂，卸下烟斗来狠命磕里面的灰，敲得托托一片响。长白说溜了嘴，止不住要说下去，足足说了一夜。

次日清晨，七巧吩咐老妈子取过两床毯子来打发哥儿在烟榻上睡觉。这时芝寿也已经起了身，过来请安。七巧一夜没合眼，却是精神百倍，邀了几家女眷来打牌，亲家母也在内。在麻将桌上一五一十将她儿子亲口招供的她媳妇的秘密宣布了出来，略加渲染，越发有声有色。众人竭力地打岔，然而说不上两句闲话，七巧笑嘻嘻地转了个弯，又回到她媳妇身上来了。逼得芝寿的母亲脸皮紫涨，也无颜再见女儿，放下牌，乘了包车回去了。

七巧接连着教长白为她烧了两晚上的烟。芝寿直挺挺躺在床上，搁在肋骨上的两只手蜷曲着像死去的鸡的脚爪。她知道她婆婆又在那里盘问她丈夫，她知道她丈夫又在那里叙说一些什么事，可是天知道他还有什么新鲜的可说！明天他又该涎着脸到她跟前来了。也许他早料到她会把满腔的怨毒都结在他身上，就算她没本领跟他拼命，至不济也得质问他几句，闹上一场。多半他准备先声夺人，借酒盖住了脸，找点碴子，摔上两件东西。她知道他的脾气。末后他会坐到床沿上来，耸起肩膀，伸手到白绸小褂里面去抓痒，出人意料地一笑。他的金丝眼镜上抖动着一点光，他嘴里抖动着一点光，不知道是唾沫还是金牙。他摘去了他的眼镜。……芝寿猛然坐起身来，哗喇揭开了帐子，这是个疯狂的世界。丈夫不像个丈夫，婆婆也不像个婆婆。不是他们疯了，就是她疯了。今天晚上的月亮比哪一天都好，高高的一轮满月，万里无云，像是漆黑的天上一个白太阳。遍地的蓝影子，帐顶上也是蓝影子，她的一双脚也在那死寂的蓝影子里。

芝寿待要挂起帐子来，伸手去摸索帐钩，一只手臂吊在那铜钩上，脸偎住了肩膀，不由得就抽噎起来。帐子自动地放了下来。昏暗的帐子里除了她之外没有别人，然而她还是吃了一惊，仓皇地再度挂起了帐子。窗外还是那使人汗毛凛凛的反常的明月——漆黑的天上一个灼灼的小而白的太阳。屋里看得分明那玫瑰紫绣花椅披桌布，大红平金五凤齐飞的围屏，水红软缎对联，绣着盘花篆字。梳妆台上红绿丝网络着银粉缸，银漱盂，银花瓶，里面满满盛着喜果。帐檐上垂下五彩攒金绕绒花球，花盆，如意，粽子，下面滴溜溜坠着指头大的琉璃珠和尺来长的桃红穗子。偌大一间房里充塞着箱笼，被褥，铺陈，不见得她就找不出一条汗巾子来上吊。她又倒到床上去。月光里，她的脚没有一点血色——青，绿，紫，冷去的尸身的颜色。她想死，她想死。她怕这月亮光，又不敢开灯。明天她婆婆说："白哥儿给我多烧了两口烟，害得我们少奶奶一宿没睡觉，半夜三更点着灯等他回来——少不了他吗！"芝寿的眼泪顺着枕头不停地流，她不用手帕去擦眼睛，擦肿了，她婆婆又该说了："白哥儿一晚上没回房去睡，少奶奶就把眼睛哭得桃儿似的！"

七巧虽然把儿子媳妇描摹成这样热情的一对，长白对于芝寿却不甚中意，芝寿也把长白恨得牙痒痒的。夫妻不和，长白渐渐又往花街柳巷里走动。七巧把一个丫头绢儿给了他做小，还是牢笼不住他。七巧又变着方儿哄他吃烟。长白一向就喜欢玩两口，只是没上瘾，现在吸得多了，也就收了心不大往外跑了，只在家守着母亲与新姨太太。

他妹子长安二十四岁那年生了痢疾，七巧不替她延医服药，只劝她抽两筒鸦片，果然减轻了不少痛苦。病愈之后，也就上了瘾。那长安更与长白不同，未出阁的小姐，没有其它的消遣，一心一意的抽烟，抽的倒比长白还要多。也有人劝阻，七巧道："怕什么！莫说我们姜家还吃得起，就是我今天卖了两顷地给他们姐儿俩抽烟，又有谁敢放半个屁？姑娘赶明儿聘了人家，少不得有她这一份嫁妆。她吃自己的，喝自己的，姑爷就是舍不得，也只好干望着她罢了！"

话虽如此说，长安的婚事毕竟受了点影响。来做媒的本就不十分踊跃，如今竟绝迹了。长安到了近三十的时候，七巧见女儿注定了是要做老姑娘的了，便又换了一种论调，道："自己长得不好，嫁不掉，还怨我做娘的耽搁了她！成天挂搭着个脸，倒像我该她二百钱似的。我留她在家里吃一碗闲茶闲饭，可没打算留她在家里给我气受！"

姜季泽的女儿长馨过二十岁生日，长安去给她堂房妹子拜寿。那姜季泽虽然穷了，幸喜他交游广阔，手里还算兜得转。长馨背地里向她母亲道："妈想法子给安姐姐介绍个朋友罢，瞧她怪可怜的。还没提起家里的情形，眼圈儿就红了。"兰仙慌忙摇手道："罢！罢！这个媒我不敢做！你二妈那脾气是好惹的？"长馨年少好事，哪里理会得？歇了些时，偶然与同学们说起这件事，恰巧那同学有个表叔新从德国留学回来，也是北方人，仔细攀认起来，与姜家还沾着点老亲。那人名唤童世舫，叙起来比长安略大几岁。长馨竟自作主张，安排了一切，由那同学的母亲出面请客。长安这边瞒得家里铁桶相似。

七巧身子一向硬朗，只因她媳妇芝寿得了肺痨，七巧嫌她乔张做致，吃这个，吃那个，累又累不得，比寻常似乎多享了一些福，自己一赌气便也病了。起初不过是气虚血亏，却也将合家支使得团团转，哪儿还能够兼顾到芝寿？后来七巧认真得了病，卧床不起，越发鸡犬不宁。长安乘乱里便走开了，把裁缝唤到她三叔家里，由长馨出主意替她制了新装。赴宴的那天晚上，长馨先陪她到理发店去用钳子烫了头发，从天庭到鬓角一路密密贴着细小的发圈。耳朵上戴了二寸来长的玻璃翠宝塔坠子，又换上了苹果绿乔琪纱旗袍，高领圈，荷叶边袖子，腰以下是半西式的百褶裙。一个小大姐蹲在地上为她扣揿钮，长安在穿衣镜里端详着自己，忍不住将两臂虚虚地一伸，裙子一踢，摆了个葡萄仙子的姿势，一扭头笑了起来道："把我打扮得天女散花似的！"长馨在镜子里向那小大姐做了个媚眼，两人不约而同也都笑了起来。长安妆罢，便向高椅上端端正正坐下了。长馨道："我去打电话叫车。"长安道："还早呢！"长馨看了看表道："约的是八点，已经八点过五分了。"长安道："晚个半个钟头，想必也不碍事。"长馨猜她是存心要搭点架子，心中又好气又好笑，打开银丝手提包来检点了一下，借口说忘了带粉镜子，径自走到她母亲屋里来，如此这般告诉了一遍，又道："今儿又不是姓童的请客，她这架子是冲着谁搭的？我也懒得去劝她，由她挨到明儿早上去，也不干我事。"兰仙道："瞧你这糊涂！人是你约的，媒是你做的，你怎么卸得了这干系？我埋怨过你多少回了——你早该知道了，安姐儿就跟她娘一样的小家子气，不上台盘。待会儿出乖露丑的，说起来是你姐姐，你丢人也是活该，谁叫你把这些是是非非，揽上身来，敢是闲疯了？"长馨咕嘟着嘴在她母亲屋里坐了半晌，兰仙笑道："看这情形，你姐姐是等着人催请呢。"长馨道："我才不去催她呢！"兰仙道："傻丫头，要你催，中什么用？她等着那边来电话哪！"长馨失声笑道："又不是新娘子，要三请四催的，逼着上轿！"兰仙道："好歹你打个电话到饭店里去，叫他们打个电话来，不就结了？快九点了，再挨下去，事情可真要崩了！"长馨只得依言做去，这边方才动了身。

长安在汽车里还是兴兴头头，谈笑风生的，到菜馆子里，突然矜持起来，跟在长馨后面，悄悄掩进了房间，怯怯地褪去了苹果绿鸵鸟毛斗篷，低头端坐，拈了一只杏仁，每隔两分钟轻轻啃去了十分之一，缓缓咀嚼着。她是为了被看而来的。她觉得她浑身的装束，无懈可击，任凭人家多看两眼也不妨事，可是她的身体完全是多余的，缩也没处缩。她始终缄默着，吃完了一顿饭。等着上甜菜的时候，长馨把她拉到窗子跟前去观看街景，又托故走开了，那童世舫便踱到窗前，问道："姜小姐这儿来过么？"长安细声道："没有。"童世舫道："我也是第一次。菜倒是不坏，可是我还是吃不大惯。"长安道："吃不惯？"世舫道："可不是！外国菜比较清淡些，中国菜要油腻得多。刚回来，连着几天亲戚朋友们接风，很容易的就吃坏了肚子。"长安反复地看她的手指，仿佛一心一意要数数一共有几个指纹是螺形的，几个是畚箕……

玻璃窗上面，没来由开了小小的一朵霓虹灯的花——对过一家店面里反映过来的，绿心红瓣，是尼罗河祀神的莲花，又是法国王室的百合徽章……

世舫多年没见过故国的姑娘，觉得长安很有点楚楚可怜的韵致，倒有几分喜欢。他留学以前早就定了亲，只因他爱上了一个女同学，抵死反对家里的亲事，路远迢迢，打了无数的笔墨官司，几乎闹翻了脸，他父母曾经一度断绝了他的接济，使他吃了不少的苦，方才依了他，解了约。不幸他的女同学别有所恋，抛下了他，他失意之余，倒埋头读了七八年的书。他深信妻子还是旧式的好，也是由于反应作用。

和长安见了这一面之后，两下里都有了意。长馨想着送佛送到西天，自己再热心些，也没有资格出来向长安的母亲说话，只得央及兰仙。兰仙执意不肯道："你又不是不知道，你爹跟你二妈仇人似的，向来是不见面的。我虽然没跟她红过脸，再好些也有限。何苦去自讨没趣？"长安见了兰仙，只是垂泪，兰仙却不过情面，只得答应去走一遭。妯娌相见，问候了一番，兰仙便说明了来意。七巧初听见了，倒也欣然，因道："那就拜托了三妹妹罢！我病病哼哼的，也管不得了，偏劳了三妹妹。这丫头就是我的一块心病。我做娘的也不能说是对不起她了，行的是老法规矩，我替她裹脚，行的是新派规矩，我送她上学堂——还要怎么着？照我这样扒心扒肝调理出来的人，只要她不疤不麻不瞎，还会没人要吗？怎奈这丫头天生的是扶不起的阿斗，恨得我只嚷嚷：多咱我一闭眼去了，男婚女嫁，听天由命罢！"

当下议妥了，由兰仙请客，两方面相亲。长安与童世舫只做没见过面模样，又会晤了一次。七巧病在床上，没有出场，因此长安便风平浪静的订了婚。在筵席上，兰仙与长馨强行拉着长安的手，递到童世舫手里，世舫当众替她套上了戒指。女家也回了礼，文房四宝虽然免了，却用新式的丝绒文具盒来代替，又添上了一只手表。

订婚之后，长安遮遮掩掩竟和世舫单独出去了几次。晒着秋天的太阳，两人并排在公园里走着，很少说话，眼角里带着一点对方的衣服与移动着的脚，女子的粉香，男子的淡巴菰气，这单纯而可爱的印象便是他们身边的栏杆，栏杆把他们与众人隔开了。空旷的绿草地上，许多人跑着，笑着，谈着，可是他们走的是寂寂的绮丽的回廊——走不完的寂寂的回廊。不说话，长安并不感到任何缺陷。她以为新式的男女间的交际也就“尽于此矣”。童世舫呢，因为过去的痛苦的经验，对于思想的交换根本抱着怀疑的态度。有个人在身边，他也就满足了。从前，他顶讨厌小说上的男人，向女人要求同居的时候，只说：“请给我一点安慰。”安慰是纯粹精神上的，这里却做了肉欲的代名词。但是他现在知道精神与物质的界限不能分得这么清。言语究竟没有用。久久的握着手，就是较妥贴的安慰，因为会说话的人很少，真正有话说的人还要少。

有时在公园里遇着了雨，长安撑起了伞，世舫为她擎着。隔着半透明的蓝绸伞，千万粒雨珠闪着光，像一天的星。一天的星到处跟着他们，在水珠银烂的车窗上，汽车驰过了红灯，绿灯，窗子外营营飞着一窠红的星，又是一窠绿的星。

长安带了点星光下的乱梦回家来，人变得异常沉默了，时时微笑着。七巧见了，不由得有气，便冷言冷语道：“这些年来，多多怠慢了姑娘，不怪姑娘难得开个笑脸。这下子跳出了姜家的门，趁了心愿了，再快活些，可也别这么摆在脸上呀——叫人寒心！”依着长安素日的性子，就要回嘴，无如长安近来像换了个人似的，听了也不计较，自顾自努力去戒烟。七巧也奈何她不得。

长安订婚那天，大奶奶玳珍没去，隔了些天来补道喜。七巧悄悄唤了声大嫂，道：“我看咱们还得在外头打听打听哩，这事可冒失不得！前天我耳朵里仿佛刮着一点，说是乡下有太太，外洋还有一个。”玳珍道：“乡下的那个没过门就退了亲。外洋那个也是这样，说是做了几年的朋友了，不知怎么又没成功。”七巧道：“那还有个为什么？男人的心，说声变，就变了。他连三媒六聘的还不认账，何况那不三不四的歪辣货？知道他在外洋还有旁人没有？我就只这一个女儿，可不能糊里糊涂断送了她的终身，我自己是吃过媒人的苦的！”

长安坐在一旁用指甲去掐手掌心，手掌心掐红了，指甲却掐得雪白。七巧一抬眼望见了她，便骂道：“死不要脸的丫头，竖着耳朵听呢！这话是你听得的么？我们做姑娘的时候，一声提起婆婆家，来不迭地躲开了。你姜家枉为世代书香，只怕你还要到你开麻油店的外婆家去学点规矩哩！”长安一头哭一头奔了出去。七巧拍着枕头嗐了一声道：“姑娘急着要嫁，叫我也没法子。腥的臭的往家里拉。名为是她三婶给找的人，其实不过是拿她三婶做个幌子。多半是生米煮成了熟饭了，这才挽了三婶出来做媒。大家齐打伙儿糊弄我一个人……糊弄着也好！说穿了，叫做娘的做哥哥的脸往哪儿去放？”

又一天，长安托辞溜了出去，回来的时候，不等七巧查问，待要报告自己的行踪，七巧叱道：“得了，得了，少说两句罢！在我面前糊什么鬼？有朝一日你让我抓着了真凭实据——哼！别以为你大了，订了亲了，我打不得你了！”长安急了道：“我给馨妹妹送鞋样子去，犯了什么法了，娘不信，娘问三婶去！”七巧道：“你三婶替你寻了汉子来，就是你的重生父母，再养爹娘！也没见你这样的轻骨头！……一转眼就不见你的人了。你家里供养了你这些年，就只差买个小厮来伺候你，哪一处对你不住了，你在家里一刻也坐不稳？”长安红了脸，眼泪直掉下来。七巧缓过一口气来，又道：“当初多少好的都不要，这会子去嫁个不成器的，人家拣剩下来的，岂不是自己打嘴？他若是个人，怎么活到三十来岁，飘洋过海的，跑上十万里地，一房老婆还没弄到手？”

然而长安一味的执迷不悟。因为双方的年纪都不小了，订了婚不上几个月，男方便托了兰仙来议定婚期。七巧指着长安道：“早不嫁，迟不嫁，偏赶着这两年钱不凑手！明年若是田上收成好些，嫁妆也还整齐些。”兰仙道：“如今新式结婚，倒也不讲究这些了。就照新派办法，省着点也好。”七巧道：“什么新派旧派？旧派无非排场大些，新派实惠些，一样还是娘家的晦气！”兰仙道：“二嫂看着办就是了，难道安姐儿还会争多论少不成？”一屋子的人全笑了，长安也不觉微微一笑。七巧破口骂道：“不害臊！你是肚子里有了搁不住的东西是怎么着？火烧眉毛，等不及的要过门！嫁妆也不要了——你情愿，人家倒许不情愿呢？你就拿准了他是图你的人？你好不自量，你有哪一点叫人看得上眼？趁早别自骗自了！姓童的还不是看上了姜家的门第！别瞧你们家轰轰烈烈，公侯将相的，其实全不是那么回事！早就是外强中干，这两年连空架子也撑不起了。人呢，一代坏似一代，眼里哪儿还有天地君亲？少爷们是什么都不懂，小姐们就知道霸钱要男人——猪狗都不如！我娘家当初千不该万不该跟姜家结了亲，坑了我一世，我待要告诉那姓童的趁早别像我似的上了当！”

自从吵闹过这一番，兰仙对于这头亲事便洗手不管了。七巧的病渐渐痊愈，略略下床走动，便逐日骑着门坐着，遥遥的向长安屋里叫喊道：“你要野男人你尽管去找，只别把他带上门来认我做丈母娘，活活的气死了我！我只图个眼不见，心不烦。能够容我多活两年，便是姑娘的恩典了！”颠来倒去几句话，嚷得一条街上都听得见。亲戚丛中自然更将这事沸沸扬扬传了开去。

七巧又把长安唤到跟前，忽然滴下泪来道：“我的儿，你知道外头人把你怎么长怎么短糟蹋得 个钱也不值！你娘自从嫁到姜家来，上上下下谁不是势利的，狗眼看人低，明里暗里我不知受了他们多少气。就连你爹，他有什么好处到我身上，我要替他守寡？我千辛万苦守了这二十年，无非是指望你姐儿俩长大成人，替我争回一点面子来，不承望今日之下，只落得这等的收场！”说着，呜咽起来。

长安听了这话，如同轰雷掣顶一般。她娘尽管把她说得不成人，外头人尽管把她说得不成人。她管不了这许多。唯有童世舫——他——他该怎么想？他还要她么？上次见面的时候，他的态度有点改变么？很难说……她太快乐了，小小的不同的地方她不会注意到……被戒烟期间身体上的痛苦与这种种刺激两面夹攻着，长安早就有点受不了，可是硬撑着也就撑了过去，现在她突然觉得浑身的骨骼都脱了节。向他解释么？他不比她的哥哥，他不是她母亲的儿女，他决不能彻底明白她母亲的为人。他果真一辈子见不到她母亲，倒也罢了，可是他迟早要认识七巧。这是天长地久的事，只有千年做贼的，没有千年防贼的——她知道她母亲会放出什么手段来？迟早要出乱子，迟早要决裂。这是她的生命里顶完美的一段，与其让别人给它加上一个不堪的尾巴，不如她自己早早结束了它。一个美丽而苍凉的手势……她知道她会懊悔的，她知道她会懊悔的，然而她抬了抬眉毛，做出不介意的样子，说道：“既然娘不愿意结这头亲，我去回掉他们就是了。”七巧正哭着，忽然住了声，停了一停，又抽搭抽搭哭了起来。

长安定了一定神，就去打了个电话给童世舫，世舫当天没有空，约了明天下午。长安所最怕的就是中间隔的这一晚，一分钟，一刻，一刻，啃进她心里去。次日，在公园里的老地方，世舫微笑着迎上前来，没跟她打招呼——这在他是一种亲昵的表示。他今天仿佛是特别的注意她，并肩走着的时候，屡屡地望着她的脸。太阳煌煌的照着，长安越发觉得眼皮肿得抬不起来了，趁他不在看她的时候把话说了罢。她用哭哑的喉咙轻轻唤了一声“童先生”。世舫没听见。那么，趁他看她的时候把话说了罢。她诧异她脸上还带着点笑，小声道：“童先生，我想——我们的事也许还是——还是再说罢。对不起得很。”她褪下戒指来塞在他手里，冷涩的戒指，冷湿的手。她放快了步子走去，他愣了一会，便追上来，问道：“为什么呢？对于我有不满意的地方么？”长安笔直向前望着，摇了摇头。世舫道：“那么，为什么呢？”长安道：“我母亲……”

世舫道:“你母亲并没有看见过我。”长安道:“我告诉过你了,不是因为你。与你完全没有关系。我母亲……”世舫站定了脚。这在中国是很充分的理由了罢?他这么略一踌躇,她已经走远了。

园子在深秋的日头里晒了一上午又一下午,像烂熟的水果一般,往下坠着,坠着,发出香味来。长安悠悠忽忽听见了口琴的声音,迟钝地吹出了“Long,LongAgo”——“告诉我那故事,往日我最心爱的那故事。许久以前,许久以前……”这是现在,一转眼也就变了许久以前了,什么都完了。长安着了魔似的,去找那吹口琴的人——去找她自己。迎着阳光走着,走到树底下,一个穿着黄短裤的男孩骑在树桠枝上颠颠着,吹着口琴,可是他吹的是另一个调子,她从来没听见过的。不大的一棵树,稀稀朗朗的梧桐叶在太阳里摇着像金的铃铛。长安仰面看着,眼前一阵黑,像骤雨似的,泪珠一串串的披了一脸。世舫找到了她,在她身边悄悄站了半晌,方道:“我尊重你的意见。”长安举起了她的皮包来遮住了脸上的阳光。

他们继续来往了一些时。世舫要表示新人物交女朋友的目的不仅限于择偶,因此虽然与长安解除了婚约,依旧常常的邀她出去。至于长安呢,她是抱着什么样的矛盾的希望跟着他出去,她自己也不知道——知道了也不肯承认。订着婚的时候,光明正大的一同出去,尚且要瞒了家里,如今更成了幽期密约了。世舫的态度始终是坦然的。固然,她略略伤害了他的自尊心,同时他对于她多少也有点惋惜,然而“大丈夫何患无妻?”男子对于女子最隆重的赞美是求婚。他割舍了他的自由,送了她这一份厚礼,虽然她是“心领璧还”了,他可是尽了他的心。这是惠而不费的事。

无论两人之间的关系是怎样的微妙而尴尬,他们认真的做起朋友来了。他们甚至谈起话来。长安的没见过世面的话每每使世舫笑起来,说:“你这人真有意思!”长安渐渐的也发现了她自己原来是个“很有意思”的人。这样下去,事情会发展到什么地步,连世舫自己也会惊奇。

然而风声吹到了七巧耳朵里。七巧背着长安吩咐长白下帖子请童世舫吃便饭。世舫猜着姜家是要警告他一声,不准他和他们小姐藕断丝连,可是他同长白在那阴森高敞的餐室里吃了两盅酒,说了一回话,天气,时局,风土人情,并没有一个字沾到长安身上,冷盘撤了下去,长白突然手按着桌子站了起来。世舫回过头去,只见门口背着光立着一个小身材的老太太,脸看不清楚,穿一件青灰团龙宫织缎袍,双手捧着大红热水袋,身旁夹峙着两个高大的女仆。门外日色昏黄,楼梯上铺着湖绿花格子漆布地衣,一级一级上去,通入没有光的所在。世舫直觉地感到那是个疯人——无缘无故的,他只是毛骨悚然。长白介绍道："这就是家母。"

世舫挪开椅子站起来，鞠了一躬。七巧将手搭在一个佣妇的胳膊上，款款走了进来，客套了几句，坐下来便敬酒让菜。长白道："妹妹呢？来了客，也不帮着张罗张罗。"七巧道："她再抽两筒就下来了。"世舫吃了一惊，睁眼望着她。七巧忙解释道："这孩子就苦在先天不足，下地就得给她喷烟。后来也是为了病，抽上了这东西。小姐家，够多不方便哪！也不是没戒过，身子又娇，又是由着性儿惯了的，说丢，哪儿就丢得掉呀？戒戒抽抽，这也有十年了。"世舫不由得变了色。七巧有一个疯子的审慎与机智。她知道，一不留心，人们就会用嘲笑的，不信任的眼光截断了她的话锋，她已经习惯了那种痛苦。她怕话说多了要被人看穿了。因此及早止住了自己，忙着添酒布菜。隔了些时，再提起长安的时候，她还是轻描淡写的把那几句话重复了一遍。她那平扁而尖利的喉咙四面割着人像剃刀片。

长安悄悄地走下楼来，玄色花绣鞋与白丝袜停留在日色昏黄的楼梯上。停了一会，又上去了。一级一级，走进没有光的所在。

七巧道："长白你陪童先生多喝两杯，我先上去了。"佣人端上一品锅来，又换上了新烫的竹叶青。一个丫头慌里慌张站在门口将席上伺候的小厮唤了出去，嘀咕了一会，那小厮又进来向长白附耳说了几句，长白仓皇起身，向世舫连连道歉，说："暂且失陪，我去去就来。"三脚两步也上楼去了，只剩下世舫一人独酌。那小厮也觉过意不去，低低地告诉了他："我们绢姑娘要生了。"世舫道："绢姑娘是谁？"小厮道："是少爷的姨奶奶。"

世舫拿上饭来胡乱吃了两口，不便放下碗来就走，只得坐在花梨炕上等着，酒酣耳热。忽然觉得异常的委顿，便躺了下来。卷着云头的花梨炕，冰凉的黄藤心子，柚子的寒香……姨奶奶添了孩子了。这就是他所怀念着的古中国……他的幽娴贞静的中国闺秀是抽鸦片的！他坐了起来，双手托着头，感到了难堪的落寞。

他取了帽子出门，向那小厮道："待会儿请你对上头说一声，改天我再面谢罢！"他穿过砖砌的天井，院子正中生着树，一树的枯枝高高印在淡青的天上，像瓷上的冰纹。长安静静的跟在他后面送了出来。她的藏青长袖旗袍上有着浅黄的雏菊。她两手交握着，脸上现出稀有的柔和。世舫回过身来道："姜小姐……"她隔得远远的站定了，只是垂着头。世舫微微鞠了一躬，转身就走了。长安觉得她是隔了相当的距离看这太阳里的庭院，从高楼上望下来，明晰，亲切，然而没有能力干涉，天井，树，曳着萧条的影子的两个人，没有话——不多的一点回忆，将来是要装在水晶瓶里双手捧着看的——她的最初也是最后的爱。

芝寿直挺挺躺在床上，搁在肋骨上的两只手蜷曲着像宰了的鸡的脚爪。帐子吊起了一半。不分昼夜她不让他们给她放下帐子来。她怕。

外面传进来说绢姑娘生了个小少爷。丫头丢下了热气腾腾的药罐子跑出去凑热闹了，敞着房门，一阵风吹了进来，帐钩豁朗朗乱摇，帐子自动地放了下来，然而芝寿不再抗议了。她的头向右一歪，滚到枕头外面去。她并没有死——又挨了半个月光景才死的。

绢姑娘扶了正，做了芝寿的替身。扶了正不上一年就吞了生鸦片自杀了。长白不敢再娶了，只在妓院里走走。长安更是早就断了结婚的念头。

七巧似睡非睡横在烟铺上。三十年来她戴着黄金的枷。她用那沉重的枷角劈杀了几个人，没死的也送了半条命。她知道她儿子女儿恨毒了她，她婆家的人恨她，她娘家的人恨她。她摸索着腕上的翠玉镯子，徐徐将那镯子顺着骨瘦如柴的手臂往上推，一直推到腋下。她自己也不能相信她年轻的时候有过滚圆的胳膊。就连出了嫁之后几年，镯子里也只塞得进一条洋绉手帕。十八九岁做姑娘的时候，高高挽起了大镶大滚的蓝夏布衫袖，露出一双雪白的手腕，上街买菜去。喜欢她的有肉店里的朝禄，她哥哥的结拜弟兄丁玉根，张少泉，还有沈裁缝的儿子。喜欢她，也许只是喜欢跟她开开玩笑，然而如果她挑中了他们之中的一个，往后日子久了，生了孩子，男人多少对她有点真心。七巧挪了挪头底下的荷叶边小洋枕，凑上脸去揉擦了一下，那一面的一滴眼泪她就懒怠去揩拭，由它挂在腮上，渐渐自己干了。

七巧过世以后，长安和长白分了家搬出来住。七巧的女儿是不难解决她自己的问题的。谣言说她和一个男子在街上一同走，停在摊子跟前，他为她买了一双吊袜带。也许她用的是她自己的钱，可是无论如何是由男子的袋里掏出来的。……当然这不过是谣言。

三十年前的月亮早已沉了下去，三十年前的人也死了，然而三十年前的故事还没完——完不了。

（选自《传奇》，上海“杂志社”印行 1944 年版）

思考练习

1.简析主人公曹七巧的心理变态过程。

2.结合作品，论析张爱玲小说创作的独特风格。

相关链接

结构，节奏，色彩，在这件作品里不用说有了最幸运的成就。特别值得一提的，还有下列几点：

第一是作者的心理分析，并不是采用冗长的独白或枯索繁琐的解剖，她利用暗示，把动作、言语、心理三者打成一片。……

第二是作者的节略法(racconrci)的运用：……这是电影的手法：空间与时间，模模糊糊淡下去了，又隐隐约约浮上来了。巧妙的转调技术！

第三是作者的风格。这原是首先引起读者注意和赞美的部分。外表的美永远比内在的美容易发见。何况是那么色彩鲜明，收得住，泼得出的文章！新旧文字的糅合，新旧意境的交错，在本篇里正是恰到好处。仿佛这利落痛快的文字是天造地设的一般，老早摆在那里，预备来叙述这幕悲剧的。譬喻的巧妙，形象的入画，固是作者风格的特色，但在完成整个作品上，从没像在这篇里那样的尽其效用。……

毫无疑问，《金锁记》是张女士截至目前的最完满之作，颇有《狂人日记》中某些故事的风味。至少也该列为我们文坛最美的收获之一。

（引自傅雷《论张爱玲的小说》，《张爱玲文集》第 4 卷，安徽文艺出版社 1992 年版）

王蒙小说

王　蒙

作者简介

王蒙，河北南皮人，1934 年生于北京。上中学时曾参加过中国共产党领导的城市地下工作。1948 年加入中国共产党。1950 年从事青年团区委工作。1953 年创作了长篇小说《青春万岁》。1956 年发表短篇小说《组织部新来的年轻人》。1962 年被调至北京师范学院任教。1963 年起赴新疆生活、工作十多年。1978 年被调至北京市作协。后任《人民文学》主编、中国作协副主席、中共中央委员、文化部部长、国际笔会中心中国分会副会长等职。小说集有《冬雨》《坚硬的稀粥》《加拿大的月亮》等。作品被译成英、俄、日等多种文字在国外出版。

作品导读

《春之声》是王蒙 1979—1980 年连续创作的被称为"集束手榴弹"的六篇小说之一，曾荣获 1980 年全国优秀短篇小说奖。不同于传统小说的叙述方式，这篇小说主要以人物的心理意识流程来结构全文，主要写的是工程物理学家岳之峰从国外考察回来坐闷罐子车返回故乡时的所见所闻和所思所感，体现了王蒙的"把面向世界和面向内心结合起来"的文学主张。对出国考察的联想、对故乡的印象、对父亲的怀念、对旅客身世的猜测、由音乐引起的感想等纷至沓来，统一于主人公松弛而自然的意识活动中。这种意识流的写法增加了小说的内涵和密度，过去和现在、中国和外国、城市和乡村等都不留痕迹地在这么短的篇幅里显现出来。本文反映了时代的变化、国家的发展，以及岳之峰那一代知识分子的真实心声。

春之声(存目)

思考练习

1.谈谈工程物理学家岳之峰回家探亲的感触。

2.简析作品的艺术特色。

相关链接

在艺术上,王蒙不断探索创新。他在学习借鉴西方现代派文艺的基础上,率先借鉴了西方意识流手法,对旧的结构形式进行了改造。如《春之声》所使用的就是意识流小说中较典型的放射型结构。人物的思绪在广袤的时空中大幅度跳跃,显得非常灵活自如。然而王蒙在本质上是一个现实主义作家,他不愿意在借鉴意识流手法时留下过多模仿的痕迹。经过一段时间的探索,王蒙的小说又有了明显变化,他尝试以现实主义为主体,以意识流技巧为辅助手段,将二者有机地结合起来,创造出一种被称为“心理现实主义”的小说。这种小说的主体仍是人物和故事,但侧重于人物的心理描写;在注重事件逻辑联系的基础上,有限使用时空间的自由组合。如在《相见时难》中,作者就更注重事件之间内在的逻辑关系,不同段落之间的联系更加清晰;而每一个段落内部,基本是按自然顺序组织的。在叙述方式上,他将传统的第三人称全知叙述与意识流的内心分析、感觉分析和内心独白相结合,不同手法之间的过渡转换自然,显示了作者运用意识流手法趋于圆熟。

(引自王庆生《中国当代文学史》,高等教育出版社 2003 年版)

白先勇小说

白先勇

作者简介

白先勇，回族，1937年生于广西桂林，中国台湾当代著名作家。白先勇7岁时，经医生诊断患有肺结核，不能就学。因此他的童年时间多半独自度过。抗日战争时他与家人到过重庆、上海和南京，后来于1948年迁居香港，就读于喇沙书院。1952年移居台湾。1956年在“建国”中学毕业后，入台湾省立成功大学水利工程学系。翌年转至台湾大学外国文学系，改读英国文学。1958年，他在《文学杂志》上发表了第一篇短篇小说《金大奶奶》。两年后，他与台湾大学的同学欧阳子、陈若曦、王文兴等共同创办了《现代文学》杂志，并在此发表了《月梦》《玉卿嫂》《毕业》等多篇小说。1962年，他飞往美国艾奥瓦大学的作家工作室学习文学理论和创作研究。1965年，取得艾奥瓦大学硕士学位后，白先勇到加州大学圣塔芭芭拉分校教授中国语文及文学，并在那里定居。白先勇出版有短篇小说集《寂寞的十七岁》《台北人》《纽约客》，散文集《蓦然回首》，长篇小说《孽子》等。白先勇吸收了西方现代文学的写作技巧，并将其融入中国传统的表现方式之中，描写新旧交替时代人物的故事和生活，富有历史兴衰和人世沧桑感。

作品导读

《游园惊梦》发表于1967年台湾《现代文学》第30期，后收入短篇小说集《台北人》。1981年改编成同名舞台剧，在美国和中国台湾演出并获得巨大成功。《游园惊梦》在海内外获得广泛好评，评论家欧阳子甚至宣称：“在中国文学史上，就中短篇小说类型来论，白先勇的《游园惊梦》是最精彩最杰出的一个创作品。”白先勇自己说这是他

“整个写下来,最苦、最美的一篇”。小说从总体构思到具体描写都受到昆曲《游园惊梦》以及《红楼梦》《牡丹亭》等古典文学作品的影响。白先勇曾在《〈游园惊梦〉小说与戏剧》一文中说:“由于昆曲《游园惊梦》以及传奇《牡丹亭》的激发,我便试图用小说的形式来表现这两出戏的境界,这便是我最初写《游园惊梦》的创作动机。”白先勇是国民党高级将领白崇禧之子,小说表现出来的曲终人散的苍凉、世事无常的沧桑等明显与他独特的人生经历和生命体验密切相关。这是一曲“飘零者的哀歌”。

游园惊梦(存目)

思考练习

1.小说的题目借用了明代剧作家汤显祖的《牡丹亭》的第十出《惊梦》及剧中游后花园的情节,也直接借鉴了昆曲《游园惊梦》的题名,文中引用的一些曲牌名,比如《夜深沉》《将军令》《万年欢》《点绛唇》等,也都与情节、人物的感叹有多向的微妙联系,请你联系戏剧《牡丹亭·惊梦》,谈谈你对两个作品之间关系的理解。

2.仔细阅读文本,分析作家在继承古典小说的表现技巧上又有哪些新的突破。

相关链接

白先勇的小说具有浓郁的感伤主义色彩。在他的作品中,流露出郁结在作者心中的无限的哀愁和悲天悯人的情怀。构成他作品的感伤主义色彩,有两个主要因素:一是作者对他笔下人物的没落所发出的一种悲叹。作者描写他笔下的“过气英雄”昔日的“显赫”时,常常表现出无限的依恋,对他们的没落感到惋惜,因而为他们的灭亡唱出一曲曲哀痛的挽歌。作者认为,这些人物的灭亡完全是由一个人的命运决定的,或者是前世的“冤孽”,从而认为人生无常,生死有定,一切都是空的,表现出浓厚的虚无主义和宿命论思想,给作品增添了一层神秘主义的色彩,这也反映了作者浓厚的佛家思想。二是他的作品描写了台湾人民和海外华人所共有的“乡愁”——怀念祖国、故土、亲人的乡愁。这种乡愁,既有上层人物的乡愁(如《游园惊梦》),也有中层人物的乡愁(如《冬夜》),还有下层人物的乡愁(如《那一片血一般红的杜鹃花》)。

(引自王庆生《中国当代文学史》,高等教育出版社 2003 年版)

高晓声小说

高晓声

作者简介

高晓声(1928—1999),出生在江苏武进的一个农民家庭。从小酷爱文学,受古典名著熏陶。中学时代由于经济原因曾三次中断学业。1948年考入上海法学院经济系。1949年入苏南新闻专科学校,次年毕业。先后在苏南文联、江苏省文化局从事群众文化工作,在《新华日报》文艺副刊任编辑。1957年与方之、陆文夫、叶至诚等江苏青年文艺工作者发起成立"探索者"文学社团。1979年重返文坛,任中国作协理事、江苏作协分会副主席。1980年发表的小说《陈奂生上城》,因塑造了陈奂生这一继"阿Q"之后的典型农民形象而获得高度评价。

作品导读

《陈奂生上城》发表于《人民文学》1980年第2期。高晓声以他的"陈奂生系列"小说勾勒出中国农村经济改革发展的历史过程,《陈奂生上城》是这个系列中最精彩的一篇。小说通过描写主人公陈奂生上城卖油绳、买帽子、住招待所的几件小事,生动地刻画出一个类似于"阿Q"的新旧转型时期的农民形象,深刻地揭示了农民在改革开放的历史进程中精神和心理上发生的变化。高晓声延续着鲁迅对国民性的思考,同样也体现出"哀其不幸,怒其不争"的基本态度。小说采用传统与现代结合的叙事方式,既借鉴了民间说书艺术的一些技巧,又吸收了现代小说的表现手法,心理刻画逼真而深刻。总体风格朴实、明朗、幽默,温厚的嘲讽使人产生含泪的笑。

陈奂生上城(存目)

思考练习

1.简析陈奂生这一典型农民形象的性格特征。

2.分析这篇小说的创作特色。

相关链接

陈奂生的精神,典型地表现了中国广大的农民阶层身上存在的复杂的精神现象。他的形象是一幅处于软弱的没有自主权的小生产者的画像,包容着丰富的内容,具有现实感和历史感,是历史传统和现实变革相交融的社会现象的文学典型。作者对陈奂生既抱有同情,又对他的精神重荷予以善意的嘲讽,发出沉重的慨叹,这种对农民性格心理的辩证态度,颇具鲁迅对中国"国民性"的"哀其不幸,怒其不争"的精神传统。

[引自陈思和《中国当代文学史教程》(第 2 版),复旦大学出版社 2006 年版]

路遥小说

路 遥

作者简介

路遥(1949—1992),中国当代作家,生于陕北榆林清涧县一个农民家庭,其代表作《平凡的世界》以恢宏的气势和史诗般的品格,全景式地展现了改革时代中国城乡的社会生活和人们思想情感的巨大变化,该作获得第三届茅盾文学奖。1992年,路遥因肝病早逝,年仅42岁。

作品导读

《平凡的世界》是中国作家路遥创作的一部百万字的小说。这是一部全景式地表现中国当代城乡社会生活的长篇小说,全书共三部。该书以中国20世纪70年代中期到80年代中期的10年为背景,以孙少安和孙少平两兄弟为中心,通过复杂的矛盾纠葛,刻画了当时社会各阶层众多普通人的形象;劳动与爱情、挫折与追求、痛苦与欢乐、日常生活与巨大社会冲突纷繁地交织在一起,深刻地展示了普通人在大时代历史进程中所走过的艰难曲折的道路。

平凡的世界(存目)

思考练习

1.简述作品的思想意蕴。

2.分析作品的艺术特色。

相关链接

《平凡的世界》是路遥给中国文学创造的神话，不仅是一个呈现在眼前的小说世界，以及他笔下的人物栩栩如生地活在我们中间，而且还打开一扇精神世界的大门，人生格局就此改变：空阔、宽容、坚硬、柔软、写实，这是一部集大成的作品。（纪录片《路遥》制片人吴建荣评价）

《平凡的世界》是茅盾文学奖皇冠上的明珠，激励千万青年的不朽经典，最受老师和学生喜爱的新课标必读书。路遥获得了这个世界里数以亿计的普通人的尊敬和崇拜，他沟通了这个世界的人们和地球人类的情感。（陈忠实评价）

陈忠实小说

陈忠实

作者简介

陈忠实(1942—2016),西安人。1962年高中毕业后,曾先后在小学、中学工作16年。1978年7月,在西安郊区毛西公社工作。1980年3月后,曾先后在西安郊区文化馆、西安市灞桥区文化馆工作。1982年11月以来,在陕西作家协会工作。陈忠实擅写农村题材的作品,其创作主要是表现陕西关中地区在新中国成立后各个历史时期的农村生活和农民的精神状态。他从1965年初开始发表文学作品,1979年以来发表中篇小说9部,短篇小说80余篇,还有报告文学、散文等。已出版短篇小说集《乡村》《到老白杨树背后去》,中篇小说集《初夏》《四妹子》,文论集《创作感受谈》,散文集《告别白鸽》以及《陈忠实小说自选集》(3卷)、《陈忠实文集》(5卷)等。曾十余次获得《当代》《人民文学》《长城》《求是》《长江文艺》等各大刊物奖。陈忠实是中国西部文坛的代表作家之一,其代表作长篇小说《白鹿原》1993年6月出版后,享誉海内外,1997年该小说获得第四届茅盾文学奖。

作品导读

小说《白鹿原》描绘了一个广阔的历史画面,它以陕西关中平原上素有"仁义村"之称的白鹿村为背景,细腻地描写了白姓和鹿姓两大家族祖孙三代从清末民初到新中国建立之初半个多世纪的恩怨纷争,深刻地描绘了白鹿原上半个多世纪的风云变幻,以小社会隐喻和概括大社会。全书浓缩着深沉的民族历史内涵,具有令人震撼的真实感和厚重的史诗风格。小说描写的“仁义白鹿村”本是儒家精神理想的标本，但是，一方面是仁爱、道义、操守这些儒家行为规范对乡民精神人格的塑造、导引，另一方面却是在“仁义”的幌子下不断上演的丑剧、闹剧与历史悲剧、人性悲剧。小说情节曲折，富于变化，创造了白嘉轩等一系列具有复杂性格内涵的典型人物。小说以现实主义创作方法为主，同时对西方的现代派手法有所借鉴。小说的语言鲜活传神，其中更值得咀嚼的是长句铺叙，壮文势、广文义。无论叙事、状物、议论，都充分显现了大气磅礴之势。《白鹿原》以其厚重深邃的思想内容、复杂多变的人物性格、跌宕曲折的故事情节、绚丽多彩的风土人情，形成鲜明的艺术特色，是一部不可多得的长篇力作。

白鹿原（存目）

思考练习

1.分析《白鹿原》中“白鹿”的象征意义。

2.分析《白鹿原》中白嘉轩的形象。

相关链接

“白鹿原”这个世界的存在是客观的。人类在这道“原”上和“原”下繁衍生息了不知几千年。这道“原”，东边不过 10 公里处是距今 6000 多年的新石器时代仰韶文化典型代表的半坡人生活遗址，“原”上也有此一时期人类生活的遗物发现。我曾长期生活和工作在这道“原”的北坡根下，却对此熟视无睹，只是关注着“原”上“原”下人在公社体制解体前和解体后的生活变化，希望在这里能够发现一个“上城的陈奂生”或是“造屋的李顺大”。我真正把探视的眼光集中到这道“原”的昨天的历史，是 1985 年。可以说我发现了现实生活里的白鹿原这个非同寻常的世界。尽力去理解和感受，才写成了小说《白鹿原》。这自然是我构建的一道“原”了，且不敢说是创造。

当初构思和写作《白鹿原》，目的很明确，就是想写出封建帝制解体后，以根深蒂固的封建文化、封建理念结构着心理形态的白鹿原上的男人和女人，面对迎面而来的新的思想、新的文化、新的理念的冲击，原有的文化心理结构被搅乱被打碎，以新的文化、新的思想重新完成心理结构的新生的艰难痛苦。这个过程被称作心理剥离。人的文化心理结构打碎和重建的心理过程，很难一次完成，每个人物在这个过程中都会经历起码不止“一个故事”。白鹿原这一方社会，整个都在发生着打碎和重构，更不会是一次性完成的。这样，这道“原”在近 50 年间经历了一次又一次的事件，这道“原”上的人也必然经受一次又一次的精神和心理的剥离过程，故事就一桩接一桩地发生了……

（引自陈忠实《〈白鹿原〉与我》，新华网 2012 年 8 月 13 日）

张贤亮小说

张贤亮

作者简介

张贤亮(1936—2014),生于南京,祖籍江苏盱眙。早在20世纪50年代初读中学时即开始进行文学创作,1955年从北京来到宁夏,先当农民后任教员。1957年因在反右运动中发表诗歌《大风歌》被划为"右派分子",被押送农场"劳动改造"长达22年。1979年十一届三中全会后获改正错划并恢复名誉,重新开始创作小说、散文、评论、电影剧本,成为中国当代重要作家之一。1992年12月在邓小平"南方谈话"后创办宁夏华夏西部影视城公司,担任董事长。张贤亮的主要文学成就集中于从改革开放后的"伤痕文学"时期开始到20世纪末的这一创作时期。其代表作有:短篇小说《灵与肉》《邢老汉和狗的故事》《肖尔布拉克》《初吻》等;中篇小说《河的子孙》《龙种》《土牢情话》《无法苏醒》《早安朋友》《浪漫的黑炮》《绿化树》等;长篇小说《男人的风格》《男人的一半是女人》《习惯死亡》《我的菩提树》,以及长篇文学性政论随笔《小说中国》;散文集《飞越欧罗巴》《边缘小品》《小说编余》《追求智慧》等。曾三次获得全国优秀小说奖(1980年的《灵与肉》、1983年的《肖尔布拉克》、1984年的《绿化树》),多次获得全国性文学刊物奖,有9部小说被改编成电影、电视剧。

作品导读

《灵与肉》不同于一般的"伤痕文学"作品,它在展示"伤痕"的同时,着重表现了生活的美、劳动的美、精神的美,从而唤起了读者心中健康向上的艺术美感,使其对生活更有信心。小说从感情深处真切而细密地勾画人物的灵魂:在逆境中既蒙上过消沉委顿的阴影，又显露出刚强性格的闪光；既承受过孤独、寂寞的苦楚，又获得了人间友爱的抚慰。作者以深刻的感受力和敏锐的观察力看到了生活深处的辩证法，写出了生活本身所具有的不可分割的甜与苦，写出了生活的复杂性。《灵与肉》与作者的其他作品不同，它的时间长、背景大、场面多，人物也不少，很容易平铺直叙或拉成中篇、长篇，作者采取的处理方式是：选取不多的几个场景，加强对主人公心理活动的描写，让想象展开翅膀，让情绪和情节在尖锐对比中发展。小说虽没有华丽的辞藻却细腻生动、感人至深。

灵与肉（存目）

思考练习

1.分析《灵与肉》中许灵均的形象。

2.分析《灵与肉》中的苦难意识。

相关链接

诚如李泽厚所说，小说《灵与肉》并不是装修人类心灵千百年中的一个“小”作品，如果我们的心灵需要那样的装修，我想，恐怕没多少人愿意让其装修。它的价值与意义在重要的社会作用，尽管现在重读的确显得“粗拙”。这一点也必须说清楚，首先，小说叙事还比较拘谨，甚至有几分藏着掖着，纹理粗糙而简单；其次，同样是围绕人性的视角，但叙事触角并未伸向已经打开领域的深处；最后，限于 1980 年“思想解放”的特有氛围，作者对已经异化了的传统文化估计太过乐观，因而小说结尾弥漫着肤浅的情感基调。

（引自牛学智《〈灵与肉〉的影视改编与张贤亮的文学遗产》，《文艺评论》2018 年第 5 期）

张承志小说

张承志

作者简介

张承志，原籍山东济南，1948 年生于北京，回族。1967 年毕业于清华大学附属中学。1968 年到内蒙古东乌珠穆沁旗插队。1972 年进入北京大学历史系考古专业学习。1975 年毕业后被分配到中国历史博物馆考古组工作。1978 年考入中国社会科学院研究生院历史语言系，研究蒙古族及北方诸民族历史。1981 年毕业后被分配到中国社会科学院民族研究所工作。1981 年至 1982 年在日本东京大学进修。后曾在海军政治部创作室工作。1989 年末至 1992 年在北美、日本“流浪”。现为自由撰稿人。代表作有《北方的河》《黑骏马》《金牧场》《心灵史》等。

作品导读

《黑骏马》发表于《十月》1982 年第 6 期。它曾获得 1981—1982 年全国优秀中篇小说奖，根据它改编的同名电影(1995)曾获蒙特利尔国际电影节大奖。《黑骏马》有表里两层结构：表层是一个感伤的爱情故事，里层隐含着寻觅家园的主题。而寻觅家园的主题则是通过“归来——离开——再归来”的结构模式体现的。在《黑骏马》中，草原与城市是截然对立的两个世界。草原是民间世界的象征，城市是主流社会的象征。“我”漂泊寻觅的过程，正体现了人物回到民间世界、离开民间世界、最终回归民间世界的历程 。《黑骏马》所描绘的民间世界的美好，在于它拥有爱和宽容。而这爱和宽容在《黑骏马》的民间世界中，主要是通过女性的心灵世界去展现的。数千年来的人类社会形态主要是男权社会，因此对主流社会的反抗常常是以反抗男权的面目出现的，《黑骏马》所展现的草原的理想世界，带有浓厚的女性色彩，其本质仍是对主流社会的一种反抗。索米娅是草原的女儿，身上浓缩了草原女性的一生。她天真、羞涩、倔强、刚强，对爱执着，无怨无悔，未婚夫“我”虽然抛弃了她，可她依然深爱着“我”，她使“我”重新认识了人生与人性。“我”与索米娅的爱情悲剧，表现了人类为追求理想而付出代价的痛苦和常常深陷两难的尴尬。

黑骏马(存目)

思考练习

1.分析《黑骏马》中白音宝力格的形象。

2.分析《黑骏马》中的生命意识。

相关链接

《黑骏马》体现了张承志典型的“寻找”的主题和叙事模式。小说叙述了主人公白音宝力格骑着黑骏马寻找昔日恋人索米娅的故事。白音宝力格和索米娅由奶奶抚养成人。他们青梅竹马，产生了自然、纯真、美丽的爱情。白音宝力格外出学习时，索米娅遭到了黄毛希拉的奸污。白音宝力格无法忍受索米娅和奶奶对于这件事情逆来顺受的态度，愤而出走。当九年以后白音宝力格重返草原的时候，奶奶已经去世，索米娅也远嫁他乡。白音宝力格骑着当年他和索米娅养大的黑骏马四处寻找索米娅。古歌《黑骏马》所吟唱的是一个哥哥骑着一匹美丽绝伦的黑骏马，跋涉着迢迢的路程，穿越了茫茫的草原，去寻找他的妹妹的故事。周而复始、低回不尽的蒙古古歌《钢嘎·哈拉》控制着叙述和抒情的节奏，赋予小说独特的乐感。小说中美好的理想与残忍的现实之间构成了尖锐的冲突，现代的爱情悲剧与古老的歌谣遥相呼应。古歌用“不是”来结束寻找，铸成了无穷的感伤意境，充满了复杂的人生感悟。

(引自旷新年《张承志：鲁迅之后的一位作家》，《读书》2006 年第 11 期)

莫言小说

莫 言

作者简介

莫言，原名管谟业，1955 年生于山东省高密县。童年时在家乡小学读书，后因“文革”辍学，在农村劳动多年。1976 年参加中国人民解放军。1981 年开始创作，发表处女作短篇小说《春夜雨霏霏》。1985 年其中篇小说《透明的红萝卜》轰动文坛。1986 年毕业于解放军艺术学院文学系。1997 年转至地方报社《检察日报》工作。现为北京师范大学教授，国际写作中心主任。2011 年 8 月，莫言凭长篇小说《蛙》获第八届茅盾文学奖。2012 年 10 月 11 日，莫言因“用魔幻现实主义将民间故事、历史和现代融为一体”而获得诺贝尔文学奖。其作品深受魔幻现实主义影响，他常在小说中构造独特的主观感觉世界，用天马行空的叙述、陌生化的处理方式塑造神秘超验的对象世界，带有明显的“先锋”色彩，写的是一个个发生在山东高密东北乡的“传奇”。代表作品有《红高粱》《天堂蒜薹之歌》《檀香刑》《丰乳肥臀》《酒国》《生死疲劳》《蛙》等，还有《莫言文集》(5 卷)。

作品导读

莫言从 2005 年开始创作《蛙》，中途因没有最终确定好结构而一度将其搁置，在完成《生死疲劳》之后，又重新开始创作该作品，历时四年，三易其稿才得以完成。莫言谈到，《蛙》获得茅盾文学奖，表明文学对重大政治和社会敏感问题的关注获得了开放性的认同。小说虽然以“计划生育”这一基本国策为集中表现的主题，但并非要写计划生育这件事，而是“盯着人”也就是以塑造人物为核心来写的，作品中的很多情节和人物直接取材于作者的生活和故乡亲友。《蛙》由剧作家蝌蚪写给日本作家的四封长信和一部话剧组成，讲述了姑姑——一个乡村妇产科医生的人生经历，这种独特的结构使得作者的写作获得了较为自由的发挥空间，大大扩展了小说的表现维度。姑姑是小说重点刻画的一个主要人物。作为高密东北乡远近闻名的妇婴名医，姑姑的任务就是在计划生育政策推行时期，让已生育的男人结扎，让已生育的怀孕妇女流产。而作者的立意也别具匠心：写姑姑的用意是希望从一个赤脚医生的角度来观察和思考计划生育政策对中国人精神生活的影响，即以计划生育为背景，通过一个乡村医生身份和角色的不断转换——从乡村接生员，到成为计划生育政策的忠实执行者，再到晚年的悔悟者，来考察30年来中国人的生存状态和精神变迁。与其以往作品中的恣意狂佯不同，《蛙》表现了作者难得的谨慎、节制，而其中负罪、忏悔意识则表现得更为强烈。

蛙（存目）

思考练习

1.分析《蛙》中姑姑的形象。

2.分析《蛙》中的罪感意识和忏悔意识。

相关链接

莫言是一个勇于创新的作家，既不愿模仿别人，也不愿重复自己，总是在不断地超越自我。他的每一部长篇小说几乎都在进行新的探索。《蛙》就是一个探索性的文本。《蛙》共分五部，其结构由三种文本组成：一是剧作家万足，笔名蝌蚪写给日本作家杉谷义人的五封信，这五封信分别处在小说每一部的开头位置。二是蝌蚪写的书信体小说，主要讲述姑姑万心这个乡村妇产科医生的故事，处在前四部蝌蚪给杉谷义人的信的后面。三是一部名为《蛙》的九幕话剧，为小说的第五部。这三种文本也是三种不同的文体，一是书信体，二是小说叙述文体，三是话剧文体。从结构构成要素上来看，《蛙》与《酒国》极为相似，但《蛙》中的话剧文体取代了《酒国》中的李一斗的小说文体。从叙述者来看，《酒国》中的叙述者是在莫言和李一斗之间不断变换的，而《蛙》中的叙述人则始终是蝌蚪，信是蝌蚪写的，书信体小说也是蝌蚪创作的，《蛙》的话剧剧本还是蝌蚪写的。但是由于文体的改变，叙述视点也发生了变化。

（引自张学军《反复叙事中的灵魂审判——论莫言〈蛙〉的结构艺术》，《当代作家评论》2017年第1期）

余华小说

余　华

作者简介

余华，当代作家，生于1960年，浙江海盐县人。中学毕业后，因父母为医生，余华曾当过牙医，五年后弃医从文，进入县文化馆和嘉兴文联，从此与创作结下不解之缘。余华曾在北京鲁迅文学院与北师大中文系合办的研究生班深造。余华从1984年开始发表小说，是中国大陆先锋派小说的代表人物。主要作品有长篇小说《在细雨中呼喊》《活着》《许三观卖血记》，中篇小说集《我胆小如鼠》，随笔集《灵魂饭》等。其作品已经被翻译成英语、法语、德语、荷兰语、意大利语、西班牙语、挪威语、日语、韩语等在国外出版。其中《活着》和《许三观卖血记》同时入选20世纪90年代最有影响的十部作品。

作品导读

《十八岁出门远行》写于1986年11月，发表于《北京文学》1987年第1期，是余华的成名作。余华曾说："人类自身的肤浅来自经验的局限和对精神本质的疏远，只有脱离常识，背弃现状世界提供的秩序和逻辑，才能自由地接近真实。"这有助于我们理解这篇小说。作品讲述的是十八岁的"我"初次出门远行时的经历，内容并不复杂，但情节与人物都显得不符合逻辑，带有荒诞色彩。作者采用了显然不同于传统现实主义小说的叙事方式，从一个孩子的视角展现出一个荒诞而又真实的成人世界，以及初入这个世界的"我"的困惑与恐惧。语言新奇独特，富有想象力，具有陌生化的效果。如开头四句："柏油马路起伏不止，马路像是贴在海浪上。我走在这条山区公路上，我像一条船。这年我十八岁，我下巴上那几根黄色的胡须迎风飘扬，那是第一批来这里定居的胡须。”这里以“启航”的意象点出“我”的出行状态与外面世界之艰险，而胡须的“迎风飘扬”与“定居”不仅语言奇特，而且表现了主人公“我”对自己外在成熟标志的特意强调。又如“还看到了黄昏的头发”“那车头的盖子斜斜翘起，像是翻起的嘴唇”等许多“陌生化”的句子，既表达了少年初次出门的好奇，也增强了文章的阅读张力。而在文中出现了19次的“旅店”则显然别有深意。

十八岁出门远行

柏油马路起伏不止，马路像是贴在海浪上。我走在这条山区公路上，我像一条船。这年我十八岁，我下巴上那几根黄色的胡须迎风飘飘，那是第一批来这里定居的胡须，所以我格外珍重它们，我在这条路上走了整整一天，已经看了很多山和很多云。所有的山所有的云，都让我联想起了熟悉的人。我就朝着它们呼唤他们的绰号，所以尽管走了一天，可我一点也不累。我就这样从早晨里穿过，现在走进了下午的尾声，而且还看到了黄昏的头发。但是我还没走进一家旅店。

我在路上遇到不少人，可他们都不知道前面是何处，前面是否有旅店。他们都这样告诉我：“你走过去看吧。”我觉得他们说得太好了，我确实是在走过去看。可是我还没走进一家旅店。我觉得自己应该为旅店操心。

我奇怪自己走了一天竟只遇到一次汽车。那时是中午，那时我刚刚想搭车，但那时仅仅只是想搭车，那时我还没为旅店操心，那时我只是觉得搭一下车非常了不起。我站在路旁朝那辆汽车挥手，我努力挥得很潇洒。可那个司机看也没看我，汽车和司机一样，也是看也没看，在我眼前一闪就过去了。我就在汽车后面拼命地追了一阵，我这样做只是为了高兴，因为那时我还没有为旅店操心。我一直追到汽车消失之后，然后我对着自己哈哈大笑，但是我马上发现笑得太厉害会影响呼吸，于是我立刻不笑。接着我就兴致勃勃地继续走路，但心里却开始后悔起来，后悔刚才没在潇洒地挥着的手里放一块大石子。

现在我真想搭车，因为黄昏就要来了，可旅店还在它妈肚子里，但是整个下午竟没再看到一辆汽车。要是现在再拦车，我想我准能拦住。我会躺到公路中央去，我敢肯定所有的汽车都会在我耳边来个急刹车。然而现在连汽车的马达声都听不到。现在我只能走过去看了，这话不错，走过去看。

公路高低起伏，那高处总在诱惑我，诱惑我没命奔上去看旅店，可每次都只看到另一个高处，中间是一个叫人沮丧的弧度。尽管这样我还是一次一次地往高处奔，次次都是没命地奔。眼下我又往高处奔去。这一次我看到了，看到的不是旅店而是汽车。汽车是朝我这个方向停着的,停在公路的低处。我看到那个司机高高翘起的屁股,屁股上有晚霞。司机的脑袋我看不见,他的脑袋正塞在车头里。那车头的盖子斜斜翘起,像是翻起的嘴唇。车厢里高高堆着箩筐,我想着箩筐里装的肯定是水果。当然最好是香蕉。我想他的驾驶室里应该也有,那么我一坐进去就可以拿起来吃了,虽然汽车将要朝我走来的方向开去,但我已经不在乎方向。我现在需要旅店,旅店没有就需要汽车,汽车就在眼前。

我兴致勃勃地跑了过去,向司机打招呼:"老乡,你好。"

司机好像没有听到,仍在拨弄着什么。

"老乡,抽烟。"

这时他才使了使劲,将头从里面拔出来,并伸过来一只黑乎乎的手,夹住我递过去的烟。我赶紧给他点火。他将烟叼在嘴上吸了几口后,又把头塞了进去。

于是我心安理得了,他只要接过我的烟,他就得让我坐他的车。我就绕着汽车转悠起来,转悠是为了侦察箩筐的内容。可是我看不清,便去使用鼻子闻,闻到了苹果味,苹果也不错,我这样想。

不一会他修好了车,就盖上车盖跳了下来。我赶紧走上去说:"老乡,我想搭车。"不料他用黑乎乎的手推了我一把,粗暴地说:"滚开。"

我气得无话可说,他却慢悠悠地打开车门钻了进去,然后发动机响了起来。我知道要是错过这次机会,将不再有机会。我知道现在应该豁出去了。于是我跑到另一侧,也拉开车门钻了进去。我准备与他在驾驶室里大打一场。我进去时首先是冲着他吼了一声:"你嘴里还叼着我的烟。"这时汽车已经活动了。

然而他却笑嘻嘻地十分友好地看起我来,这让我大惑不解。他问:"你上哪?"

我说:"随便上哪。"

他又亲切地问:"想吃苹果吗?"他仍然看着我。

"那还用问。"

"到后面去拿吧。"

他把汽车开得那么快,我敢爬出驾驶室爬到后面去吗?于是我就说:"算了吧。"

他说:"去拿吧。"他的眼睛还在看着我。

我说:"别看了,我脸上没公路。"

他这才扭过头去看公路了。

汽车朝我来时的方向驰着，我舒服地坐在座椅上，看着窗外，和司机聊着天。现在我和他已经成为朋友了。我已经知道他是在个体贩运。这汽车是他自己的，苹果也是他的。我还听到了他口袋里面钱儿叮当响。我问他："你到什么地方去？"

他说："开过去看吧。"

这话简直像是我兄弟说的，这话可真亲切。我觉得自己与他更亲近了。车窗外的一切应该是我熟悉的，那些山那些云都让我联想起另一帮熟悉的人来了，于是我又叫唤起另一批绰号来了。

现在我根本不在乎什么旅店，这汽车这司机这座椅让我心安而理得。我不知道汽车要到什么地方去，他也不知道。反正前面是什么地方对我们来说无关紧要，我们只要汽车在驰着，那就驰过去看吧。

可是这汽车抛锚了，那个时候我们已经是好得不能再好的朋友了。我把手搭在他肩上，他把手搭在我肩上。他正在把他的恋爱说给我听，正要说第一次拥抱女性的感觉时，这汽车抛锚了。汽车是在上坡时抛锚的，那个时候汽车突然不叫唤了，像死猪那样突然不动了。于是他又爬到车头上去了，又把那上嘴唇翻了起来，脑袋又塞了进去。我坐在驾驶室里，我知道他的屁股此刻肯定又高高翘起，但上嘴唇挡住了我的视线，我看不到他的屁股，可我听得到他修车的声音。

过了一会他把脑袋拔了出来，把车盖盖上。他那时的手更黑了，他把脏手在衣服上擦了又擦，然后跳到地上走了过来。

"修好了？"我问。

"完了，没法修了。"他说。

我想完了，"那怎么办呢？"我问。

"等着瞧吧。"他漫不经心地说。

我仍在汽车里坐着，不知该怎么办。眼下我又想起什么旅店来了。那个时候太阳要落山了，晚霞则像蒸气似的在升腾。旅店就这样重又来到了我脑中，并且逐渐膨胀，不一会便把我的脑袋塞满了。那时我的脑袋没有了，脑袋的地方长出了一个旅店。

司机这时在公路中央做起了广播操，他从第一节做到最后一节，做得很认真。做完又绕着汽车小跑起来。司机也许是在驾驶室里待得太久，现在他需要锻炼身体了。看着他在外面活动，我在里面也坐不住，于是打开车门也跳了下去。但我没做广播操也没小跑。我在想着旅店和旅店。

这个时候我看到坡上有五个人骑着自行车下来，每辆自行车后座上都用一根扁担绑着两只很大的箩筐，我想他们大概是附近的农民，大概是卖菜回来。看到有人下来，我心里十分高兴，便迎上去喊道："老乡，你们好。"

那五个人骑到我跟前时跳下了车，我很高兴地迎了上去，问："附近有旅店吗？"

他们没有回答，而是问我："车上装的是什么？"

我说："是苹果。"

他们五人推着自行车走到汽车旁，有两个人爬到了汽车上，接着就翻下来十筐苹果，下面三个人把筐盖掀开往他们自己的筐里倒。我一时间还不知道发生了什么，那情景让我目瞪口呆。我明白过来就冲了上去，责问："你们要干什么？"

他们谁也没理睬我，继续倒苹果。我上去抓住其中一个人的手喊道："有人抢苹果啦！"这时有一只拳头朝我鼻子上狠狠地揍来了，我被打出几米远。爬起来用手一摸，鼻子软塌塌地不是贴着而是挂在脸上了，鲜血像是伤心的眼泪一样流。可当我看清打我的那个身强力壮的大汉时，他们五人已经跨上自行车骑走了。

司机此刻正在慢慢地散步，嘴唇翻着大口大口喘气，他刚才大概跑累了。他好像一点也不知道刚才的事。我朝他喊："你的苹果被抢走了！"可他根本没注意我在喊什么，仍在慢慢地散步。我真想上去揍他一拳，也让他的鼻子挂起来。我跑过去对着他的耳朵大喊："你的苹果被抢走了。"他这才转身看起我来，我发现他的表情越来越高兴，我发现他是在看我的鼻子。

这时候，坡上又有很多人骑着自行车下来了，每辆车后面都有两只大筐，骑车的人里面有一些孩子。他们蜂拥而来，又立刻将汽车包围。好些人跳到汽车上面，于是装苹果的箩筐纷纷而下，苹果从一些摔破的筐中像我的鼻血一样流了出来。他们都发疯般往自己筐中装苹果。才一瞬间工夫，车上的苹果全到了地下。那时有几辆手扶拖拉机从坡上隆隆而下，拖拉机也停在汽车旁，跳下一帮大汉开始往拖拉机上装苹果，那些空了的箩筐一只一只被扔了出去。那时的苹果已经满地滚了，所有人都像蛤蟆似的蹲着捡苹果。

我是在这个时候奋不顾身扑上去的，我大声骂着："强盗！"扑了上去。于是有无数拳脚前来迎接，我全身每个地方几乎同时挨了揍。我支撑着从地上爬起来时，几个孩子朝我击来苹果。苹果撞在脑袋上碎了，但脑袋没碎。我正要扑过去揍那些孩子，有一只脚狠狠地踢在我腰部。我想叫唤一声，可嘴巴一张却没有声音。我跌坐在地上，我再也爬不起来了，只能看着他们乱抢苹果。我开始用眼睛去寻找那司机，这家伙此刻正站在远处朝我哈哈大笑，我便知道现在自己的模样一定比刚才的鼻子更精彩了。

那个时候我连愤怒的力气都没有了。我只能用眼睛看着这些使我愤怒至极的一切。我最愤怒的是那个司机。

坡上又下来了一些手扶拖拉机和自行车，他们也投入到这场浩劫中去。我看到地上的苹果越来越少，看着一些人离去和一些人来到。来迟的人开始在汽车上动手，我看着他们将车窗玻璃卸了下来，将轮胎卸了下来，又将木板撬了下来。轮胎被卸去后的汽车显得特别垂头丧气，它趴在地上。一些孩子则去捡那些刚才被扔出去的箩筐。我看着地上越来越干净，人也越来越少。可我那时只能看着了，因为我连愤怒的力气都没有了。我坐在地上爬不起来，我只能让目光走来走去。

现在四周空荡荡了，只有一辆手扶拖拉机还停在趴着的汽车旁。有个人在汽车旁东瞧西望，是在看看还有什么东西可以拿走。看了一阵后才一个一个爬到拖拉机上，于是拖拉机开动了。

这时我看到那个司机也跳到拖拉机上去了，他在车斗里坐下来后还在朝我哈哈大笑。我看到他手里抱着的是我那个红色的背包。他把我的背包抢走了。背包里有我的衣服和我的钱，还有食品和书。可他把我的背包抢走了。

我看着拖拉机爬上了坡，然后就消失了，但仍能听到它的声音，可不一会连声音都没有了。四周一下子寂静下来，天也开始黑下来。我仍在地上坐着，我这时又饥又冷，可我现在什么都没有了。

我在那里坐了很久，然后才慢慢爬起来，我爬起来时很艰难，因为每动一下全身就剧烈地疼，但我还是爬了起来。我一拐一拐地走到汽车旁边。那汽车的模样真是惨极了，它遍体鳞伤地趴在那里，我知道自己也是遍体鳞伤了。

天色完全黑了，四周什么都没有，只有遍体鳞伤的汽车和遍体鳞伤的我。我无限悲伤地看着汽车，汽车也无限悲伤地看着我。我伸出手去抚摸了它。它浑身冰凉。那时候开始起风了，风很大，山上树叶摇动时的声音像是海涛的声音，这声音使我恐惧，使我也像汽车一样浑身冰凉。

我打开车门钻了进去，座椅没被他们撬去，这让我心里稍稍有了安慰。我就在驾驶室里躺了下来。我闻到了一股漏出来的汽油味，那气味像是我身内流出的血液的气味。外面风越来越大，但我躺在座椅上开始感到暖和一点了。我感到这汽车虽然遍体鳞伤，可它心窝还是健全的，还是暖和的。我知道自己的心窝也是暖和的。我一直在寻找旅店，没想到旅店你竟在这里。

我躺在汽车的心窝里，想起了那么一个晴朗温和的中午，那时的阳光非常美丽。我记得自己在外面高高兴兴地玩了半天，然后我回家了，在窗外看到父亲正在屋内整理一个红色的背包，我扑在窗口问："爸爸，你要出门？"

父亲转过身来温和地说："不，是让你出门。"

"让我出门？"

"是的，你已经十八了，你应该去认识一下外面的世界了。"

后来我就背起了那个漂亮的红背包，父亲在我脑后拍了一下，就像在马屁股上拍了一下。于是我欢快地冲出了家门，像一匹兴高采烈的马一样欢快地奔跑了起来。

（选自《世事如烟》，上海文艺出版社 2004 年版）

思考练习

1.简析作品的主题思想及其艺术特色。

2.谈谈这篇小说给你的启示。

相关链接

在先锋小说群体中，余华也是一个很值得关注的作家。余华的创作可以 1989 年为界分两个时期：前期以激进的姿态进行先锋探索，作品主要是中短篇小说；后期转向现实主义，作品主要是长篇小说。

余华对传统现实主义的反叛，是从对日常经验和常识的不满开始的。他认为，人的生活常识中包含着一种很强的理性内容与庸俗气息，这种认识态度对任何事情都要证之于一定的事实，严重束缚了人的想象，成为作家创作的桎梏。他说，作家应当重视自己对世界的独特体验，突破日常经验的拘禁，进入无限广阔的精神领域；在人的精神世界里，一切由常识提供的价值都会摇摇欲坠，一切旧有的事物都获得了新的意义，生活中那些似乎不可能的事情也变得真实可信。基于这种认识，余华开始用一种新的眼光看待生活。

（引自王庆生《中国当代文学史》，高等教育出版社 2003 年版）

苏童小说

苏　童

作者简介

苏童，本名童忠贵，1963年生于苏州。1980年考入北京师范大学中文系，现为中国作家协会主席团委员。1983年开始发表小说，迄今有作品百十万字，代表作包括《园艺》《红粉》《妻妾成群》《已婚男人》和《离婚指南》等。中篇小说《妻妾成群》被张艺谋改编成电影《大红灯笼高高挂》，蜚声海内外。

作品导读

《妻妾成群》发表于《收获》1989年第6期，是苏童的成名作，后被张艺谋改编成电影《大红灯笼高高挂》并引起轰动。这篇小说常被纳入“先锋文学”或“新历史小说”。苏童自己在《婚姻即景》的序中指出，“写《妻》的原始动机是为了寻找变化，写一个古典的纯粹的中国味道的小说，以此考验一下自己的创作能量和功力……”。小说没有一个中心情节，只是按照时间顺序以主人公颂莲的视角散漫自由地叙述着陈府中的生活琐事，实则形散神不散，“一夫多妻”制之下的封建专制与女人之间的矛盾冲突成为核心内容。小说着重表现的不是“男人—女人”的对立冲突，而是“女人—女人”之间的相互倾轧，陈府老爷陈佐千退居幕后却又无处不在。颂莲与三位太太的性格在小说细致入微的冲突描写中生动地展现出来。小说追求诗化的效果和散文化的语体风格，具有诗的韵味和画的美感。

妻妾成群（节选）

两个人坐着很虚无地呷酒。颂莲把酒盅在手指间转着玩，她看见飞浦现在就坐在对面，他低着头，年轻的头发茂密乌黑，脖子刚劲傲慢地挺直，而一些暗蓝的血管在她的目光里微妙地颤动着。颂莲的心里很潮湿，一种陌生的欲望像风一样灌进身体，她觉得喘不过气来。意识中又出现了梅珊和医生的腿在麻将桌下交缠的画面。颂莲看见了自己修长姣好的双腿，它们像一道漫坡而下的细沙向下塌陷，它们温情而热烈地靠近目标。这是飞浦的脚，膝盖，还有腿，现在她准确地感受了它们的存在。颂莲的眼神迷离起来，她的嘴唇无力地启开，蠕动着。她听见空气中有一种物质碎裂的声音，或者这声音仅仅来自她的身体深处。飞浦抬起了头，他凝视颂莲的眼睛里有一种激情汹涌澎湃着，身体尤其是双脚却僵硬地维持原状。飞浦一动不动。颂莲闭上眼睛，她听见一粗一细两种呼吸紊乱不堪，她把双腿完全靠紧了飞浦，等待着什么发生。好像是许多年一下子过去了，飞浦缩回了膝盖，他像被击垮似的歪在椅背上，沙哑地说，这样不好。颂莲如梦初醒，她嗫嚅着，什么不好？飞浦把双手慢慢地举起来，作了一个揖，不行，我还是怕。他说话时脸痛苦地扭曲了。我还是怕女人。女人太可怕。颂莲说，我听不懂你的话。飞浦就用手搓着脸说，颂莲我喜欢你，我不骗你。颂莲说，你喜欢我却这样待我。飞浦几乎是哽咽了，他摇着头，眼睛始终躲避着颂莲，我没法改变了，老天惩罚我，陈家世代男人都好女色，轮到我不行了，我从小就觉得女人可怕，我怕女人。特别是家里的女人都让我害怕。只有你我不怕，可是我还是不行，你懂吗？颂莲早已潸然泪下，她背过脸去，低低地说，我懂了，你也别解释了，现在我一点也不怪你，真的，一点也不怪你。

颂莲醉酒是在飞浦走了以后，她面色酡红，在房间里手舞足蹈、摔摔打打的。宋妈进来按她不住，只好去喊陈老爷陈佐千来。陈佐千一进屋就被颂莲抱住了，颂莲满嘴酒气，嘴里胡言乱语。陈佐千问宋妈，她怎么喝起酒来了？宋妈说我怎么会知道，她有心事能告诉我吗？陈佐千差宋妈去毓如那里取醒酒药，颂莲就叫起来，不准去，不准告诉那老巫婆。陈佐千很厌恶地把颂莲推到床上，看你这副疯样，不怕让人笑话。颂莲又跳起来，勾住陈佐千的脖子说，老爷今晚陪陪我，我没人疼，老爷疼疼我吧。陈佐千无可奈何地说，你这样我怎么敢疼你？疼你还不如疼条狗。

毓如听说颂莲醉酒就赶来了。毓如在门口念了几句阿弥陀佛，然后上来把颂莲和陈佐千拉开。她问陈佐千，给她灌药？陈佐千点点头，毓如想摁着颂莲往她嘴里塞药，被颂莲推了个趔趄。毓如就喊，你们都动手呀，给这个疯货点厉害。陈佐千和宋妈也上来架着颂莲，毓如刚把药灌下去，颂莲就啐出来，啐了毓如一脸。毓如说，老爷你怎么不管她，这疯货要翻天了。陈佐千拦腰抱住颂莲，颂莲却一下软瘫在他身上，嘴里说，老爷别走，今天你想干什么都行，舔也行，摸也行，干什么都依你，只要你别走。陈佐千气恼得说不出话，毓如听不下去，冲过来打了颂莲一记耳光，无耻的东西，老爷你把她宠成什么样子了！

南厢房闹成一锅粥，花园里有人跑过来看热闹。陈佐千让宋妈堵住门，不让人进来看热闹。毓如说，出了丑就出个够，还怕让人看？看她以后怎么见人？陈佐千说，你少插嘴，我看你也该灌点醒酒药。宋妈捂着嘴强忍住笑，走到门廊上去把门。看见好多人在窗外探头探脑的。宋妈看见大少爷飞浦把手插在裤袋里，慢慢地朝这里走。她正想让不让飞浦进去呢，飞浦转了个身，又往回走了。

下了头一场大雪，萧瑟荒凉的冬日花园被覆盖了兔绒般的积雪，树枝和屋檐都变得玲珑剔透、晶莹透明起来。陈家几个年幼的孩子早早跑到雪地上堆了雪人，然后就在颂莲的窗外跑来跑去追逐，打雪仗玩。颂莲还听见飞澜在雪地上摔倒后尖声啼哭的声音。还有刺眼的雪光泛在窗户上的色彩。还有吊钟永不衰弱的嘀嗒声。一切都是真切可感。但颂莲仿佛去了趟天国，她不相信自己活着，又将一如既往地度过一天的时光了。

夜里她看见了死者雁儿，死者雁儿是一个秃了头的女人，她看见雁儿在外面站着推她的窗户，一次一次地推。她一点不怕。她等着雁儿残忍的报复。她平静地躺着。她想窗户很快会被推开的。雁儿无声地走进来了，带着一种头发套子，挽成有钱太太的圆髻。颂莲说，你上哪儿买的头发套子？雁儿说，在阎王爷那儿什么都有。然后颂莲就看见雁儿从髻后抽出一根长簪，朝她胸口刺过来。她感觉到一阵刺痛，人就飞速往黑暗深处坠落。她肯定自己死了，千真万确地死了，而且死了那么长时间，好像有几十年了。

颂莲披衣坐在床上，她不相信死是个梦。她看见锦缎被子上真的插了一根长簪，她把它捧在手心上，冰凉冰凉。这也是千真万确的，不是梦。那么，我怎么又活了呢，雁儿又跑到哪里去了呢？

颂莲发现窗子也一如梦中半掩着，从室外穿来的空气新鲜清冽，但颂莲辨别了窗户上雁儿残存的死亡气息。下雪了，世界就剩下一半了；另外一半看不见了，它被静静地抹去，也许这就是一场不彻底的死亡。颂莲想我为什么死到一半又停止了呢，真让人奇怪；另外的一半在哪里？

梅珊从北厢房出来，她穿了件黑貂皮大衣走过雪地，仪态万千容光焕发的美貌，改变了空气的颜色。梅珊走过颂莲的窗前，说，女酒鬼，酒醒了？颂莲说，你出门？这么大的雪。梅珊拍了拍窗子，雪大怕什么？只要能快活，下刀子我也要出门。梅珊扭着腰肢走过去，颂莲不知怎么就朝她喊了一句，你要小心。梅珊回头对颂莲嫣然一笑，颂莲对此印象极深。事实上这也是颂莲最后一次看见梅珊迷人的笑靥。

梅珊是下午被两个家丁带回来的。卓云跟在后面，一边走一边嗑着瓜子。事情说到结果是最简单了，梅珊和医生在一家旅馆里被卓云堵在被窝里，卓云把梅珊的衣服全部扔到外面去，卓云说，你这臭婊子，你怎么跑得出我的手心？

这天颂莲看着梅珊出去又回来，一前一后却不是同一个梅珊。梅珊是被人拖回北厢房去的，梅珊披头散发，双目怒睁，骂着拖拽她的每一个人。她骂卓云说我活着要把你一刀一刀削了死了也要挖你的心喂狗吃。卓云一声不吭，只顾嗑着瓜子。飞澜手里抓着梅珊掉落的一只皮鞋，一路跑一路喊，鞋掉啰，鞋掉啰。颂莲没有看见陈佐千，陈佐千后来是一个人进北厢房去的，那时候北厢房已经被反锁上了。

颂莲无心去隔壁张望，她怀着异样沉重的心情谛听着梅珊的动静。她很想知道陈佐千会怎么处置梅珊。但是隔壁没有丝毫的动静。一个家丁守在门口，摇着一串钥匙，开锁，关锁。陈佐千又出来了，他站在那里朝花园雪景张望了一番，然后甩了甩手，朝南厢房里走过来。

好大的雪，瑞雪兆丰年呐。陈佐千说。陈佐千的脸比预想的要平静得多。颂莲甚至感觉到他的表现里有一种真实的轻松。颂莲倚在床上，直盯着陈佐千的眼睛，她从中另外看到了一丝寒光，这使她恐惧不安。颂莲说，你们会把梅珊怎么样？陈佐千掏出一枝象牙牙签剔着牙，他说，我们能把她怎么样？她自己知道应该怎么样。颂莲说，你们放她一码吧。陈佐千笑了一声说，该怎么样就怎么样。

颂莲彻夜未眠，心如乱麻。她时刻谛听着隔壁的动静，心里想的都是自己的事情。每每想到自己，一切却又是一片空白，正好像窗外的雪，似有似无，有一半真实，另外一半却是融化的虚幻。到了午夜时分，颂莲忽然又听见了梅珊唱她的京戏，有点不相信自己的耳朵，屏息再听，真的是梅珊在受难夜里唱她的京戏。

叹红颜薄命前生就
美满姻缘付东流
薄幸冤家音信无有
啼花泣月在暗里添愁
枕边泪呀共那阶前雨
隔着窗儿点滴不休

山上复有山
何日里大刀环
那欲化望夫石一片
要寄回文只字难
总有这角枕锦衾明似绮
只怕那孤眠不抵半床寒

整个夜里后花园的气氛很奇特，颂莲辗转难眠，后来又听见飞澜的哭叫声，似乎有人把他从北厢房抱走了。颂莲突然再也想不出梅珊的容貌，只是看见梅珊和医生在麻将桌下交缠着的四条腿，不断地在眼前晃动，又依稀觉得它们像纸片一样单薄，被风吹起来了。好可怜，颂莲自言自语着，听见院墙外响起了第一声鸡啼，鸡啼过后世界又是一片死寂，颂莲想我又要死了。雁儿又要来推窗户了。

颂莲迷迷糊糊半睡半醒着。这是凌晨时分，窗外一阵杂沓的脚步声惊动了颂莲，脚步声从北厢房朝紫藤架那里去。颂莲把窗帘掀开一条缝，看见黑暗中晃动着几个人影，有个人被他们抬着朝紫藤架那里去。凭感觉颂莲知道那是梅珊，梅珊无声地挣扎着被抬着朝紫藤架那里去。梅珊的嘴被堵住了，喊不出声音。颂莲想他们要干什么，他们把梅珊抬到那里去想干什么。黑暗中的一群人走到了废井边，他们围在井边忙碌了一会儿，颂莲就听见一声沉闷的响声，好像井里溅出了很高很白的水珠。是一个人被扔到井里去了。是梅珊被扔到井里去了。

大概静默了两分钟，颂莲发出了那声惊心动魄的狂叫。陈佐千闯进屋子的时候看见她光着脚站在地上，拼命揪着自己的头发。颂莲一声声狂叫着，眼神黯淡无光，面容更像一张白纸。陈佐千把她架到床上，他清楚地意识到这是颂莲的末日，她已经不是昔日那个女学生颂莲了，陈佐千把被子往她身上压，说你看见什么？你到底看见了什么？颂莲说，杀人。杀人。陈佐千说，胡说八道。你看见了什么？你什么也没有看见。你已经疯了。

第二天早晨，陈家花园爆出了两条惊人的新闻。从第二天早晨起，本地的人，上至绅士淑女阶层，下至普通百姓，都在谈论陈家的事情，三太太梅珊含羞投井，四太太颂莲精神失常，人们普遍认为梅珊之死合情合理，奸夫淫妇从来没有好下场。但是好端端的年轻文静的四太太颂莲怎么就疯了呢，熟知陈家内情的人说，那也很简单，兔死狐悲罢了。

第二年春天，陈佐千又娶了第五位太太文竹。文竹初进陈府，经常看见一个女人在紫藤架下坐，有时候绕着废井一圈一圈地转，对着井中说话。文竹看她长得清秀脱俗，干干净净，不太像疯子，问边上的人说，她是谁？人家就告诉她，那是原先的四太太，脑子有毛病了。文竹说，她好奇怪，她跟井说什么话？人家就复述颂莲的话说，我不跳，我不跳，她说她不跳井。

颂莲说她不跳井。

（节选自中篇小说集《妻妾成群》，花城出版社1991年版）

思考练习

1.以《妻妾成群》为例，分析“新历史小说”的特征。

2.分析作品的主题思想与艺术特色。

相关链接

苏童大学时在《青春》杂志发表处女作《第八个是铜像》，获得青春文学奖。小说的获奖，激发了他的创作热情。1987年发表于《收获》的《1934年的逃亡》，是他的成名作，正是这篇小说确定了他未来的创作道路。

苏童的小说兼收并蓄，吸取寻根文学的因子和先锋文学的诡秘，形成自己的特色。他的作品，时间不再是传统历史小说在历史坐标上所划的精确纪年，而成为一个为讲故事而虚设的历史背景。从那时起，苏童就被视作“先锋派”作家。“新写实”兴起时，苏童走了一条由“先锋派”转向历史叙述的路，与叶兆言共同代表了“新历史”小说创作倾向。

1989年以后，苏童小说风格发生了重大变化，从形式的探索退回到故事的讲述，尝试以一种古老的方法讲述故事。《妻妾成群》标志着苏童叙事风格走向成熟。这篇看上去古典味十足的小说，沿用了非常现代的叙事方法，它强调语言感觉和叙事句法，依然未脱形式主义外衣，因此，有人将其列为“先锋派”的代表作，同时，因小说大体采用传统的写实，也有论者把这篇小说推为“新写实”的代表作。

（引自王庆生《中国当代文学史》，高等教育出版社2003年版）

刘恒小说

刘　恒

作者简介

刘恒，原名刘冠军，生于1954年，北京人。1969年入伍，在海军部队服役6年。退伍后在北京汽车制造厂当钳工4年。1979年被调至北京市文联，任《北京文学》编辑。著有长篇小说《黑的雪》《逍遥颂》《苍河白日梦》等，中短篇小说《伏羲伏羲》《白涡》《虚证》等。已出版小说集《东西南北风》《虚证》《贫嘴张大民的幸福生活》《刘恒自选集》等。2004年在“北京文学节”上获得终身成就奖。

作品导读

《狗日的粮食》发表于1986年。小说讲述了一个在特殊年代里发生的有关粮食的故事。洪山峪的农民杨天宽用二百斤谷子买来媳妇瘿袋，而后生育了六个用粮食命名的儿女。但他们的生活却始终与饥饿相伴。为了一家人的生计，瘿袋一有机会就去扒偷粮食，完全没有了羞耻之心，但她最后却因丢了购粮证而寻了短见。民以食为天，小说从“粮食”这一人最基本的生存需要入手，一方面揭示人因粮食的匮乏而产生的向生物性的退化，另一方面也包含了对于造成这种退化的社会历史关系和环境的反思。

狗日的粮食

日后人们记起杨天宽那天早晨离开洪水峪的样子，总找不到别的说法儿。他们只记住了一件事，不知道是不是顶重要的一件事。

“他背了二百斤谷子。”

这没滋没味儿的话说了足有三十年。它显不出味道是因为那天早晨以后的日子味道太浓的缘故。

杨天宽是趟着雾走的，步子很飘。他背着花篓，篓里竖着粮袋，鼓的。这些都陷入白烟，人们疑心他背着空篓。但他前几日的确跟各家借过粮食，谷子的用处也吞吐着挑明了。他走得健就是因了这个。

人们却只说：“他背了二百斤谷子。”把一个火烧火燎的光棍儿汉说得丢了分量。

杨天宽驴一样把谷子背到那地方，脸面丢尽了。不会说话，只会吐气，眼一劲儿翻白，晕噎中那个男人问他：“新谷？”

他点头，甩一帘汗下来。那人身后立一匹矮骡儿，也不计分量，只掂了掂就用肩一顶，将粮袋拱到骡鞍上。

“妥了，兄弟歇着。”

那人一笑，便牵了骡走。骡屁股后面就移出了一个人，站在那儿瞭他。杨天宽只对了一眼，不敢看了，有心去宰走了的男人，又没有力气。

他叹了一口气。这声长叹便成了他永远扔不脱的话柄。

丑狠了。二百斤谷子换来个瘿袋。值也不值？他思来想去，觉得还是值，总归是有了女人。于是他领了女人上路，光棍脑袋细打路的尽头那盘老炕的主意。事情比他想的来得快，女人有火。

“你的瘿袋咋长的？”出了清水镇的后街，杨天宽有了话儿。

“自小儿。”

“你男人嫌你……才卖？”

“我让人卖了六次……你想卖就是七次，你卖不？要卖就省打来回，就着镇上有集，卖不？”

“不，不……”女人出奇的快嘴，天宽慌了手脚，定了神决断，“不卖！”

“说的哩。二百斤粮食背回山，压死你！”女人咯咯笑着蹿前边去，瘿袋在肩上晃荡，天宽已不在意，只盯了眼边马似的肥臀和下方山道上两只乱掀的白薯脚。

“瘿袋不碍生？”天宽有点儿不放心。

“碍啥？又不长裆里……”女人话里有骚气，搅得光棍儿心动，“要啥生啥！信不？”“是哩是哩！”

最后是女人到坡下小解，竟　蹲不起，让天宽扛到草棵子里呼天叫地地做了事。进村时女人的瘿袋不仅不让天宽丢脸，他倒觉得那是他舍不下的一块乖肉了。

那时分地不久。杨天宽屋里添了人，地数就不够，村里把囫囵坨两亩胡萝卜地拨给了他，地很肥，可是路远，是日本人在的时候游击队烧荒撂下的，多年不种了。

天宽性子钝，人人不要的地给了他，也嚼不出啥，苦着脸忍了。女人却不，爬到猪棚上骂街。句句骂的猪，可句句人不要听，唬得村干部谁也不敢露脸。

“猪哩，哪个托生的你呀？你前辈造了孽，欺负我家男人，今世你可美了吧？哼哼啥，看老娘拉屎给你吃，你是个臭了心肝的……”

人们只知道天宽娶了个瘿袋婆，丑得可乐，却不想生得这般俐口，是个惹不得的夜叉，都不敢来撩拨了。天宽也由此生出一些怕来，女人的瘿袋越骂越亮，圆圆的像个雷，他便矮下三寸去，觉着自己做个男人确是活得不带劲，比不上这娘们儿豁爽。

他灶间里舀一瓢水，哀怯怯地劝她。

“累着，行啦……下来喝。”

“你哑啦？屎挤不出一星，屁崩不来一个，㞞的你！我下去你上来，你给我吆喝，给我日他欺人精的祖宗……”

天宽搀女人进屋，愁得苦。这女人是个混种，以后的日子怕难得好过。但是，凭怎么骂，女人还是女人，身条儿和力气都不缺，炕上也做得地里也做得，他要的不就是这个么。

女人果然勤快。扛了镢头、吃食，在囫囵坨搭个草棚，五宿不下山。白天翻坡地的黑土，两口子一对儿光膀，夜里草铺上打挺儿，四条白腿缠住放光。不下三日天宽就蔫了，女人却虎虎不倦，净了地留丈夫在棚里养精，独自下山背回一篓一篓的山药种。种块切得匀，拌了烧透的草灰，两拃一颗掩进松软的泥土。这女人很会做。

秋后天宽家收的山药吃不清了。叔伯兄弟杨天德口儿众，四个娃儿，谷子又没有长好，天宽有心接济他。

“屁话，饱日不思饥，你不怕我还怕日后饿煞哩，他吃自己种去……”

女人挡了他，在屋后掘了一口大窖，把黄皮山药鸡蛋似的堆成小山，封了。

她嘴伤人，心也伤人。天宽在乡人面前抬不起头，但他心里有数，女人待他不薄。两口子熬日月，有这个够了。

以后他们有了孩子。头一个生下来，女人就仿佛开了壳，一劈腿就掉一个会哭会吃的到世上。直到四十岁她怀里几乎没短过吃奶的崽儿，总有小小的黄口叼她小萝卜似的奶头儿，吃饱了就在瘿袋上磨嫩牙，口水、鼻涕蹭她一脖儿。

她奶水一向充足。伏天吃饭，天宽蹲北屋檐下，她在灶间门口，孩儿玩她奶子弄不对付了，只需一压，一股白溜溜的长线能嗖地挂到天宽碗里去。两口子闲时打趣，奶柱儿时时滋得天宽眼珠麻痛。这些都成了男人的骄傲。

但是，女人到底不是奶牛，孩儿们也不是永远不大。他们要吃，孩儿们也要吃，大小八张嘴，总得有像样的东西来填塞。天宽起初只尝到养孩儿的乐趣，生得一多就明白自己和女人一辈子只在打洞，打无底洞。一个孩儿便是一个填不满的黑坑。

他们生下第三个孩子的时候，锅里的玉米粥就稀了，并且再没有稠起来。到第四个孩儿端得住碗，捏得拢筷子，那粥竟绿起来，顿顿离不开叶子了。

孩儿们名字却好，都是粮食。大儿子唤做大谷，下边一溜儿四个女儿，是大豆、小豆、红豆、绿豆，煞尾的又是儿子，叫个二谷，两谷夹四豆，人丁兴旺。可一旦睡下来，撂一炕瘪肚子，天宽和女人就只剩下叹息。

几个孩子舌头都好，长而且灵活。每日餐后他们的母亲要验碗，哪个留下渣子就逃不脱骂和揍。

"就你短舌，舔喽！"

脑勺上挨一掌，腮上掉着泪，下巴上挂着舌，小脸儿使劲儿往碗里挤，兄妹几个干得最早、最认真的正经事就是这个。外人进了天宽家，赶巧了能看见八个碗捂住一家人的脸面，舌面在粗瓷上的摩擦声、叭嗒声能把人吓一大跳。

天暗得看不清人形了，天宽常常顶着星星去串户。他拎一个小口袋，好像提拎着自己的心，又羞又慌。碰上不肯借粮给他的，他就恨不得整个儿钻到破口袋里去。

洪水峪好人少，没有借过粮给天宽的人不多，天德要算一个。

"你借不给，让瘿袋来！"

叔伯兄弟说出这个，天宽料定早年山药蛋的账还未结，只好讷讷地走开，传话给女人，她就骂："这算一个爷的种？日歪了的！"

出不够气，她便到天德菜园儿里将白日瞄下的一颗南瓜摘来，放了盐煮。待天德在菜园儿里揪着秃秧跳脚，天宽的孩儿们已经拉出了南瓜籽。

一家人就这么活。

女人姓曹，叫什么谁也不知。她对人说叫杏花，但没有人信。西水那一带荒山无杏，有杏的得数洪水峪，杏花是她嫁来自己捡的名儿，大家还都说她不配，因此不叫。人们只叫她脖上的那颗瘤，瘿袋！

她的西水口音短促、尖厉，说快了能似公鸡踩蛋儿，咕咕咯咯的满是傲气，人们觉得这种嘴只配骂人。她又的确会骂，骂起来脏字连珠，恍惚间一跃而为男人，又比一般男人多着胆量和本事能让对手或与对手有关的一切女人受辱，不管她活着还是在坟里。

这里男人打老婆是一顿饭，常事，她来了就造出天宽这尿货，让老婆揪住耳朵在院里打悠儿。这又是西水的习气，人们简直近不得她，当她是西水的母虎。

生红豆那年，队里食堂塌台，地里闹灾，人眼见了树皮都红，一把草也能逗下口水。恰逢一小队演习的兵从山梁上过，瘿袋抱着刚出满月的红豆跟了去，从驮山炮的骡子屁股下接回一篮热粪。天宽见它在阳儿里晒，真把它当了粪，拎起来倒猪圈里。瘿袋见了空篮，从屋里跳出来就给他两嘴巴。

“瞎了你的！我闻骡子屁都不嫌，你看一眼就嫌它？你自己拉！自己拉一锅能熬的来，能煮的来……”

谷子豆子们看着父亲让巴掌抡得转圈儿，好一阵挣扎才稳下来。墙头上有几个脑袋在笑，叹气。她不是母虎又是什么！但人们又发觉她夹着细筛到河里去了。

骡粪沾了猪圈的脏味儿，淘得不能不细，草棍儿和渣子顺水漂去，余下的是整的碎的玉米粒儿，两把能攥住。一锅煮糟的杏叶上就有了金光四射的粮食星星。一边搅着舌头细嚼，一边就觉得骡儿的大肠在蠕动，天宽家吃得惬意。女人是好的，天宽用筷子在打肥的腮上拨，这么想。乡人们只好沉默，百孬不如一好，这娘们儿坏得不透。

那年头天宽家坟场没有新土，一靠万幸，二靠这脏嘴凶心的女人。

日子苦，但让她得些怜悯也难。她做活不让男人，得看在什么地界儿。家里不消说了，推碾子腰顶主杠，咚咚地走，赛一头罩眼牲口，能把拉副杠的小儿小女甩起来；从风火铳背柴到家里，天宽一路打六歇，她两歇便足了，柴捆壮得能掩下半堵墙；担水一晨一夕十五担，雨雪难阻，五担满自家的缸，十担挑给烈属、军属，倒不是她仁义，而是每日四个工分诱着。地里就不同了，一上工立即筋骨全无，成了出奇的懒肉，别人锄两梯玉米的工夫，她能猫在绿林深处纳出半拉鞋底，锄不沾土；去远地收麻，男背八十，女背五十，她却嫩丫头似的只在胳肢窝里夹回镐把粗的一捆。

“瘿袋长到屁股台儿了，背不得?”队长怨她。

“背不得，我腿根子夹着你的屌哩!”

“……你篓儿倒不空。”

“空了不饿死你六个小祖宗？亏是天宽揍下的，你的种儿你敢说这个?!”

她笑得野，队长扯眉无话。她篓里是半下子泉里泡过的麻麻棵儿，绿格盈盈吐香，单等着掉锅里煮了。别人歇晌她不歇，草坡上乱扒图的就是这货，是村旁山地难得一见的野菜呢！队长能说什么？怪不得，自然也敬不得，还不由她去！

怪不得不只一项。她身上有口袋，收工进家手不知怎么一揉，嫩棒子、谷穗子、梨子、李子……总能揪一样出来。日积月累，也不能说是个小数目。但谁也逮不住她，不知道口袋在什么地方。有猜在裆里的，虽说是老娘们儿终究不是可探的地方，证实不易，或许又是人家不愿逮她罢了。天宽未必明白小秋收的底细，他只明白起初女人只是嘴坏些，有了孩儿，肚子一紧瘪，她的手便也坏了。不能说，他嘴打不过她，手打怕也吃力。况且养一堆活口，女人的本事哪一样都是有用的。

这爪子就难免四处撒野。

邻家靠院墙搭了葫芦架，水汪汪一棚嫩叶，几朵白花挤到墙头这边来，绿豆和二谷伸着小手去够。

“看落了！让它长……”瘿袋有了心思，也不说。白花枯后，茎上吊了拳大几颗蛋蛋，吹气似的胀起来。邻家女人也是精明的，趁瘿袋上工溜进来，用荆条圈将葫芦一一托牢，既免了坠秧，又宣白了它们的主人。瘿袋只当无事，邻人扒墙头窥动静，她就背身藏住冷笑，滴水不漏。

葫芦大了，估量着搀俩茄子已够吃一天，瘿袋便刮北风似的割了它们。依旧是煮，然后骂也依旧，邻家的嫩崽打了先锋，骑墙头日偷儿的娘。这边就威凌凌杀出了瘿袋。不骂人，只骂葫芦。骂得很委屈，葫芦成了骚娘们儿，把漂亮身子递过墙，将清白的瘿袋勾引了。

“心肝葫芦肉儿，你天生是个招人日的货哩，明儿个记着，有骚憋自家院儿里，便宜自个儿留着……”

声气儿顿消，邻家女人羞得只剩下拔秧的力气，把一棚葫芦扯散了，吃亏的都说，西水的娘们儿不是个人。天宽也觉得女人八成是着了魔。

那一年粮食又不济。可二谷都七岁了呀！魔鬼附体的日子没个休、没个休。

天宽五十了，闹不清自己是怎么长的，也闹不清自己肚里是什么下水。人呆得像个木桩，横炕上总打不住要想年轻时那沉甸甸的二百斤谷子。鼻子凉酸，哀气也跟着涌，一声叠着一声。

“哀啥？见我那天就打哀声，半辈子也下来了，我亏了你没?”

“不亏，不亏！”两口子捂一床破絮无事可做。早年几句话逗下来，天宽就能折腰腾身，压女人一身腥汗。如今不行了，女人的屁股他看都不要看，况且又有满满一炕大的小的孩子，大谷大豆怕已听不得爹娘喘气。

最后一次是在园子里，黄瓜架后边。俩人在月亮底下办事，不紧不慢做得渐浓，瘿袋就开了口：“明儿个吃啥？”

天宽愣住了，“吃啥？”自己问自己，随后就闷闷地拎着裤子蹲下。好像一下子解了谜，在这一做一吃之间寻到了联系。他顺着头儿往回想，就抓到了比二百斤谷子更早的一些模糊事，仿佛看到不识面的祖宗做着、吃着，一个向另一个唠叨：“明儿个吃啥？”

“你说吃啥哩？”他问瘿袋，不论月光把她粗皮照得多么白细，他算彻底失了兴趣了。

“麸子。”

“哪儿拾的。”

“鞍子房。小豆眼快，这丫头出息了。”

“……仓库后头地里有鼠坑儿，怕能掏下正经粮食。”

天宽认真琢磨耗窝儿的走向。从此清心寡欲，与女人贴肉的事算淡了。瘿袋也到了日子，仰炕上不再向他伸手。

吃啥？细想想，祖宗代代而思的老事，两口子可是一天都不曾怠慢过。

女人日见憔悴。如虎也是病虎了，急躁中添了忧伤。瘿袋有了皱儿，再不似亮亮的粉红气球，骂人时也鼓不起来。

天宽呆想：操心操够了吧？看看六个孩儿个个饿相，大的小的都有舔鼻涕的病，心里就有了火苗，燎着熏着朝上顶。他想逮上活的揍一顿，揍死它！

绿豆退学、二谷上学那年，洪水峪日子不坏。虽说新崽儿不在这家就在那家哇地降世，人均土地已由九分降到七分，但返销粮是足的。家家一本购粮证，每人二十斤，断了顿儿就到公社粮栈去买。夏粮绿在地里时辰，山道上总有拎着空的鼓的口袋的人，来回踟蹰地走。那天早上瘿袋挑了八担水，留七担晚上挑，伺候鸡、猪、人吃了，便掖着购粮证离了家。出村的时候，凡见她的人都觉得她气色不坏。

过后人们才明白，凶人善相不是吉兆。

公社粮栈柜台外边挤着人，虽挤倒并不显得怎么饥饿，瘿袋捏着空口袋，发现钱和购粮证一并丢掉了。生就的急性子，当即便嗷地怪叫一声，跌倒地上吐开了沫儿。买粮的卖粮的四下里围住，看那有趣的瘿袋在她胸脯上滚来滚去，人人探个鸡脖儿，眼也都乌鸡似的鼓出来。粮栈一个人物拨不开人，拿腔儿抓调儿地念出一段语录，说的是大家都来自五湖四海，为了一个什么目标共同走到这地方来了，意思是他要挤进去……帮助帮助。那时候兴这个，而且管用，于是人们闪一条缝出来。他看明白了，到柜台后里端出个大茶缸，含一口水漱了漱嗓子，然后喷到瘿袋脸上。几口刷牙水浇下来，她嘴不抽抽了，眼却愣直。

“哪村的？”

“丢了。”

“姓啥？”

“丢了。”

“啥丢了。”

“丢了丢了……丢了……”

女人撒了癔症，围的人更添趣味，那人加倍逞能，逮住人中狠掐，嘿嘿着：“丢不了，你过来呗！”瘿袋乱扑愣，终于尖嚎“日你娘！”她爬起来，夺路而去。

瘿袋哭软了，一辈子刚气，不知哪儿积了那么多泪。她打了两个来回，把十几里山路上每块石头都摸了，又到灌木林儿里脱光，撅着腚撕衣裳补丁，希望里边藏点儿什么。有了月亮她才进家，油灯底下天宽在吸烟袋锅，旁边炕桌上给她晾着一碗稀粥。她盯住那碗粥愣了神儿。

“娘，快吃粥！”二谷蹦过来拽她。

“不吃，再不吃啦……”女人猫似的。

天宽一下子知道出了事。一边问，一边就有火苗在心里拱，手巴掌打着抖没处搁没处放。女人不曾现过的软弱使他勇气陡升，㞞人有了胆了不得！

“败家的！”

他吼一声，把粥碗往地下一砸。

“吃货！”

一辈子没这么痛快过。

“丢了粮，吃你！老子吃你！”

说着说着就管不住手，竟扑上去无头无脸一阵乱拍，大巴掌在女人头上、瘿袋上弹来弹去，好不自在。乡人们蹲在夜地里听，明白瘿袋的男人又成了男人，把女人的威风煞了。半世里逞能扒食，却活生生丢了口粮，这是西水女人的造化。天宽，往死里揍她！

正揍得紧，一声长号让他悬了手。

“天爷，哪个拾了粮证，让他给我家还来呀，我的粮唉……”

这歌是复调，一遍一遍唱。月亮把那脖上的瘿袋照成个白球，在黑院里闪。天宽撸一把酸鼻涕，点个马灯拎着去了。

有睡不实的乡邻，半夜里听到瘿袋到水泉担水，白薯脚在石板上踏踏地蹭；又听到蒜臼响，响得很脆，啪啪的像是硬壳碎了。以后就没有声音。

大宽趴在山道上拿马灯东照西照的时候，他女人卧在席上服了苦杏仁儿。天上有不少星星，眨着眼冷冷地瞧着他们。

天宽耗尽了灯油回家，隔二里地就听到村里有惨哭。是自己那窝“粮食”在响。院子里嘈杂，豆子们从门里滚出来迎他：“爹，快看娘！”他一听就怕了，硬挺着踱到炕前，老娘们儿丑脸歪着，还有气，只是喘得骇人。他从二谷手里接过碗来，在粗瓷儿上抹下一指杏仁儿渣子，这才记起她一天不曾吃什么。她再不想惦记吃，所以她就吃了这个。一辈子不饥，天宽也有吃的意思了。

黎明时分，一扇门板离了村庄。几个邻家后生抬举着，瘿袋高高地睡在上边，蜡脸焕发荣光。大谷在前头引路，天宽由叔伯兄弟天德陪着殿后；一行人在雾里向山下滑。

天宽迷迷瞪瞪走路，恍然回到差不多二十年前的那个早晨，但二百斤谷子正沉得把他压扁，压做薄薄的骨饼。

大谷唤他：“爹，娘有话！”

门板撂稳，天宽把耳朵凑上去。听不清，他扒拉一下瘿袋球，挨她嘴近些。

“狗日的！”

静了半天，又吐出两个字。

“粮……食……”

天宽赞同地点点头，很悲哀。他在女上头发上摸了一把，最后一把。

门板将要漂出山谷时，大谷把天德的儿子换下小解。那小子绕到大石头后面哗哗地撒了一通，接着便狂叫，蛇啃了屌似的。

天宽赶来，只一眼就瞭上了那个皮筋扎紧的包包。它躺在石根子那儿，几束草掩着，像块灰石。两尺开外有两节不大新鲜的绿粪，是人的。为什么绿，天宽明白。但他分明已完全糊涂，傻了似的看看这、看看那，脸上迅即失了血色。

脏物如有幸石化，将使后世的考古学者出丑。他们将陷入历史的迷宫，在年代和人种问题上苦苦纠缠。

瘿袋却是离去了。天德的儿拾了布包抢功：“婶子，天还你粮证哩！”她两目圆睁，阔嘴微开，大瘿袋亮着黄光，仿佛对突如其来的窝心事儿大吃了一惊。

“婶子，你瞭瞭！”

“闭你娘的嘴！”

天宽吼过侄子，大谷便哭了。天德踹儿子一脚，看看人确是没了气，又赶上去踹儿子一脚。天宽也就下了泪。他收了布包，把女人身下垫的麻袋抽一条出来。卫生站不必去，粮食不能不买。余人抬了瘿袋回头，两口子一硬一软算是暂且分了手。

一袋粮食买回，刚够助丧的众乡亲饱食一顿，天宽的孩儿自然也扎进人堆抢吃，吃得猛而香甜。他们的娘死也对得起他们了。

“明儿个吃啥？”夫妻合谋的事，剩天宽独自苦想，他深知了女人的不易。夜里头赤条条翻身，被里的空儿叫他心痛，接着就有女人脆响的脏话传来：“狗日的……粮食！”

这仁义的老伴儿竟去了。

洪水峪少了母虎，清静了，也寂寞了。听不到她公鸡踩蛋儿似的骂声，日子便过得不够紧迫，谷子豆子们摆脱了母亲的淫威，活得反而快活起来。岁月毕竟是一天一天不同，个个肚子大了不止一倍，却大抵充实得可以。

如今杨天宽六十多岁了，仍旧慈眉善目，老娘们儿似的低声细气。他一辈子没有逞过大男人的威风，也许试过一次，但只一次便要了老婆的命。到承包的田里做活，时时要拐到坟地里去，小心拔土堆旁的杂草。他好悔！

孩子们可没有什么债务，他们几乎将母亲忘却了。认真回想一番，也无非更加肯定那是个不可思议的人物。二谷念高中时翻过一本医书，发现瘿袋即是“甲状腺肿大”之类，于是母亲就脖上吊着个肉球在他脑海里走。虽说只是一闪，也算有了一份想念，不能说是不孝的了。大谷、大豆、小豆们都有了孩儿，他们的孩儿是不要苦杏核儿的，可见有些事他们也还记着。

老辈儿人却爱讲瘿袋的故事，开头便是：“他背了二百斤谷子。”语调沉在“谷子”上，意味着那不是土、不是石头、不是木柴，而是“谷子”，是粮食，是过去代代人日后代代人谁也舍不下的、让他们死去活来的好玩意儿。

曹杏花因它而来又为它而走了，却是深爱它们的。

“狗日的……粮食！”

哪里是骂，分明是疼呢。是不是骂，骂个谁，得问在她坟上溜达的天宽，老家伙心里或许明白。

（选自《狗日的粮食》，江苏文艺出版社 2003 年版）

思考练习

1.“瘿袋”形象内涵的普遍性特征是什么？

2.小说揭示的是一种什么样的生存景观？

相关链接

刘恒是一个有鲜明特色的作家，与有些小说家相比，他的作品更具深度和力度，这首先得力于他对人类生存现实及其困境的深切关注。刘恒喜欢给自己的人物设置现实的生存困境，如极度困窘的生活状态、无法宣泄的本能欲望、难于启齿的生理缺陷、不可承受的社会压力等等，伴着这些尴尬因素的不断堆积，势必造成人物与现实的紧张对抗，正是在这种紧张的对抗冲突中，刘恒小说的叙事才得以展开，让读者从最基本的日常生活画面中看到令人震惊的人类生存现实，去体验人生无力承受而又必须承受的生存之重。因此有评论家把刘恒的小说称为生存的启蒙是有道理的。

（引自王庆生《中国当代文学史》，高等教育出版社 2003 年版）

刘震云小说

刘震云

作者简介

刘震云,生于1958年,河南新乡人。1973年参加中国人民解放军。1978年复员,在家乡当中学教师,同年考入北京大学中文系。1982年毕业后到《农民日报》工作。1988年至1991年在北京师范大学鲁迅文学院读研究生。1982年开始创作,1987年后连续发表《塔铺》《新兵连》《头人》《单位》《官场》《一地鸡毛》《官人》《温故一九四二》等,引起强烈反响,被称为"新写实主义"作家。自1991年发表长篇小说《故乡天下黄花》之后开始追求新的创作境界。后有《故乡相处流传》《故乡面和花朵》等作品面世。

作品导读

《一地鸡毛》发表于《小说家》1991年第1期。《一地鸡毛》是《单位》的姊妹篇,主人公仍是小林,只是表现的内容从机关单位转到了家庭生活。"小林家的一斤豆腐变馊了。"小说以此微不足道的小事开篇,接下来不厌其烦地叙述着平庸琐碎的日常生活:排队买豆腐,跟老婆吵架,侍弄孩子以及对付保姆,为调动老婆工作而费尽周折,应付老家来人,求人让孩子入托,排队买冬贮大白菜等。这种流水账式的叙述构成了小说的主要情节,也介绍了主人公小林的全部日常生活。刘震云曾在《磨损与丧失》一文中说:"生活是严峻的,那严峻不是要你去上刀山下火海,上刀山下火海并不严峻。严峻的是那个日复一日、年复一年的日常生活琐事。"小林夫妇都是大学生,有过宏伟的理想,也为之奋斗过,但在体制和日常生活的"磨损"下慢慢"成熟"了,同时也丧失了个性和精神追求,"很快淹没到黑压压的千篇一律千人一面的人群之中"。这是一个看似无事的悲剧，是一个在现实生活中几乎每天都在发生、每个人都在经历却不一定自知的悲剧。作者采取了一种不动声色的貌似客观的叙述态度，但也许正因如此，日常生活本身呈现出来的荒谬与绝望才更让我们感到震惊。

一地鸡毛（节选）

小林家一斤豆腐变馊了。

一斤豆腐有五块，二两一块，这是公家副食店卖的。个体户的豆腐一斤一块，水分大，发稀，锅里炒不成团。小林每天清早六点起床，到公家副食店门口排队买豆腐。排队也不一定每天都能买到豆腐，要么是排队的人多，排到，豆腐已经卖完了；要么还没排到，已经七点了，小林得离开豆腐队去赶单位的班车。最近单位办公室新到一个处长老关，新官上任三把火，对迟到早退抓得挺紧。最使人感到丧气的是，队眼看排到了，上班的时间也到了。离开豆腐队，小林就要对长长的豆腐队咒骂一声：

“妈了个×，天底下穷人多了真不是好事！”

但今天小林把豆腐买到了。不过他今天排队排到七点十五，把单位的班车给误了。不过今天误了也就误了，办公室处长老关今天到部里听会，副处长老何到外地出差去了，办公室管考勤的临时变成了一个新来的大学生，这就不怕了，于是放心排队买豆腐。豆腐拿回家，因急着赶公共汽车上班，忘记把豆腐放到了冰箱里，晚上回来，豆腐仍在门厅塑料兜里藏着，大热的天，哪有不馊的道理？

豆腐变馊了，老婆又先于他下班回家，这就使问题复杂化了。老婆一开始是责备看孩子的保姆，怪她不打开塑料袋，把豆腐放到冰箱里。谁知保姆一点不买账。保姆因嫌小林家工资低，家里饭菜差，早就闹着罢工，要换人家，还是小林和小林老婆好哄歹哄，才把人家留下；现在保姆看着馊豆腐，一点不心疼，还一古脑把责任都推给了小林，说小林早上上班走时，根本没有交代要放豆腐。小林下班回来，老婆就把怒气对准了小林，说你不买豆腐也就罢了，买回来怎么还让它在塑料袋里变馊？你这存的是什么心？小林今天在单位很不愉快，他以为今天买豆腐晚点上班没什么，谁知新来的大学生很认真，看他八点没到，就自作主张给他划了一个“迟到”。虽然小林气鼓鼓上去自己又改成“准时”，但一天心里很不愉快，还不知明天大学生会不会汇报他。现在下班回家，见豆腐馊了，他也很丧气，一方面怪保姆太斤斤计较，走时没给你交代，就不能往冰箱里放一放了？放一块豆腐能把你累死？一方面怪老婆小题大作，一斤豆腐，馊了也就馊了，谁也不是故意的，何必说个没完，大家一天上班都很累，接着还要做饭弄孩子，这不是有意制造疲劳空气？于是说：

“算了算了，怪我不对，一斤豆腐，大不了今天晚上不吃，以后买东西注意放就是了！”

如果话到此为止，事情也就过去了，可惜小林憋不住气，又补了一句：

“一斤豆腐就上纲上线个没完了，一斤豆腐才值几个钱？上次你丢手打碎了一个暖水壶，七八块钱，谁又责备你了？”

老婆一听暖水壶，马上又来了火，说：

“动不动你提暖水壶，上次暖水壶怪我吗？本来那暖水壶就没放好，谁碰到都会碎！咱们别说暖水壶，说花瓶吧！上个月花瓶是怎么回事？花瓶可是好端端地在大立柜边上放着，你抹灰尘给抹碎了，你倒有资格说我了！”接着就戗到了小林跟前，眼里噙着泪，胸部一挺一挺的，脸变得没有血色。根据小林的经验，老婆的脸一无血色，就证明她今天在单位也很不顺。老婆所在的单位，和小林的单位差不多，让人愉快的时候不多。可你在单位不愉快，把这不愉快带回来发泄就道德了？小林就又气鼓鼓地想跟她理论花瓶。照此理论下去，一定又会盘盘碟碟牵扯个没完，陷入恶性循环，最后老婆会把那包馊豆腐摔到小林头上。保姆看到小林和小林老婆吵架，已经习惯了，就像没看见一样，在旁边若无其事地剪指甲。这更激起了两个人的愤怒。小林已做好破碗破摔的准备，幸好这时有人敲门。大家便都不吱声了。老婆赶紧去抹脸上的眼泪，小林也压抑住自己的怒气。保姆把门打开，原来是查水表的老头来了。

查水表的老头是个瘸子，每月来查一次水表。老头子腿瘸，爬楼很不方便，到每一个人家都累得满头大汗，先喘一阵气，再查水表。但老头积极性很高，有时不该查水表也来，说来看看水表是否运转正常。但今天是该查水表的日子，小林和小林老婆都暂时收住气，让保姆领他去查水表。老头查完水表，并没有走的意思，而是自作主张在小林家床上坐下了。老头一坐下，小林心里就发凉，因为老头一在谁家坐下，就要高谈阔论一番，说说他年轻时候的事。他说他年轻时曾给某位死去大领导喂过马。小林初次听他讲，还有些兴趣，问了他一些细节，看他一副瘸样，年轻时竟还和大领导接触过？但后来听得多了，心里就不耐烦，你年轻时喂过马，现在不照样是个查水表的？大领导已经死了，还说他干什么？但因为他是查水表的，你还不能得罪他。他一不高兴，就敢给你整个门洞停水。老头子手里就提着管水闸的扳手。看着他手里的扳手，你就得听他讲喂马。不过今天小林实在不欢迎他讲马，人家家里正闹着气，你也不看一看家庭气氛，就擅自坐下，于是就板着脸没过去，没像过去一样跟他打招呼。

但查水表的老头不管这个，自己从口袋已经掏出了烟。划火点着烟，屋里就飘起了老头鼻腔的味道。小林知道老头接着就要讲马，但小林猜错了，这次老头没有讲马，而是一脸严肃地说，他要谈些正事。他说，据群众反映，这个门洞有人偷水，晚上不把水管龙头关死，故意让水往下滴，下边放个水桶接着；滴水水表不转，桶里的水不成偷的了？这样下去是不行的，大家都偷水，自来水厂如何受得了？

听了老头的话，小林与小林老婆脸上都一赤一白的。说来惭愧，因为上个礼拜小林家就偷过几次水，是小林老婆在单位闲聊中听到的办法，回来指使保姆试验。后来小林看不上，觉得这事太猥琐，一吨水才几分钱，何必干这个？一夜水管滴滴答答个没完，大家也难心安理得睡觉。于是在第三天就停止了。但这事老头子怎么会知道？是谁汇报的？小林和小林老婆都不约而同想到了对门。对门住着一对胖子，女主人自称长得像印度人，眉心常点着一个红豆。他们家也有一个孩子，大小与小林家孩子差不多，两家孩子常在一起玩，也常打架；为了孩子，小林老婆与印度女人有些面和心不和。两家主人不和，两家保姆却很要好，虽然不是一个省来的，却常在一起共同商讨对付主人的办法。准是两家保姆乱串，印度女人得知小林家滴过两回水，就汇报了老头子，现在有了老头子一番话。但这种事如何上得了台面，如何说得出口？说出口以后在人前怎么站？小林赶紧到老头子跟前，正色声明，这门洞有没有人偷水他不知道，但他家是决不干这种事。他家虽然穷，但穷有穷的骨气！小林老婆也上去说，谁反映的这事，就证明谁偷水，不然他怎么会知道偷水的方法，这不是贼喊捉贼是什么？老头子听了他们的话，弹了一下烟灰：

“行了，这事就到这里为止了。以前大家偷没偷，就既往不咎了，以后注意不偷就行了！”

说完，站起来，作出宽怀大量的样子，一瘸一瘸走了，留下小林和小林老婆在那里发呆。

由于有偷水这件事的介入，使豆腐发馊事件变得不那么重要了。小林心里还责备老婆，一个大学生，什么时候学得这么市民气，偷了两桶水，值不了几分钱，丢人现眼让人数落了一顿。小林老婆也自感惭愧，就不好意思再追究馊豆腐一事，只是瞪了小林一眼，自己就下厨房做饭去了。因为这件事的介入，使本来要爆发战争的家庭平静下来，小林又有些感激老头子。

晚饭一个炒豆角，一个炒豆芽，一碟子小泥肠，一碗昨天剩下的杂烩菜。小泥肠主要是让孩子吃的，其他三个菜是让小林、小林老婆和保姆吃的。但保姆不吃剩菜，说她一吃剩菜就闹肚子。为此小林老婆还和保姆吵过一架，说你倒成贵族了，我还吃剩菜，你倒闹肚子，过去你在农村吃什么来着？保姆便又哭又闹，闹罢工，要换人家。最后还是小林从中斡旋，才又把她留下。把人留下人家就有了资本，从此更不吃剩菜。小林老婆也没办法，吃饭时只好和小林先吃剩菜，剩菜吃完再吃新的。吃饭时孩子很闹，抓东抓西的，看样子有些想流鼻涕，小林老婆怀疑她是否想感冒。好歹把饭吃完，已经快八点半了。按照惯例，这时保姆洗碗，小林给孩子洗澡，老婆应该上床睡觉。因老婆上班比小林远，清早上班要早起，早点上床睡觉理所当然。但今天老婆没有早睡，脚也没洗，坐在床前想心思。老婆一想心思，小林心里就有些发毛，不知老婆心思想过以后，会不会又提出什么新的话题。不过今天老婆不错，心思想过以后，没有说什么，草草洗完脚就上床睡觉了。老婆睡觉有这点好处，平时嘴唠叨，一上床就不唠叨了，三分钟就能入睡，响起轻微的鼾声，比孩子入睡还快。前几年刚结婚，小林对这点很不满意，哪能上床就入睡？问：

"你怎么躺倒就着，长此以往，可让人受不了！"

老婆不好意思地解释：

"累了一天，跟猪似的，哪有不躺倒就睡着的道理！"

后来有了孩子，生活越来越复杂，几次折腾搬家，上班下班，弄吃喝拉撒，弄大人小孩，大家都很疲劳，老婆也变得爱唠叨了，这时小林倒觉得老婆上床就入睡是个优点，大家闹矛盾有个盼头，只要头一挨枕头，战争就停止了。所以小林觉得世界上没有绝对的优点缺点，优点缺点是可以转化的。

老婆入睡，孩子入睡，保姆入睡，三个人都响起鼾声，小林检查了一下屋里的灯火水电，也上床睡觉。过去临睡觉之前，小林有看书看报的习惯，动不动还爬起来记笔记。现在一天家务处理完，两个眼皮早在打架，于是这一切过程都省略了。能早睡就早睡，第二天清早还要起床排队买豆腐。想起买豆腐，小林突然又想起今天那一斤变馊的豆腐，现在仍在门厅里扔着，没有处理。这是导火索。明天清早老婆起来再看到它，说不定又会节外生枝，于是又从床上爬起来，到门厅打开灯，去处理那包馊豆腐。

（选自《小说家》1991年第1期）

思考练习

1.小说中小林梦到了"一地鸡毛""蚂蚁"，请分析其象征意义。

2.以《一地鸡毛》为例分析新写实小说的艺术特色。

相关链接

刘震云最初是以一系列写乡土生活的中短篇小说走上文坛的，仅就题材而言，似不算宽广，但其独到的艺术风格却令读者感到震撼。苦涩的美，是刘震云前期创作的一个鲜明特征。与具有清新格调的乡土小说不同，他的作品从一开始就显得格外沉重，但在沉重中又透出一抹人间温情。《乡村变奏》中的秋绒的未婚夫小水因车祸去世，秋绒不得不另嫁他人，但出嫁那天，她在小水坟上献上了一个花圈，并执意让娶亲的车从小水坟前走。秋绒对未婚夫的真切怀念正是人生最为美好的情愫之一。同样的温情也体现在《栽花的小楼》和《塔铺》等作品中。

（引自王庆生《中国当代文学史》，高等教育出版社 2003 年版）

第四单元　戏剧

田汉戏剧

田　汉

作者简介

田汉(1898—1968),原名寿昌,湖南长沙人,话剧作家、戏曲作家、电影剧本作家、文艺批评家。田汉是中国现代戏剧的奠基人。早年留学日本,20世纪20年代开始创作戏剧,写过多部著名话剧,成功地改编过一些传统戏曲。"文革"期间被迫害,死于狱中。田汉一生创作话剧、歌剧60余部,电影剧本20余部,戏曲剧本24部,歌词和新旧体诗歌近2000首。其中《义勇军进行曲》经聂耳谱曲后被定为中华人民共和国国歌。话剧代表作有《获虎之夜》《名优之死》《乱钟》《回春之曲》《丽人行》《关汉卿》等。

作品导读

独幕话剧《获虎之夜》写于1921年,是田汉早期的代表作。剧本通过"浮浪儿"黄大傻与富裕猎户之女莲姑的爱情悲剧表达了反抗封建专制,追求婚姻自由和个性解放的主题思想。同类故事在文学作品中很多,此剧的独特之处在于巧妙新颖的结构安排和对人物情感世界的深入开掘。颇具戏剧性的"获虎"情节(男主人公被女主人公父亲打虎的线枪误伤)使得原本平缓宽松的氛围突转紧张,矛盾冲突在一个场景、短时间内集中爆发,直至黄大傻殉情达到高潮。作品对人物做了诗意化的处理,黄大傻的"癫"与"傻"实是对爱情的痴迷,他大段的内心表白感人至深,这个"感伤的殉道者"体现了作者所追求的"人性之真"。

获虎之夜

人物介绍：

魏福生——富裕的猎户。

魏黄氏——魏福生妻。

莲姑——魏福生独生女。

祖母——莲姑的祖母。

李东阳——邻人，甲长。

何维贵——李的亲戚，农夫。

黄大傻——莲姑表兄。

屠大、周三、李二——魏家所雇的长工。

时　间：辛亥革命后某年的一个冬夜。

地　点：长沙东乡仙姑岭边一山村。

布　景：魏福生家的“火房”（即乡下人饭后的休息室，客人来时的应接室，冬夜一家人围炉向火处）。

开幕时魏福生坐炉旁吸水烟。其母老态龙钟，坐在草围椅上吸旱烟。福生之妻正泡茶。莲姑，十八九岁，山家装束而不掩其美，将泡好的茶用盘子托着先奉其祖母，次奉其父，然后走出“火房”送给她家的佣工们。魏福生目送其女出去，对其妻低语。

魏福生　莲儿嫁到陈家里去不取第一也要取第二，他家那样多的媳妇，我都看见过，就人物讲，很少及得我们孩子的。

魏黄氏　（感着一种母亲的夸耀）前几天罗大先生也这样说呢。费去了好多心血总算替她挣了这点点陪奁。要不然，单只模样儿好，陪奁太少也还是要遭妯娌们看不起的。

魏福生　也当感谢仙姑娘娘，难得这几年运道还好，新近又一连打了两只虎。不然，事情哪有这样顺手？

魏黄氏　（因而想起）铳装好了没有？

魏福生　装好了，还没有上线。等再晚一点，把线上好，今晚准不会落空的。

魏黄氏　只要再打到一只，莲儿又可以多添一样嫁妆了。我还想替她到城里去买一幅锦缎被面和一个绣花帐檐子。没有多少日子就要过门了，不赶快办，怕来不及。

魏福生　若是再打到了一只大点儿的，也不必抬到城里去请赏了，就把皮剥下来替莲儿做一床褥子，倒也显得我们猎户人家的本色。我打第一只虎的时候，就有这个意思。莲儿，你……莲儿怎么不进来？

魏黄氏 （微笑）八成是听得说她的事，不好意思，回到自己房里去了吧。

魏福生 她这一向还好，从前她真是不听话，几乎把我气死了。

魏黄氏 我也何尝不气，只是听得她晚上那样哭，我又是恨，又是可怜她……到底是我身上的肉啊。（想了想）那癞子还在庙里吗？

魏福生 唔。还在庙里，还住在戏台下面。本想把他驱逐出境，可是地方上见他年纪轻，少爹没娘的，也并不为非作歹，都不肯赶他，我也不好把我的意思说出来。

魏黄氏 真是这些时候也没有见他打我们门口走过了。

魏福生 大约是挨了我那一次打，就不敢再来了。那种癞子单骂他一两句，他是不怕的。

祖　母 那孩子也真可怜啊。你骂他一两句，要他以后别来了不就够了，打他做什么呢？

魏福生 你老人家哪里晓得，那孩子看去好像癫癫傻傻的，对莲儿可一点也不傻。起初我让他跟莲儿一块儿玩，不大管他，后来长大了，还天天来找莲儿，莲儿仿佛也离不开他，我才晓得坏了。那时癞子的娘刚死不久，我荐他到田家塅[①]王家看牛。他说他不愿到那么远的地方去，又说他虽是无家可归了，但不愿离开仙姑岭。打那时候起，他就在庙里的戏台底下过日子。可怜也实在可怜，可一想到他害得莲儿不肯出嫁，怎么叫我不恼火！

魏黄氏 好了。现在也不必恨他了，反而叫我们给莲儿选了家好人家。

魏福生 （忽然想起）喂，前天莲儿到哪里去来？

魏黄氏 同下屋张二姑娘到拗背李大机匠家里去来。我要她送几斤虎肉给他，顺便问他那匹布织完了没有。

魏福生 以后要屠大爷送去好哪，姑娘家不要到外面跑。我仿佛看见她打那一边岭上下来的呢。

魏黄氏 你为什么问起这事？

魏福生 莲儿有好久没有出门，我怕她又跑到庙里去。

祖　母 到庙里去敬敬菩萨也不要紧啊。

魏福生 敬敬菩萨自然没有什么，就怕她又去会那癞子。

魏黄氏 有张二姑娘跟着她呢。再说，莲儿自从定了人家，早已把那癞子

---

① 家塅：长沙东乡人称平坝为“塅”。

忘了。

魏福生　但愿那样就好。

[此时外面有人声对语。李东阳带何维贵来访魏福生，屠大迎接他们。]

屠　大　（在内）哦！李大公来了。请进。

李东阳　（在内）哦，大司务，福生在家吗？

屠　大　（在内）在火房里坐。请进。

[屠大登场。]

屠　大　客来了。（退场）

[李东阳、何维贵登场，魏福生等起迎。]

李东阳　魏老板！

魏福生　哦，甲长先生来了。请坐，请坐。这位是谁？

李东阳　这是舍亲，姓何，住在墩里。

魏福生　哦，何大哥。几时进来的？

何维贵　下午来的。

李东阳　他是今天下午进冲的。他们家几代住在墩里，难得到冲里来。他是我侄郎的哥哥。前回我到墩里去"散事"，在他家住了一晚。谈起冲里柴火怎么多，坡土怎么好，怎样晚上可以听得老虎豹子叫，又谈起你们家新近打了两只老虎，于今一只抬到城里请赏去了，还有一只关在笼子里，他们家里人没有见过老虎，都想来看看。这位老哥，尤其动了意马心猿，非同我来不可。我只好带他来。

何维贵　（忽听得什么叫，忙着扯住李东阳手）哎呀，这这是不是虎叫？

[魏福生同家人皆笑。]

魏福生　这不是虎叫，这是后面猪圈里猪叫。

李东阳　……第二次打的老虎也抬到城里去了吗？

魏福生　抬去四五天了。

李东阳　怎么你没有去？

魏福生　我没去，要老二去了，顺便办一些货回来。我在家里还有些事情。

李东阳　那么，维贵，你来得不凑巧。你那样要看老虎，好容易到冲里来，老虎又抬走了。

魏黄氏　（一面献茶与客）真是，何大哥，你早五六天来就好了。哎哟，没有抬走的时候看的人真多啊！抬走之后两三天还有好些人赶来看，都扑个空回去了。周家新屋的三太太从城里回，也来看虎，她靠近笼子站着，听得虎一吼，身子往后一仰，两手这样往前一拍，手上一对玉钏子，啪！全砸碎了。

何维贵 哎呀，好凶！

李东阳 （笑了）你家捉了老虎的事，真传得远，连春华市那一边都知道了。那地方的都总太太都想来看一看呢，可惜你们急着把老虎送到城里去了。

魏福生 不要紧。今晚若是运气好，还可以打一只，就怕捉不到活的。

李东阳 为什么？又装了陷笼啦？

魏福生 不是陷笼，是抬枪，只等人静一点，就要上线呢。

李东阳 装在什么地方？

魏福生 装在后面岭上。

李东阳 那里没有人走吗？

魏福生 这么晚谁还跑那边岭上去，再说，谁都知道昨天已经封了山。

李东阳 那么恭喜你今晚上又打一只大老虎，该请我喝一杯喜酒吧。

魏福生 那自然哪。莲儿就是这几天要过门了。今晚上再打一只老虎，我一定把喜酒办得热热闹闹的，请甲长先生多喝几杯。

李东阳 哦，不错，听说莲姑娘就是这几天要出门子了。我还没有预备一点添箱的礼物哩。

魏黄氏 哎呀，大公不要费心了。前天承大娭毑[1]送来了一个布，两个被面，我们已经不敢当得很哩。

李东阳 哪里的话，正应，正应。陈家几时过礼？

魏黄氏 初一过礼。

李东阳 你们这头亲事真是门当户对，不要说在我们这门前上下，就是在全乡里也是少有的。

［屠大登场。］

屠　大 大老板，我们可以上线去了吧。

［此时房里久已点灯。炉中柴火熊熊。］

魏福生 （起视窗外）可以去了。你们得小心点啊。

屠　大 晓得。

李东阳 你们家这位屠司务真是个好人。

魏福生 哼。他做事靠得住。

---

① 娭毑：称祖母或尊称年老的妇人。

魏黄氏　有一句讲一句，屠司务真是个老实人。他在我们家做了五六年长工，从来没和我们闹过半句嘴。哦……我记起来了，你们二姑娘不也要出阁了吗？

李东阳　嗯。明年三月安排把她嫁到金鸡坡侯家去。

魏黄氏　侯家！那真是好人家呀。三十几人吃茶饭，长工都请了七八个。二姑娘嫁到那样的人家真是享福啊。

李东阳　嗨，分得她有什么福享？不过可以不挨饿就是了。他家的儿媳妇是有名的不好当的：要起得早，睡得晚，纺纱绩麻，烹茶煮饭，浆衣洗裳不在讲，还得到坡里栽红薯，田里收稻子，一年到头忙得个要死，若是生了个一男半女就更麻烦了。

魏黄氏　不过这样的人家才是真正的好人家啊。越是一家人勤快、省俭，越是兴旺。

李东阳　是。我也正是取他们家这一点，才把二姑娘看到他家去的。她的娘疼爱女儿，听说侯家里是那样的人家，起初还不肯回红庚呢。

祖　母　福生，你叫胡二爷到柴屋里去弄些硬柴来。今晚若是打了老虎还有好一会耽搁呢。

魏福生　我自己去吧。（**起身出门**）

李东阳　娭毑，你老人家真健旺得很。

祖　母　咳，讲给大公听，到底上年纪了，不像从前那样结实了啊。

何维贵　你老人家今年高寿是？

李东阳　你猜猜看。

何维贵　我看……跟我的娭毑上下年纪吧？

魏黄氏　你的娭毑有多大年纪了？

何维贵　今年七十五岁。

魏黄氏　那么比她老人家还小一岁。

李东阳　他的娭毑也健旺得很。我早几天在他家里，还见她老人家替孙子绣兜肚呢。

魏黄氏　我的娭毑眼睛不如从前了，可就是脚力好。仙姑殿那样陡的山坡，她老人家还爬得上去。

李东阳　我们后班子①真不及老班子啊。

魏黄氏　是啊。

---

①　班子即辈之意。

祖　母　我们算什么,没有见你的公公呢。他老人家八十岁那年,还跟后班子赌狠,推起两石谷子上山呢。

何维贵　嗳呀,好健旺!我怕都做不到。

祖　母　你们十八九岁的人,"出山虎子",正是出劲的时候,有什么做不到。

［魏福生抱柴来,放在火炉弯里。］

魏福生　你们讲什么?

李东阳　我们正谈起现在这班年轻人还不及老班子有气力。

魏福生　这是实在的话。就拿我们猎户讲,现在的人哪里及得老一辈,不过器械方法比从前精巧些罢了。

何维贵　魏老板,你府上从前那两只老虎是怎样打的呢?

魏福生　说起来,也有趣得很。我们去年也打过几只,可没有今年这两只来得容易。第一只尤其是意外之财,那时我家刚做好一只陷笼,还没有抬到山上去,就把它放在猪圈后面,把门子打开,只望万一关只把小野物,不料睡到半晚,忽然听得猪圈里乱动起来,接着是几声扯锯子似的吼叫。我们赶忙爬起来,拿了猎枪、虎叉,掌起灯,望猪圈后面一看时,原来笼子里关了一只大老虎。这老虎打我们屋边经过,听得猪叫,想来吃猪,没有别的路,就打笼子里钻进来,使劲爬猪圈,机关一动,啪嗒!后面的门就关下来了。有了这次的好处,后来我们又做了一个笼子,比前一个还要巧,装在那边岭上的树乱里,四周都用树枝子盖好,只留一条进路。笼子后面放些猪羊鸡鸭之类,都捆了腿子,让它们在里面乱踢乱叫。冬天里的饿老虎,打岭上经过,听得树乱里有生物叫,还有个不钻进去的?果然第三天晚上,我们又装了一只,这就是五天前抬到城里请赏的那一只。

何维贵　打虎这样容易吗?

魏福生　哪里会都这样容易!这不过是我走运罢了。你们走过的仙姑岭左边不是有一个长坡吗?那里原先不是像现在这样的光坡,是一带深山老林。近处的人知道那里边有老虎窝,谁也不敢去砍柴,因为长远没有人砍伐,那一带林子就越长越密,深得不见天日。后来里面虎多了,常常出来侵害附近人家的牲口,到了晚上常听得有老虎吼叫,近边人家都不敢安心睡觉。后来把长坡易四聋子的儿子也咬去了。易四聋子是我们乡里有名的猎户,他们夫妇就单生这个儿子,宠得跟性命一样,一旦给虎咬去了,那还受得了?他发誓要杀尽这一坡的老虎。他有个朋友姓袁,也是个有名的猎户,人家叫他袁打铳，也愿意帮他给地方除害。易四聋子每天背着猎枪，提着刀，到坡里找，有一天果然被他找出了一条路，照那条路走进去，就到了老虎窝。一看，母虎不在，只剩了四只小虎在窝里跳。虎窝旁边还有一堆小孩子的头腿，肉都啃没了。易四聋子不看犹可，一看见这堆骨头他又是伤心，又是冒火，一阵乱刀就将那几只小老虎都砍死在窝里。易四聋子知道母老虎一定要报复的。第二天就邀袁打铳跟许多猎户来围山。那天那母虎回来见小老虎都死了，整整吼了一夜。第二天他们围山的时候，它坐在窝里等着。……

[忽闻许多猎犬声，屠大和二三伙友从山上回来。]

[屠大、周三登场。]

魏福生　装好了吗，屠大？

屠　大　全都装好了。

魏福生　山上有人走吗？

屠　大　这个时候什么人会走到那样的岭上去？

魏黄氏　屠大爷，周三爷，快来烘一烘，今晚冷得很哩。

周　三　也不怎么冷。

[魏黄氏折些带叶的干柴，烧起熊熊的火来。屠大、周三二人烘着。]

李东阳　屠大爷你的衣袖子烂得不成样子了。

魏黄氏　昨天我要他交给莲儿缝缝补补，他又不肯。

屠　大　我的衣哪里敢烦莲姑娘补呢？反正在山里干活的人别想穿一件好衣，就有件把好衣，到深山里跑个三两趟，也完了。

李东阳　我老早劝屠大爷讨一个老婆，他总不听，不然，不早有人替你缝补了？

屠　大　甲长老爷，你也得体恤民情呀。像我们这样连自己也养不活的人还能养得活老婆吗？

李东阳　话虽是这样说，老婆总是要讨的。也没有见单身汉子个个有了钱，也没有见讨了老婆的个个都饿死了。我还是替你做个媒吧。

周　三　我也替你做个媒吧。

屠　大　（笑向周三）你替我做个什么媒呀？你有什么姑子要嫁给我呢？

周　三　这姑娘你也见过的，就是后屋朱太太的大小姐。

屠　大　后屋有什么朱太太？

[魏福生和魏黄氏早笑了。]

屠　大　哦，（打周三）你这坏蛋。

魏福生 喂,屠大爷,你快去把器械安排好。等一会就要用呢。

屠　大 好。周三爷你赶快替我磨刀去。

[屠大、周三下场。]

李东阳 今晚上一定又该你发财呢。

魏福生 哈哈,这些事也要靠运气。法子总得想,能不能到手可说不定。这回叫"谋事在人,成事在天"哩。

何维贵 第二天又怎么样呢,魏老板?

魏福生 (突如其来,摸不着头脑)第二天?

何维贵 第二天他们去围山,捉到那只老虎没有呢?

魏福生 啊,你是说易四聋子打虎啊。对,第二天易四聋子就邀了袁打铳跟本地好几位有名的猎户去围山。易四聋子跟袁打铳奋勇当先,照着他昨天找到的那条路,一步步逼近老虎窝,等到相隔不远的时候,见那只母老虎正按着爪子等他,这真叫"仇人见面",他举起枪,瞄准老虎头上就是一枪。老虎听得枪一响,照着枪烟,一个蹿步扑过来。易四聋子本想趁势刺它的肚子,但是来不及了,老虎扑到他的头上来了。他丢了手里的东西一把抱住母老虎的腰,把头紧紧地顶住它的咽喉,把两只脚紧紧地撑住它的后腿,任凭它怎样的摆布,他只是死命地抱着它不放。易四聋子的好朋友袁打铳,跟其他猎户们,救也不好,不救也不好。袁打铳隔得近,爬到树上,对准那老虎打了两枪,老虎打急了。等到第三枪,它就地一滚,那枪子打在易四聋子的腿上,虽然没有打中要害,但痛得他把腿一缩,头上也不由得松下来。那老虎趁这工夫大吼了一声,把易四聋子的脑袋咬了半边,几跳几蹿地就跑出去了。因为势子太凶了,猎户们谁也不敢挡它的路。袁打铳一面收拾他朋友的遗体,一面发誓除掉那只老虎,替他朋友报仇。从此以后,他就时常一个人背着枪,去找那只老虎。后来也打了好几只虎,可始终不是咬他朋友的那一只。他有一个儿子,叫友和,十四五岁了。袁打铳怕他死了之后他朋友的仇不能报,常常把母老虎的样子对友和说,要他长大了也做一个猎户,务必找到这只老虎,把它打死、祭他朋友的灵,才算孝子,因此友和心目中也常常有这么一只虎。

何维贵 他的儿子后来打到这只虎没有呢?

魏福生 你听哪。第二年春二月间,友和跟几个小朋友到枫树坡去寻惊蛰菌,这个坡里也因为林子深,没有人敢去砍柴,地下树叶子落得厚,每年结的菌子也最多。这些小孩越取越多，越多越高兴，就不顾危险往林子深处钻。正拣得高兴的时候，忽然一个小孩吓得叫也不敢叫出来，拼命地扯起他们跑。他们问："看见什么啦？"他说："有虎！"听得有虎，大家都往外跑，把取下来的菌子撒满了一地。可是跑了好一阵，却没见什么东西追出来，瞧有虎的那边林子，一点响动也没有。他们都奇怪。内中有大胆的就再跑到林子里去偷看，袁友和也是一个。一看林子里有一块小小空地，空地上坐着一只刚才吓得他们乱跑的大老虎，嘴里还咬着一块什么东西，两只眼珠鼓得有茶杯那样大，可是它不动，连哼也不哼一声，听听，好像连气息也没有。袁友和胆子最大，拣起一块小石头照那老虎头上一扔，打个正着，可它还是不动。袁友和知道世界上没有这样好脾气的老虎，一看它的头上还有一两处伤哩，心里早想起他爹爹时常对他说起的那只母老虎。他告诉那些小朋友，可是谁也不敢走近那老虎，还是友和跑过去把它一推，哗啦一声就倒了。原来那只母老虎自从咬了易四聋子，带了重伤逃出来，就藏在这林子里死了，如今只剩得皮包骨头，嘴里还衔着易四聋子的半边脑壳哩。

何维贵　那么为什么它还坐着呢？

魏福生　这就叫"虎死不倒威"嘛。后来友和回去把他老子喊来一看，果然是那只老虎。袁打铳把易四聋子那半边脑壳交给他家里跟遗体一起葬了；把老虎的皮骨祭了他的灵，才算完了他一桩心事。……

［正说到这里忽听得山上抬枪一响。］

魏福生　吓！

屠　大　（在内）枪响了。大老板！我们快去吧。

李东阳　福生，你的财运真好。这次包你又打了一只大虎了。

祖　母　若真是只老虎，那么莲儿又多添一样陪奁了。

魏福生　但愿又是只老虎，不要打了一只什么小的野物，那就不值得了。

［屠大携猎枪、虎叉之类登场。］

屠　大　不会，一定是只大虎。小野物不走那条路的。

魏福生　我也这样想。

何维贵　我们也去看看吧。

魏福生　何大哥要去看看也好。

李东阳　我也同去看看。

魏福生　（对魏黄氏）你赶快去烧好一锅水，等一下有好一阵子忙呢。

魏黄氏　我早已预备好了。

周　三　（在内）喂！去呀。

魏福生、屠大　（同声）去呀。（各携器械退场）

魏黄氏　娭毑，你老人家睡去吧。

祖　母　还坐一会也好。等他们把虎抬回来再睡。又有好一阵子忙，我在这里烧烧火也是好的。

魏黄氏　啊呀，炊壶里没有水了。莲儿！

莲　姑　（在内）来了。

［莲姑登场。］

莲　姑　妈妈，什么事？

魏黄氏　你去添一壶水来。等一会儿他们回来了，要茶喝呢。

莲　姑　是。

［莲姑携壶下场，旋即携一满壶水登场，依然把壶挂在火炉里的通火钩上。］

莲　姑　妈，又打了一只老虎吗？

魏黄氏　屠大爷说一定是只老虎。别的野物，不走那条路的。再说，昨天不是封了山了吗？

祖　母　若是只虎，你爹爹不知该多喜欢。他说这次就不抬到城里去请赏了，要把皮剥了给你做一铺褥子。

魏黄氏　日子近了。你那双鞋还不赶快做好！

莲　姑　我不做。

魏黄氏　蠢孩子。你为什么不做？

莲　姑　我不要穿鞋了。

魏黄氏　蠢话！为什么不要穿鞋了？

莲　姑　我不要活了。（哭）

魏黄氏　胡说！为什么不要活了？

莲　姑　爹妈若是一定要我出嫁……

魏黄氏　你还嫌陈家里不好吗？

莲　姑　不是。

魏黄氏　嫌三少爷配不上你？

［莲姑摇头不语。］

魏黄氏　那么为什么又不愿意去了呢？

莲　姑　……不愿意去就是不愿意去嘛。

魏黄氏　好孩子,你先前说得好好的,怎么这会子又变卦了呢?这样的终身大事岂是儿戏得的!人家已经下了定了,你又不愿意去了。就是我肯,你爹爹肯吗?就是你爹爹肯,陈家里能答应吗?你总得懂事一点,你现在也不是七八岁的小姑娘了。放着陈家这样的人家不去,你还想到什么人家去?

祖　母　是呀。像陈家那样的人家在我们乡里是选一选二的。他家里肯要你,真是你的八字好呢。你不到他家去还想到什么更好的人家去?就是有更好的人家,他不要你也是枉然哪。

莲　姑　我什么人家也不愿意去。我在家里伺候娭毑、妈妈不好吗?

魏黄氏　你这话更蠢了。哪里有在娘边做一辈子女儿不出门子的呢?我劝你不要三心二意的了。你只赶快把鞋子做好,别的陪奁我也替你预备得有个八成了,只候你爹爹打了这只虎,替你做床虎皮褥子,还托二叔到城里买一幅绣花帐檐,锦缎被面子,就要过礼了。你刚才这些话我原晓得你是故意跟我淘气的,你要出嫁了,你妈还能把你怎样吗?只回头不要对你爹爹这样说,你爹爹若听见了这些话,你是晓得他的脾气的。

祖　母　是呀。你爹爹他若听说你不愿意,你看他会怎么样气吧。

莲　姑　我不管爹爹气不气,我只是不去就是了。

魏黄氏　好,你有本事等一下对你爹说去。我懒得跟你麻烦。我要到灶屋里去了。(下)

莲　姑　(走到祖母前)娭毑,我……

祖　母　(抚之)傻孩子,你哭什么?你的命不是比你妈、你娭毑都好吗?

莲　姑　不。娭毑,我是一条苦命。

[隐约闻外面人声嘈杂,猎犬吠声。]

祖　母　你听,你爹爹跟屠大爷他们抬虎来了。你出阁的时候又要添一样好陪奁了。你也可以早些到陈家里去享福去了。你还不到大门口去看看去。

莲　姑　不,我不要去看。我怕这个老虎。

祖　母　你又不是才看见过老虎的。怕它做什么?以前捉了活的还不怕,此刻是打死了抬回来的,更不必怕了。

莲　姑　我怎么不怕它?它是催我的命的。

祖　母　瞧你,你又跟黄大傻一样地发起癫来了。

莲　姑　娭毑,是的,我是跟他一样癫的,我怕我会变成他那一样的癫子呢。

祖　母　你越说越傻了。好好的人怎么会癫？

[人声、狗声愈近。]

祖　母　好。(站起来)

[众声嘈杂中闻甲长之声:“抬进去,抬进去。”]

祖　母　你听,虎已经抬到门口来了。快去看看去。

莲　姑　不,我不要看。老虎进来,我就要出门子了。

[人声,脚步声,猎犬吠声,已闹成一片了。]

屠　大　(在内)顾三爷,你把大门推开些,推开些。

魏福生　(在内)堂屋里快安排一扇门板。

李东阳　(在内)你把脚好生抱着,抬进去。

祖　母　莲儿,虎抬进来了。快去看看。

莲　姑　不。我不要看。

[人声、足步声愈近。]

魏福生　(在内)抬到堂屋里去。

李东阳　(在内)不,抬到火房里去。

祖　母　你快去开门,虎要抬到火房里来了。

魏福生　(在内)何必抬到火房里去?

李东阳　(在内)天气冷,抬到火房里去吧。快去安置一下。

[火房打开了,李二进来把左壁大竹床上的东西挪开,铺上一床棉褥,把衣服卷成一个枕头,放好。李东阳进来,把椅凳移开。在莲姑和她祖母的错愕中间,魏福生和屠大早半抬半抱地抬进一只“大虎”——一个十七八岁的褴褛少年。腿上打得鲜血淋漓,此时昏过去了。让他们把他尸骸般的抬起放在那大竹床上。]

祖　母　怎么哪,打了人?

魏福生　有什么说的,倒楣嘛!

李东阳　你老人家快把火烧大一点。福生,你得赶快去请一个医生来。

魏福生　这时候到哪里去请医生呢?槐树屋梁六先生又上城去了。

李东阳　不,得立刻去请一个来,他伤得很重,弄出人命来不是玩的。

魏福生　屠大爷,那么你到文家文九先生那里去一趟,请他老人家务必今晚来一趟。李二爷,你也同去,好抬他的轿子。

[屠大、李二匆匆退场。]

[魏黄氏急登场。]

魏黄氏　打了人?打了谁呀?

魏福生　还有谁！还不是那个晦气。

［魏黄氏与莲姑的眼光都转到那褴褛少年脸上。］

魏福生　他晕过去了。快烧碗开水灌他一下。（忽注意到莲姑）莲儿快进去，不要呆在这里。

莲　姑　（目不转睛地望着那面色灰败的少年，似没有听得她父亲的话。旋疑其视觉有误，拭目，挨近一看）哎呀，这不是黄大哥？黄大哥呀！（哭）

魏黄氏　当真是那孩子，怎么瘦到这样了。咳，真是想不到。（起身，烧水去）

魏福生　不识羞的东西，他是你什么黄大哥，还不给我滚进去！

祖　母　（起视）当真是那孩子吗？

魏福生　不是那个癫子，这个时候谁还跑到岭上去送死？背时人就碰上这样的背时东西。

祖　母　伤在哪里？

魏福生　伤了大腿。只要再打上一点，这家伙就没有命了。

李东阳　现在还是危险得很，血出得太多。我们走近他的时候还以为是只虎，仔细一看才知道是他在那里乱滚。

魏福生　他伤得那样重，见了我还跟我道恭喜呢。这个混账东西！

祖　母　快替他收血。把他喊转来。可怜这孩子已经是个癫子了，不要又弄成个残疾。

魏福生　（伏在少年腿边作法收血）工程太大了，不容易收。我去叫下屋李待诏[①]来。甲长先生，请你替我招呼一下，我去一下就来。

李东阳　可以。你去。这里我招呼。

魏福生　谢谢你，甲长先生。（下去了）

莲　姑　（等他父亲走后，挨近少年身边，寻着伤处）哦呀，伤的这么重！（摸一手的血）出这样多的血！哎呀，怎么得了！（哭。忽悟哭也无益，急起身进房）

［闻撕布声。］

李东阳　（对何维贵）今晚领你来看老虎，想不到看了这样一只虎。你先回去吧。我要等一下才能走。（送何维贵到门口）你出大门一直走，走到那株大樟树那里拐弯，进那个长坡，就看见我的家了。你看得见吗？拿个火把去吧。

---

① 待诏，此处指理发师。

何维贵 不消，我看得见。

周 三 我带何大哥去好哪。我还要顺便到一下李家新屋，问他们家要些药来。他们有云南白药。

李东阳 那更好了。你对大娭毑说，我等一下就回来。

［何维贵、周三退场。］

［莲姑携白布和棉花一卷登场，就黄大傻侧坐。替他洗去血迹，绷裹伤处，少年略转侧，微带呻吟之声。］

莲 姑 （细声呼少年）黄大哥，黄大哥！

黄大傻 （从呻吟声中隐约吐出一种痛苦的答声）唔。

李东阳 壶里的水开了。快灌点开水。

［魏黄氏冲一碗开水，俟略冷，端到黄大傻身边，祖母拿支筷子挑开他的口，徐徐灌下。］

李东阳 好了，肚子里有点转动了。

祖 母 咳，这也是一种星数。

莲 姑 （微呼之）黄大哥，黄大哥。

黄大傻 （声音略大）唔。哎哟。

祖 母 可怜的孩子，这一阵子他痛晕了呢。

黄大傻 （呻吟中杂着梦呓）哎哟，莲姑娘，痛啊。

魏黄氏 这孩子这样痛还没有忘记莲儿呢！

莲 姑 （抚之）黄大哥。

黄大傻 （睁开眼四望）哦呀。我怎么在这里？我怎么睡在这里？

李东阳 你刚才在山上被抬枪打了，我们把你抬到这来的。这会子清醒了一点没有？

黄大傻 好了一点。哦呀，李大公。哦呀，姑母，姑娭毑，莲姑娘。莲姑娘，我怎么刚才在山上看见你？我当我还倒在山上呢，哎哟。（拭目）莲姑娘，我们不是在做梦吗？

莲 姑 黄大哥，不是做梦啊，是真的。你睡在我们家火房里的竹床上。

黄大傻 是真的？……我没想到今晚能再见你啊。莲姐！听说你要出嫁了。听说就是这几天要过门了。我想来跟你道喜，又没有胆子进这张门。我只想，只想到你出阁那天，陈家一定要招些叫化子来打旗子的。那时候我就去讨一面旗子打了，算是我跟你道喜。是，是哪一天？日子已经定了没有？

莲 姑 黄大哥……（哭不可抑）

［魏福生急上。］

魏福生　李待诏不在家，找了一个空，血止了一点没有？

李东阳　止了一点。莲姑娘替他裹好了。

魏福生　（见莲姑）莲儿还不进去。进去！

［莲姑踌躇。］

魏福生　还不进去，你这不识羞的东西！

莲　姑　爹爹，我今晚要看护他一晚。女儿这一辈子只求爹爹这一件事。

魏福生　他是你什么人？为什么要你看护他？他受了伤，我自然要想法子替他诊好的，不要你过问。你还不替我滚进去！

李东阳　福生，让她招呼一下何妨呢？病人总得姑娘们招呼好些。

魏福生　甲长先生，你不大晓得这个情形。……我是决不让我女儿看护他的。第一，我就不知道他这样晚为什么要跑到那样的岭上去送死？

李东阳　心里不大明白的人，总是这样的。

魏福生　不。你说他傻吗，他有时候说出话来一点也不傻。我真不懂他为什么老寻着我们家吵。

黄大傻　姑爹，以后我再也不要你老人家操心了。再也不到你老人家府上来了。今晚上是最末一次。真没想到今晚上又能到你老人家府上来的，更没有想到会真像受了重伤的野兽一样，倒在我小时睡过的这张竹床上。我只想能在后山上隐隐约约地看得见这屋子里的灯光就够了。

魏福生　你为什么今晚要来看我们家的灯光？

黄大傻　不止今晚啊，姑爹，除了上两晚之外，我差不多每晚都来的。自从在庙里戏台下面安身以来，我每晚都是这样的。哪怕是刮风下雨的晚上都没有间断过。我只要一望见这家里的灯光，我就像见了亲人一样，把苦楚都忘记了。

祖　母　咳！没有爹娘的孩子真是可怜啊。

魏福生　你既然这样想到我家来，何不好好对我说呢？

黄大傻　姑爹，我晓得我就是好好地求你老人家，你老人家也不会要我到你家里来的。我是挨过你老人家的打骂的呀！

魏福生　我打你骂你，都是愿你学好。谁叫你那样不听话呢？我要你学木匠，你不去；要你学裁缝，你也不去；你偏要在这近边讨饭，我怎么不恨呢？

黄大傻　是的。我宁愿在这近边讨饭，我宁愿一个人睡在戏台底下，我不愿离开这个地方。哪怕你老人家通知团上要把我这个无家可归的孩子驱逐出境，我也不愿离开这个地方。

魏福生 我是怕你不务正业，才要驱逐你的呀。假如你是学好的，我何至如此？

黄大傻 嗨！穷孩子总是要被人家驱逐的。我讲好了替上屋张家看牛，你老人家硬叫张大公辞退了我。哪里是怕我不务正业，无非害怕我接近莲姑娘罢了。

魏福生 你们听！我早知道他是装疯卖傻的。

黄大傻 姑爹，我实在是个傻子，我明晓得没有爱莲姑娘的份儿，我偏舍不得她，我怎么不是个傻子呢？我跟莲姑娘从小就在一块儿。那时我家里还好，你老人家还带玩带笑地说过，将来这两个孩子倒是好一对。那时我们小孩子心里也早已模模糊糊地有这个意思了。后来我爹不幸去世，家里亏空不少，你老人家已经冷了一大半。及至我妈妈也死了，家里又遭了火烛，几亩地卖光，还不够还债的，我读书的机会自然没有了。学手艺吗，也全由别人作主；今天要我学裁缝，我不愿意，逃出来，挨了一顿打骂，又拉我去学木匠。……我那时候早已晓得莲姑娘不是我的了。我去学木匠那天早晨，想找莲姑娘说几句话，都被你老人家禁止了。我只怨自己的命苦，几次想打断这个念头，可是怎么样也打不断。上屋里陈八先生可怜我，叫我同他到城里去学生意。我想这或者可以帮助我忘记莲姑娘，可是我同他走到离城不远的湖迹渡，我还是一个人折回来了。我不能忘记莲姑娘，我不能离开莲姑娘所住的地方。多亏仙姑庙的王道人可怜我，许我在庙里的戏台下面安身，我时常帮他做些杂事，碰上我讨不到饭的时候，他也把些吃剩的斋饭给我吃，我就是这样过了一年多的日子。

莲　姑 （哭）啊，大哥！

黄大傻 一个没有爹娘、没有兄弟、没有亲戚朋友的孩子，白天里还不怎样，到了晚上独自一个人睡在庙前的戏台底下，真是凄凉得可怕呀！烧起火来，只照着自己一个人的影子；唱歌，哭，只听得自己一个人的声音。我才晓得世界上顶可怕的不是豺狼虎豹，也不是鬼，是寂寞！

莲　姑 （泣更哀）大哥！

黄大傻 我寂寞得没有法子。到了太阳落山，鸟儿都回到巢里去了的时候，就独自一个人挨到这后山上，望这个屋子里的灯光，尤其是莲姑娘窗上的灯光，看见了她的窗子上的灯光，就好像我还是五六年前在爹妈身边做幸福的孩子，每天到这边山上喊莲妹出来同玩的时候一样。尤其是下细雨的晚上，那窗子上的灯光打远处望起来是那样朦朦胧胧的，就像秋天里我捉了许多萤火虫，莲妹把它装在蛋壳里。我一面呆看，一面痴想，身上给雨点打得透湿也不觉得，直等灯光熄了，莲妹睡了，我才回到戏台底下。

莲　姑　（啜泣）啊，大哥！

祖　母　可怜的孩子，那不会着凉吗？

黄大傻　没爹少娘的孩子谁管他着不着凉呢！寂寞比病还要可怕，我只要减少我心里的寂寞，什么也顾不得了。一年多的风霜饥饿，身体早已不成了；这几天又得上了一点寒热，所以有两个晚上没有看这边窗上的灯光了。我怕到我爹妈膝下去的时候不远了，又听说莲姑娘就是这几天要出嫁，所以我今晚又走到这边山上来，想再望望我两晚没有望见的，或许以后永远望不见的灯光，不想刚到山上便绊着药绳，挨了这一枪。……我只望那一枪把我打死了倒好，免得再受苦了，没想到还能活着见莲姑娘一面，我挨这一枪也值得，死也死得过了。

莲　姑　啊，大哥！

祖　母　可怜的孩子，不想他这样爱着莲儿。

魏黄氏　可怜病得这样子又受了这样重的伤。他的娘若在世，不知怎样的伤心呢！

莲　姑　（抚着黄大傻的手）大哥，你好好睡。我今晚招呼你。

黄大傻　（欣慰极了）啊，谢谢。

魏福生　（暴怒地）不能！莲儿，快进去，这里有我招呼，不要你管。你已经是陈家里的人，你怎么好看护他？陈家听见了成什么话！

莲　姑　我怎么是陈家里的人了？

魏福生　我把你许给陈家了，你就是陈家的人了。

莲　姑　我把自己许给了黄大哥，我就是黄家的人了！

魏福生　什么话！你敢顶嘴？你这不懂事的东西！（见莲姑还握着黄大傻的手）你还不放手，替我滚起进去！你想要招打？

莲　姑　你老人家打死我，我也不放手。

魏福生　（改用慈父的口吻）莲儿，仔细想想吧，爹不是因为爱你才把你许给陈家的吗？爹辛苦半辈子，只有你这一个女儿，不想把你随便给人家。好容易千挑万选地才攀上了陈家这门亲。陈家起先嫌我们猎户出身，后来看得你人物还不错，才应允了。只望你心满意足地到陈家去，生下一男半女，回门来喊我一声外公，也算我没有儿子的人的福分。不想你这不懂事的东西存心跟我为难，可是后来你妈再三劝你，你不是已经回心转意，亲口答应了吗？……

魏黄氏 是呀，莲儿你自己答应了的呀。

莲 姑 爹逼得我没有法子，只好权时答应了。原想找个机会跟黄大哥商量，在过门以前逃跑的。

魏福生 唔，你居然想逃跑！

莲 姑 想逃跑。我老早就想逃跑，只是没有机会。第一次打了老虎，到我家看的人很多，我就想趁那时候逃。刚走到半山碰了屠大爷，我只好回来。后来过门的日子越近，你老人家越不肯叫我出去。前几天借着送虎肉才同张二姑娘到仙姑殿去了一回。因为有二姑娘跟着我，不好问人，没有找着黄大哥。

魏福生 找着他呢？

莲 姑 找着他，我就约个日子同他跑。

魏黄氏 你们安排跑到哪里去？

莲 姑 跑到城里去。

魏福生 找谁？

莲 姑 找张大姐介绍我到纱厂做工去。

魏福生 唔。

莲 姑 没有想到我没有找着他，他倒先到我家来了。像受了重伤的老虎似的抬到我们家来了。身体瘦成这个样子，腿上还打一个大洞。……流了这许多血。黄大哥，可怜的黄大哥，我是再也不离开你的了。死，活，我都不离开你！

魏福生 我偏要你离开他。偏不许你们在一块……你这不孝的东西！（猛力想扯开他们的手，但他们抓死不放）

莲 姑 爹！

祖 母 （同时）福生！

李东阳 （同时）福生！你——

魏黄氏 （同时）嗳呀，莲儿，你放手吧。

莲 姑 不。我死也不放。世界上没有人能拆开我们的手！

魏福生 我能够！（暴怒如雷，猛力扯开他们的手，拖着莲姑往房里走）你这畜生，不要脸的畜生，不打你如何晓得厉害！（拖进房里）

［台上闻扑打声，抗争声。“哼！你还犟嘴不？你还发疯不？你还喊黄大哥不？你还要气死我不？”每问一句，打一下。］

大　家　（同时）福生，福生，嗳呀，不要打！（皆拥到后房去。）

［台上只剩黄大傻一人，尸骸似的倒在竹床上，闻里面打莲姑声，旧病新创一齐爆发。］

黄大傻　嗳呀，我再不能受了。（忍痛回顾，强起，取床边猎刀）莲姑娘，我先你一步吧。（自刺其胸而死）

［里面魏福生“你还不听说不？你还要喊黄大哥不？你做陈家里的人不?”之声与竹鞭响声，哀呼“黄大哥”之声益烈，劝解者、号哭者的声音伴奏之。］

——幕徐闭

（原载1924年半月刊《南国》第2期）

思考练习

1.试分析主人公黄大傻的性格特点。

2.以《获虎之夜》为例，分析田汉早期戏剧创作的特征。

相关链接

我事实上有多少年也不曾重念过这个剧本了。到一九三二年的现在再检阅一过，觉得不必十分改动也可以的还算这一篇。因为尽管有幼稚的感伤的地方，而纯朴的青春时代的影像还可以从这作品中追寻出来，这就是使人难舍的地方了。并且这作品在题目上也接触了婚姻与阶级这一社会问题，一个浮浪儿童爱上了一个富农的女儿，在当时必然地会产生这种悲剧，在现在我们不免有些不满的是这浮浪儿童就那么自杀了，莲姑娘是那么在父权底下婉转哀啼着，不曾暗示半点光明，这样的戏剧如同这样的事实一样，在劳苦大众从决死斗争中找出路的现在是不可能的，这里打着从一九二一至一九三二这十一年时间时代进展的痕迹。

［引自田汉《〈田汉戏曲集〉(第2集)·自序》，《田汉戏曲集》(第2集)，现代书局1933年版］

丁西林戏剧

丁西林

作者简介

丁西林(1893—1974),原名丁燮林,字巽甫,剧作家、物理学家、社会活动家,生于江苏省泰兴县。1913年毕业于上海交通部工业专门学校(上海交通大学前身),1914年入英国伯明翰大学攻读物理学和数学。1920年归国后曾任北京大学物理系教授。丁西林自幼喜爱文艺,留学期间阅读了大量欧洲戏剧、小说名著。归国后从事业余戏剧创作,成为"五四"以来致力于喜剧创作的有影响的剧作家之一。丁西林的喜剧有着较高的艺术成就,代表作品有《一只马蜂》《压迫》和《三块钱国币》等。

作品导读

《一只马蜂》发表于1923年10月《太平洋》第4卷第3期,是丁西林的处女作。和许多剧作家不同,作者在此剧中并不急于表达对社会、对人生的某种看法,也不去精心设计尖锐激烈的矛盾冲突,他只是截取生活中某个小的片段,"抓住一两个人物的个性,表现出来些生动的生活情趣和感受"(丁西林语),达到"喜剧而不夸张"的效果。构成全剧冲突的,与其说是封建家长吉老太太和青年男女主人公,不如说是"'现实的'与'审美的'两种不同的生活态度(观念)"(引自钱理群等著《中国现代文学三十年》)。"欺骗"是丁西林戏剧的一个母题,剧中男女主人公的"欺骗"与机智不仅制造了良好的喜剧效果,而且帮助他们在冲突中取得了胜利。

一只马蜂

人物

吉老太太——年约五十余岁，身材细小，体质强健，淡素服装，非常的清洁。

吉先生——吉老太太的儿子，年约二十六七，强健活泼，极平常、极自然的服装。

余小姐——年约二十五六，姿态美丽，面目富有表情，服装精致。

仆人。

布　景　一间小小长方形的房子，后面墙壁中间，两扇宽门。门的左边置一衣架，靠墙一小桌，桌上置鲜花。右边靠墙立一书柜，内藏成套的中西书籍。右壁的里边，开一独门，门前为短门大窗，窗边置写字桌，上置文具。房的左壁，后半亦开一门，前半靠壁置书架，架上置装饰品。壁上悬字画。房子中央略偏前与右，置一小圆桌，上置茶具，桌的右侧置大椅（即安乐椅），左侧置可坐两人的长椅，两椅之间置一小椅，椅上皆置腰枕。

［开幕时吉老太太睡卧在大椅上，脚下置高垫，手中报纸落地上。］

吉先生　（将左门徐徐推开，见老太太睡卧椅上。轻步走至衣架，取了一件薄大衣，走至椅前，轻轻盖在老太太身上。老太太醒觉。吉先生含笑问）睡着了没有？

老太太　我本想闭了眼歇一会，不想一不留心，就睡着了。（坐起）

吉先生　老人家的眼睛，同小孩子的眼睛一样，闭不得的。一闭了，就不由你做主。（将报纸拾起，坐在小椅上）

老太太　现在什么时候了？

吉先生　（由怀里取出一个表看了一看）三点一刻。

老太太　你在哪里一直到现在？

吉先生　在书房里写了两封信。

老太太　喔，不错，你替我把那封信写了吧。

吉先生　好，现在就写。（坐到写字桌，从抽屉里拿出信纸信封，瓶里倒了水，磨墨取笔，预备写字）怎样写法？

老太太　随便的写几句好了。你把我们动身的日子告诉他们，叫他们雇一只船到港口接一接。

吉先生　你一面说，我一面写吧，一定下星期二动身么？

老太太　喔，已经不是日子，还再不动身！

吉先生 （一面写，一面念，一面说）“……十九日起程回南。”（停笔用手指计算日期）十九，二十，二十一。（写）“二十一日到港。叫张宏同江妈雇一只船到港口接一接。”（问）是不是？

老太太 是，最好叫到李老四家的船，干净。要是李老四的船出了门，叫邓祥发家的也可以。

吉先生 （写）最好叫到李老四家的船。（一面写一面口中低声地念）……邓祥发家的也可以。（问）还有什么？

老太太 （自己想她的心思）这几天太阳已经很厉害，不如叫他们先把南房里的皮衣服拿出来晒一晒。

吉先生 好，还有什么？

老太太 没有什么。（自言自语）王妈回家，说过了节就回来，不知现在已经回来了没有？

［吉先生继续地写信。］

老太太 余小姐，应该送她点礼物才好。

吉先生 （先写完了信，然后答话，再接着写信封）你不是说送她一件衣料的么？（写完了信封）好了，写完了。

老太太 （被吉先生打破她的深思）写完了吗？

吉先生 （走至椅前，将这信送出）要不要看一遍？

老太太 你念一念吧。

吉先生 （念信）“二妹览：‘已经不是日子，还再不动身！’母亲说……”

老太太 这是写的什么？

吉先生 这是写信的一个帽子。（继续一句一句的念信）“母亲定于十九日动身。二十一日到港。叫张宏同江妈雇一只船到港口接一接。最好叫到李老四家的船，干净。要是李老四家的船出了门，叫邓祥发家的也可以。这几天太阳已经很厉害，不如叫他们先把南房里的皮衣拿出来晒一晒。王妈回家，说过了节就回来，不知现在已经回来了没有？”没有写错吧？

老太太 （笑）喔，你们现在写信，都是这样写么？

吉先生 这是最时行的直写式的白话文，有一句，说一句。你没有旁的话要说么？

老太太 没有。

吉先生 这下边是我的事。（继续念信）“这次母亲在京，一切都好，惟有两件事，不大称心。……”

老太太　我有什么事不称心？

吉先生　（不答，继续念信）"第一，她这次来京的目的，本想劝她的儿子，赶紧讨个媳妇，她可早点抱个孙儿。方头大耳，既肥且皙。哎！不想来京两月，绝少成绩。媳妇，毫无影响，孙子，渺无消息；第二，她满心满意，想亲上加亲，把姊妹改做亲家，侄儿变做女婿。不想她那不肖之女，又刚愎自用，不顺母意。因此上，这几日来，口中不言，心中闷闷。不过那位表侄先生，现已广托亲友，多方物色。夫诚能动神，勤能移山，况在佳人才子聚会之首都，求一称心合意之老婆乎！故数月之内，定有良缘。将来一杯喜酒，或能稍慰老年人。愿天下有情人无情人都成眷属之美意也。"说得对不对？不要生气啊。

老太太　（稍有不快之意）我有这些闲工夫来同你们生气！你们的事，我老早就对你们讲过，由你们自己去，我一概不管。你们爱怎么说，就怎么说。

吉先生　（将信封好，贴了邮票，走至椅旁，一手放椅背上，一手理她的头发）妈，你是一个特殊的女人，你什么事都是非常。你是一个非常的贤妻，一个非常的良母。惟有这一件，你没有逃出了做母亲的公例。

老太太　把这件大衣挂起来。

［吉先生将衣挂原处。］

老太太　（追想到她以前的生活）"贤妻良母"，配不上这四个字！

［吉先生坐到原处。］

老太太　你父亲死的时候，你只有八岁。云儿只有五岁。那个时候，我就不相信那私塾先生的教书方法。——也一半舍不得你们去受那野蛮的管束——所以我就拿定主意，自己教你们。一直把你教到十六岁。那时所有的产业，就是那分来的五十亩坏田。现在你们可以不愁穿，不愁吃。不是说大话，要是你们不是每年上千块的学费用费，现在大约十倍那么多都不止了。

吉先生　所以我说你是一个特殊的女人。

老太太　是的，贤妻良母，有什么稀奇？现在的一般小姐们不是一天到晚所鄙薄不屑得做的么？

吉先生　你要原谅她们。她们因为有几千年没有说过话，现在可以拿起笔来，做文章，她们只要说，说，说，连她们自己都不知道说的些什么。

老太太 现在这班小姐们。真教人看不上眼。不懂得做人，不懂得治家。我不知道她们的好处在什么地方？

吉先生 她们都是些白话诗，既无品格，又无风韵。旁人莫名其妙，然后她们的好处，就在这个上边。

老太太 我问你，这样的人也不好，那样的人也不好，旧的，你说她们是八股文，新的，你又说她们是白话诗……

吉先生 是的，同样的没有东西，没有味儿。

老太太 那么你到底要怎样的一个人，你就愿意？

吉先生 （耸肩）坏的就是连我自己都不知道。要是找老婆如同找数学的未知数一样，能够列出一个代数方程式来，那倒容易办了。

老太太 怎么你们表兄弟两个这样的不同！那一个就请这个，托那个，差不多今天等不到明天。你是总不把它当成一件正经事看。

吉先生 不把它当成一件正经事看！因为我把它看得太正经了，所以到今天还没有结婚。要是我把它当做配眼镜一样，那么你的孙子，已经进了中学。

老太太 （觉得对他没有办法）倒一杯茶给我。

［吉先生倒了一杯茶送给老太太，自己亦倒了一杯，慢慢饮之。］

老太太 （沉思半晌）你知道不知道，你的表兄已经同我说了几次，要我替他做媒？

吉先生 怎么不知道？

老太太 你知道他要说的是谁么？

吉先生 余小姐，是不是？你问过她了没有？

老太太 （很慢地答）没有。

吉先生 为什么不问她？

老太太 为什么不问？（少顷）我想今天问她——好不好？（语时视吉先生）

吉先生 很好，看护妇配医生，互助的原则，合作的精神，结婚时最好的演说资料。

［老太太微微地叹了一口气。］

仆　人 （推开左门）老太太，余小姐来了。

老太太 请她进来。

［仆人走出，吉先生放下茶杯，忙走至写字桌，整理笔砚，折好了桌上报纸。］

［仆人由外面推开左门让余小姐走进，自己随后收去了桌上的茶具。］

余小姐　（戴了帽子手套，一手提钱包，进来之后，一面与主人招呼，一面脱去手套，将钱包置门旁小桌上，解下帽子）老太太，吉先生。

老太太
吉先生　余小姐

［吉先生接过帽子，挂衣架上。］

余小姐　老太太，对不住得很，劳你们等了。

老太太　没有什么，请坐。（让余小姐坐大椅）

余小姐　喔，老太太坐，老太太不用客气，我这儿坐好。

［扶老太太坐大椅，自坐小椅。吉先生自坐长椅上。］

余小姐　两点半钟就想来，忽然来了一个病人，要替他腾出一间房间来，忙了半天。还打算打电话，说不能来了，后来我想老太太就要回南，无论怎样忙，都要来陪老太太玩半天。

老太太　多谢你，我们也知道你医院里事情很忙，所以一向不常请你出来。今天是因为我们快要回南，想请你来，我们好当面向你道谢。这一次实在劳苦了你。起先是我们吉先生，住了两个星期，都是你招呼，后来又是我自己，我们实在感激你的了不得。

余小姐　老太太太客气，那是我们的职务。老太太这几天饮食可好一点？

老太太　胃口不强，我一向就是这样，这一次到北京来，因为在路上略微受了一点辛苦，所以觉得不大舒服，实在没有什么病。我们吉先生一定要我到医院去，说医院里怎样的舒服，怎样的干净。我总是不想去。后来他又说我精神不好，一定是睡觉不好，非得到一个清静的地方去静养几天不可。我被他说不过了，方才住到医院去。我出来的时候，他还要我再多住几天。

吉先生　我的母亲是不相信医院，不相信看护妇的。

老太太　我并没有说我不相信看护妇，我是因为常常听见讲医院里招呼不大周到。

吉先生　没有什么，你现在不但相信她们，并且喜欢她们。

余小姐　我们也知道，外面有很多的人说我们的坏话，现在不是我来替自己辩护，有时实在不是看护妇的疏忽，实在是这一班生病的太太小姐们的麻烦。我时常同其余的同事说着玩，说这些人什么事不会做，连生病也不会生……

吉先生 要生病生得好,本来不是一件容易的事。

余小姐 她们第一,就不肯听医生的话,要这样要那样,一天要压几十次铃子。你对她们说,叫她们不要吃东西,她一会儿要到外边买些水果,一会儿想叫家里送点鸡汤。你想,要叫我们同平常人家的老妈子伺候太太小姐们一样,我们哪里有这么许多工夫?我们平均每人要招呼十个人。喔,说也是无用,她们哪里肯讲理?

吉先生 做看护妇本来是一种很苦的职业,因为世界上最不讲理的是醉汉,其次就要算病人。

余小姐 好笑得很,遇到一种奇怪的人,病快好的时候,他还要你陪他谈天。(看了吉先生一眼)

吉先生 那真是可想而知的讨厌。要是个男人,还没有什么,假若是个女人,那恐怕简直没有办法。

老太太 不过我终是不相信,其余的人能够同你一样。纵然有你这样的能干,也一定不会这样的和善,这样的体贴。

[仆人由左门入,手里拿了一个盘,盘中置茶壶、茶杯、糖碟等物。]

[老太太欲倒茶。]

余小姐 老太太请坐,让我自己来倒。(倒了一杯茶送老太太)

老太太 喔,谢谢你。

[吉先生倒了一杯茶送余小姐。]

余小姐 (受吉先生之茶)谢谢。(欲代吉先生倒茶)

吉先生 谢谢,我不喝茶。

余小姐 (一面喝茶)老太太为什么不在北京多住几天?有吉小姐在家,难道不放心么?

老太太 她倒什么都能够,不过我这次离家已经很久。我本是因为吉先生病了,所以来看看。

余小姐 我想吉小姐一定也是很能干。

老太太 什么叫能干?不过一个女孩子应该知道的事,我不容她们不知道。

余小姐 不过要想能同老太太一样的能干,恐怕不容易。

吉先生 做能干父母的子女,是一件很苦的事。暑假那么热的天气,回到家,只有两个星期,两个星期一过,就一个赶到乡里去种田,一个赶到厨房里去烧饭。

老太太 (笑)我是一个很顽固的人——我现在也有了年纪,也不怕人笑话——我以为一个人多知道一点事,一定不会有坏处。我不相信,一个女人会做了饭，就不会做文章。

吉先生　不错。不过困难的不是会做了饭的女人不会做文章，是会做了文章的女人就不会做饭。

余小姐　吉小姐会到北京来么？我很想认识她，我想她一定是同老太太一样的和气、可爱。

老太太　她旁的没有什么好处，不过还直爽。就是我嫌她有点新的习气。

余小姐　（高兴）我想我们一定会变做好朋友，她来的时候，老太太一定要叫她写信给我。

老太太　（问吉先生）你有她的照片没有？

吉先生　有一张的，不知到哪里去了。

余小姐　（忆起）喔，吉先生信里说老太太要我一张照片，我今天带来了。（走向小桌）

老太太　（不解）我没有说要照片。（向吉先生）我几时……？

吉先生　你怎么没有讲？真是有了年纪的人，说过去的话不要几天就忘了。

余小姐　（装不听见，由钱包里取出一张小照片）这一张不大好，不十分像，等以后有了好的时候，再送老太太吧。（以照片送给老太太）

老太太　（看照片）你已经长得很好看，这张照片更加好。

吉先生　（向老太太取了照片，取笑老太太）你平常最讲究会说话的，怎么今天自己把话说差了？你应该说，这张照片固然很好看，但是总不及照片的主人好看。（与余小姐对看了一眼）

老太太　我是说的老实话。

吉先生　你们还坐一会儿才去吧？（向老太太）我送你一个好看的照片框子。（吉带照片由左门走出）

[两人不语者片刻。老太太对余小姐注视，余小姐不知所语，取了一块糖来吃。]

老太太　余小姐，我有几句话，很久就想同你谈谈。（将椅移近）

[余小姐忙将口里的糖吞下，理了一理裙子，坐直了身子，用心地听。]

老太太　我想你一定以为我是一个很爱舒服的人，你知道我年青的时候，很过了些辛苦的日子。我们吉先生，从小就没了父亲，家里大大小小的事情，都全靠我一个人去问，连他们的书，都是我自己教他们。差不多吃了二十年的苦，才把他们带到这么大。现在他们什么事都用不着我去担心。不过还有一件，我放不了心，就是他们都还没有成家。

[余小姐的身子略微地颤动了一下。]

老太太 这一层，我也同吉先生说过好几次，他都不把它当一件事。——我也不知道他到底是什么意思。现在子女的婚姻，本来也用不着父母去管，所以我也只好由他们自己去。（叹了一口气，略顿）我有一个表侄。

[余小姐转了一转身子，恢复了自然的呼吸。]

老太太 你大概也认识他，他到医院看过我。他虽然只看见过你几次，但是因为他时常听见我说你怎样的好，所以他很敬重你。他向我说了好多次，托我说媒，我都没有提过。因为我自己儿子的事，我都不管，我哪里有工夫去管旁人家的事！不过他说，他一来不知道你的意思，所以不好向你开口，二来就是想对你说，也没有个好的机会。他，人是一个很好的人，他学的是医道，现在预备自己挂牌行医。他的脾气很好，也是一点坏的嗜好都没有。——喔，我知道我是一个很腐败的老太婆，说媒的事，是你们现在最不喜欢的。要是这样，我请你不要生气。

余小姐 （如梦初觉）我很感谢老太太的好意，哪有生气的道理？

老太太 他还想在我回南之前，得一个回信。我想这也不是立刻就要怎样的一件事，你如要细细想一想，你回去写封信告诉我，我想也没有什么不可以。（略顿）你的意思怎么样？你有什么话，尽可对我说，你知道我差不多把你同自己的女儿一样的看待。

余小姐 （思索了一会，打定了主意）我想我们年青的人，一点经验没有，什么事都全靠年纪大一点的人到处指点教导。老太太的意思怎么样？

老太太 喔，这是你自己的事，总得你自己做主。

余小姐 老太太的意思，如果觉得很好，那自然不会有错。

老太太 那我就说你很愿意？

余小姐 不过我想总得写一封信回去，问问父母的意思。

老太太 不错，不错，自然应该这样。那你就写封信回去，等你接到家里回信之后，再说吧。

余小姐 我想单由我写信去，还不十分妥当。

老太太 那有什么不好？

余小姐 可以不可以请吉先生写一封详细的信，把老太太的意思告诉我家里，我再另外写一封，一齐寄去？

老太太　不错，不错，应该这样。回来我对吉先生说一说，叫他写起一封信来。写好了，我叫一个人送给你，你说好不好？

余小姐　老太太的主意很好。

老太太　我们还是坐一会，还是就到公园去？

余小姐　老太太的意思怎么样？

老太太　我们就去好不好？我叫他们去请吉先生去。（走去压电铃）

余小姐　我借你们的电话用一用。

老太太　在那边的院子里，你知道。

［余由右门出，仆人由左门入。］

老太太　你去请吉先生，就说我们现在到公园去了。

［仆人由左门出。老太太坐回原处，若有所思。吉先生由左门入。］

吉先生　（手里拿了照片，装好了框子。进来之后，将照片放在书架上，看了一看，移动一回）余小姐哪儿去了？

老太太　（沉思中）打电话去了。

吉先生　（坐到小椅上，取了一块牛奶糖，慢慢取其外皮，随便地问）你的媒做得怎么样，问了她没有？

老太太　问过了。

吉先生　她怎么样讲？（将糖送至嘴边）

老太太　她很愿意。

吉先生　（将糖由嘴边拿回）她很愿意？她说很愿意么？她怎样说？

老太太　她没有说什么。

吉先生　她没有说什么，你怎样知道她很愿意？

老太太　这用不着说的。

吉先生　喔，不错，这一类的事是用不着明说的，是不是？同天气一样，只要看看天色就知道了。

［老太太对他严厉地看了一看。］

吉先生　那么，已经定了？

老太太　她还要写封信回去，问问她的父母，要等……

吉先生　问问她的父母！（解悟）喔！（把一块糖投入口中）

老太太　你笑什么？你笑她把她的父母太看重了，是不是？我听了很欢喜。

吉先生　没有的事！我听了也很欢喜！（又拿了一块放进嘴去）她说了什么时候写信没有？

老太太　她要请你替她写。

吉先生 要我替她写！这真奇怪。我又不是她的亲兄弟、亲叔伯，她为什么要请我替她写信，这不是奇而又奇的事？

老太太 你看了奇怪吗？我看了一点也不奇怪。

吉先生 为什么不奇怪？

老太太 因为——因为你还没有认出她。她是一个大户人家出来的女孩子，知道什么是应该说的，什么是不应说的。她知道害羞。

吉先生 喔喔！女孩子！害羞！（又拿了一块糖放进嘴去）

老太太 怎么你向来不吃糖的人，今天爱吃起糖来了？

吉先生 今天的糖特别有味儿！（高兴，跳起）你们现在就到公园去吗？

老太太 等余小姐打完了电话。

吉先生 （想了一想）你不换一件衣服？

老太太 不过是到公园去坐一坐，谁再去换衣服？

吉先生 可是天气很凉，不换，也应该加一件。——在哪里？我替你去拿，好不好？

老太太 我自己去，你不知道。

[吉先生开右门让老太太走出，将门关好，走到书架，取照片在手，细细地审看。将照片放回，在屋里走了两转。余小姐由右门入。]

吉先生 电话打通没有？

余小姐 打通了。（注意老太太不在房内，两人对看了一看）

吉先生 （将长椅向前稍推）老太太到后面去换一换衣服，叫请你在这里等一会。请坐。

[由女人的直觉，知将有有趣的谈判发生，为准备抵御起见，先摸了一摸头发，理了一理裙子，选了长椅离小椅远的一边坐了。吉先生坐小椅上。]

余小姐 老太太真是一个可佩服的人，那么大年纪，穿的衣服，比年轻的小姐们还要讲究。

吉先生 一个人什么都可以不讲究，惟有衣服不可以不讲究。

余小姐 为什么？

吉先生 因为人是一个社会动物。一个人生在世上，所有的一切物质上的幸福、精神上的愉快，都是社会给他的。所以一个人对于社会，应当尽量的报答。

余小姐 那与着衣服有关系么？

吉先生 关系大得很！因为报答社会，有种种不同的方法。有职业的，借他的职业，有技能的，用他的技能。当兵的可以替我们杀人，做律师的可以替我们打官司，做医生的可以替我们治病。不过还有一种人，——就像我们——既无职业，又无技能，最少也应该着几件好看的衣服，才不至于走到人家面前，叫人家看了难过。

余小姐　（笑）哈，我明白了。愈无用的人，愈应该着好看的衣服，对不对？

吉先生　对，不过有用的人，也不应该着不好看的衣服。社会上没有一种职业，我们可以承认他有不顾装束的权利。一个人，自生至死，也没有一个时期，我们可以承认他有无须修饰的特权。假若一个女人，因为她已经结了婚，就不管她头发的高低，因为她生了儿子，就不管她袖子的长短；或是一个男人，因为他能够诌几句诗词歌赋，就不洗清他的面孔，因为能够画得几笔山水草虫，就不剃光他的下巴、拉直了他的袜筒，那都是社会的罪人。

余小姐　这样讲，恐怕我们都是社会的罪人。

吉先生　你？喔！（欲言而止）

余小姐　我怎么样？

吉先生　你？两个月以前，你冤枉说我发烧的时候，我不是已经对你讲过么？

余小姐　我冤枉说你发烧？

吉先生　自然是冤枉。什么温度三十九，脉跳一百多，那都是你造的谣言，——是的。完全是谣言。——不过我很感激你，假使没有你的谣言，我如何能够住到两个星期？喔！那两个星期！那是我一生最快乐的两个星期！（叹）暖！无论怎么，不会再有的。

余小姐　（同想到那时的景况）是的，也不知说了多少话！从来没有看见过这样爱说话的病人。

吉先生　是的，那都是些极真诚，极平常，极正当的话。为什么平常我们不能讲？为什么要男人装了病，方才可以讲？为什么女人听了，一定要冤枉说他发烧？要是现在我说你的眼睛生得怎样的动人，嘴唇怎样的可爱，你会装做没有听见，把我的额角摸一摸，枕头拥一拥，说一声“现在歇一会儿吧。你说话说得太多！”社会真是一个不自然的东西！这一类的话有什么说不得？为什么现在不能说？

余小姐　因为——因为你现在不发烧！

吉先生　你怎么知道我不发烧？我一年到头，没有一天不发烧。你要不相信，你现在替我试一试。（伸手放在长椅边上）

［余小姐从长椅那一边，移到这一边，先理了一理裙子，然后用右手

把脉，同时看左手上的腕表。约数秒钟无语。]

吉先生 我病的时候，说了很多的话，是不是？

[余小姐点头。]

吉先生 说了些什么？

余小姐 （余将手缩回）你说中国是一个可怜的社会，男人尤其可怜，除了赌钱，遇不到人家的小姐、太太，除了生病，得不到女人的一点同情；所以你一星期要打一次牌，一个月要装一次病。

吉先生 对呀！这像生病的人讲的话么？——发烧不发烧？

余小姐 （犹豫）七十七次。

吉先生 可见得是说谎。

余小姐 为什么？

吉先生 因为你就没有数！

余小姐 喔，一个人可以随便说谎吗？

吉先生 自然不能随便。不过我们处在这个不自然的社会里面，不应该问的话，人家要问，可以讲的话，我们不能讲，所以只有说谎的一个方法，可以把许多丑事遮盖起来。

余小姐 我们从小就知道，说谎是不道德的。

吉先生 道德是没有标准的，随时代随个人而变的东西，平常所谓道德，不是多数人对于少数人的迷信，就是这班人对于那班人的偏见。

余小姐 这样说，世界上没有善恶好坏的标准了？

吉先生 世界上只有脏的习惯是坏习惯，丑的行为是恶行为。

余小姐 所以什么谎都可以说，只要说得好听。做贼，赌钱，都可以做，只要做得好看？

吉先生 一点都不错。不过世界上美神经发达的人很少。做贼同赌钱的时候，大半都是不大十分雅观。说谎，说得好的人很多，不过我最佩服的是你。

余小姐 我向来不说谎，你说我说谎，你有什么证据？

吉先生 对呀！所以佩服你的缘故，就是因为拿不出证据来。不过一个人说谎话说太多了，总有一天，转不过弯，要露出马脚来。

余小姐 我从来不喜欢说谎。

吉先生 好吧，白说是没有用的。我问你一件事。

余小姐 什么事？

吉先生 老太太替你做媒没有？

余小姐 (着急)你不应该问这句话。

吉先生 为什么不应该?

余小姐 因为这一类的话,连自己的父兄都不应该问,朋友更加不应该。

吉先生 喔,新文化!新文化!不过你知道不知道?一个人的婚事,从前是父母专制,现在因为用不着父母去管,所以用不着父母去问。(吉先生的意见,以为婚姻的事如果不要人帮忙则已,如要帮忙,父母应该是最重要的人物,现在所以不要他们过问,一则因为他们专制,二则也因为他们不能帮忙。这一层似乎还没有人见到,所以附带声明)但是现在的婚姻是朋友专制,要想结婚,非靠朋友帮忙不可,所以你说朋友不应该过问,是完全错误。

余小姐 我去看看老太太去。(起立欲走)

吉先生 (起立阻之)不要走,不要走,我还有一件要紧的事,没有对你说。请坐。

[两人同坐下。]

吉先生 我不在这里的时候,老太太同你讲了很多的话,是不是?

余小姐 是的。

吉先生 她说到我不想结婚的话没有?

余小姐 说了很多。

吉先生 你知道,我不想结婚。

余小姐 为什么不想结婚?

吉先生 因为一个人最宝贵的是美神经,一个人一结了婚,他的美神经就迟钝了。

余小姐 这样说,还是不结婚的好。

吉先生 是的,你可以不可以陪我?

余小姐 陪你做什么?

吉先生 陪我不结婚。(走至余小姐前,伸出两手)陪我不要结婚!

余小姐 (为他两目的诚意与爱情所动)可以。(以手与之)

吉先生 给我一个证据。

余小姐 你要什么证据?

吉先生 你让我抱一抱!(释其手,作欲抱状)

余小姐 (走开)等你再生病的时候。

吉先生 不过我的母亲告诉我,说你已经答应了做她的侄媳妇,那怎么办?

余小姐 (得意)那没有什么,我的父母不愿意我嫁给医生!

吉先生 对，我知道，我们是天生的说谎一对！（趁其不备，双手抱之）

余小姐 （失声大喊）喔！

［老太太由右门，仆人由左门，同时惊慌入，吉先生已释手。］

老太太 什么事，什么事？

［余小姐以一手掩面，面红不知所言。］

吉先生 余小姐（走至余小姐前，将余小姐手取下，视其面）什么地方？刺了你没有？

老太太 什么事？怎么一回事？

余小姐 （呼了一口深气）喔，一只马蜂！（以目谢吉先生）

——闭幕

（选自《丁西林代表作：一只马蜂》，华夏出版社 2009 年版）

思考练习

1.简析作品的主题意蕴。

2.论述作品的艺术特色。

相关链接

丁西林认为喜剧是一种理性的感受，必须经过思考，必须有味。喜剧的笑也不同于闹剧的哄堂、捧腹，而是“会心的微笑”。他的创作实践实现了自己的理论主张。丁西林写喜剧，使用的是一种细腻的分析的笔法，而一般不采用通常意义上的夸张，更不求助于外加的笑料。他的独幕喜剧大都情节单纯，人物不多，也没有大的矛盾，但能把握住剧中的喜剧性“种子”，形成核心情节，如《一只马蜂》写余小姐的谎言、《压迫》写房客的计谋、《三块钱国币》写吴太太的无理要求。丁西林喜剧所展现的是人物之间各种喜剧性矛盾关系和他们不同的喜剧性格。在剧情展开上，也是波澜起伏，妙趣横生，有鲜明的层次和节奏。他还很重视喜剧的结尾艺术，每每在全剧矛盾冲突已经结束了之后，又出人意料地添上一笔，进一步强化喜剧效果。丁西林喜剧的语言，也以幽默俏皮为人所称道，对喜剧技巧的运用挥洒自如，毫无斧凿痕迹。

（引自“丁西林”百度百科，2022 年 9 月 12 日）

曹禺戏剧

曹 禺

作者简介

曹禺(1910—1996),原名万家宝,字小石。祖籍湖北潜江,生于天津一个封建官僚家庭。曹禺从小爱好文学和戏剧,1922 年入天津南开中学,参加南开新剧团,演出中外剧作,显示了表演才能,并广泛涉猎新文学作品,开始写小说和新诗。1928 年考入南开大学政治系。1930 年转入清华大学西洋文学系,广泛接触欧美文学作品和中国的传统戏剧艺术。1933 年创作了《日出》《原野》《北京人》等一系列重要剧作。中华人民共和国成立后,曹禺历任北京人民艺术剧院院长、中国作协书记处书记、中央戏剧学院名誉院长、中国戏剧家协会主席等职。创作的历史剧有《胆剑篇》(执笔)、《王昭君》等。

作品导读

1934 年在《文学季刊》上发表的四幕剧《雷雨》是中国现代话剧成熟的标志。《雷雨》以 20 世纪 20 年代的中国社会为背景,在一天时间(大约 16 个小时),用两个场景(周家客厅和鲁家住房)集中展现了周鲁两家前后 30 年的复杂关系与恩怨情仇。在这最浓缩的时间与空间里,所有的人都在纠缠着、挣扎着,最终却都无可避免地走向毁灭。是“命运”安排了这一切,也毁灭了这一切,曹禺此剧明显受到了古希腊命运悲剧的影响。剧中八个人物个性鲜明、血肉丰满,以对周朴园和繁漪的复杂性格的刻画最为成功。结构上采用锁闭式结构,基本符合“三一律”,营造了尖锐激烈的矛盾冲突,而别具匠心设计的“序幕”与“尾声”则起到缓冲、平衡和净化的作用,“引导观众的情绪进入更宽阔的沉思的海”。语言富有个性色彩,动作性强,潜台词丰富。

雷雨(存目)

思考练习

1.分析周朴园、繁漪的人物形象。

2.如何理解《雷雨》的艺术特色?

相关链接

我认为剧本跟小说不一样,小说可以定稿,剧本永远定不了稿,因为它的生命在于演出。剧作家的创作,仅是戏剧创作的一个重要的部分,此外,它还需要导演、演员、观众共同完成。剧本的修改,最靠得住的,是演出之后的修改。演员改、导演改、观众改,使它慢慢好起来。剧本是活东西,只要这个剧本还在演出,还有生命力,它就得不断创造,不断地改。我对我的剧本,就是这个态度,大家随便演,随便改。

(引自王育生《曹禺谈〈雷雨〉》,《人民戏剧》1979年第3期)

老舍戏剧

老　舍

作者简介

老舍(1899—1966),原名舒庆春,字舍予,满族人,著名小说家、戏剧家。出生于北京一个贫民家庭,自幼熟悉底层市民生活,喜欢戏剧和民间说唱艺术。1924 年至 1929 年在英国做汉语教师,创作了《老张的哲学》《赵子曰》《二马》等小说。1930 年回国后,先后在齐鲁大学和山东大学任教,1936 年辞职专心创作。这期间创作逐渐成熟,主要作品有《猫城记》《离婚》《骆驼祥子》《我这一辈子》《断魂枪》等。抗战爆发后,老舍被选为中华全国文艺界抗敌协会的常务理事兼总务部主任,积极投身于抗战文艺工作,创作了大量剧本、小说和民间通俗曲艺,重要作品有《四世同堂》等。新中国成立后担任全国文联副主席、中国作协副主席、北京文联主席等职,创作了《龙须沟》《茶馆》等话剧。曾被誉为"人民艺术家""语言艺术大师"。晚年写作自传体小说《正红旗下》,未完成即在"文革"中投湖自尽。

作品导读

《茶馆》代表了老舍话剧创作的最高成就。全剧三幕,对应三个时代(戊戌变法失败后,北洋军阀混战时期,抗战后国民党统治时期),以同一场景——裕泰茶馆为窗口反映了五十年来中国社会的变迁,揭示了腐朽与黑暗的旧社会终将灭亡,新社会必将来临的历史趋势。话剧采用了卷轴画式、人像展览式的结构,"以人物带动故事"。剧中人物众多(共写了七十多个人物,出场人物就有五十多个),却井然有序、层次分明、个性鲜明,其中对王利发、常四爷、秦仲义三个主要人物的刻画最为成功。语言精练传神，诙谐幽默，人物台词高度个性化，显示了“语言大师”的深厚功力。

茶馆（存目）

思考练习

1.简析王利发形象的典型意义。

2.分析作品独特的结构形式。

3.论述作品的主题思想。

相关链接

茶馆是三教九流会面之处，可以容纳各色人物。一个大茶馆就是一个小社会。这出戏虽只有三幕，可是写了五十来年的变迁。在这些变迁里，没法子躲开政治问题。可是，我不熟悉政治舞台上的高官大人，没法子正面描写他们的促进与促退。我也不十分懂政治。我只认识一些小人物，这些人物是经常下茶馆的。那么，我要是把他们集合到一个茶馆里，用他们生活上的变迁反映社会的变迁，不就侧面地透露出一些政治消息么？这样，我就决定了去写《茶馆》。

（引自老舍《老舍生活与创作自述》，人民文学出版社 1982 年版）